© 2024, Laura Picklesimer
© 2024, Buzz Editora

Título original *Kill for Love*

Publisher ANDERSON CAVALCANTE
Coordenadora editorial DIANA SZYLIT
Editor-assistente NESTOR TURANO JR.
Analista editorial ÉRIKA TAMASHIRO
Preparação LÍGIA ALVES
Revisão ANGÉLICA ANDRADE e AMANDA OLIVEIRA
Projeto gráfico ESTÚDIO GRIFO
Assistente de design JULIA FRANÇA e STEPHANIE Y. SHU
Ilustração de capa JAYA NICELY

Nesta edição, respeitou-se o novo Acordo Ortográfico da Língua Portuguesa.

Dados Internacionais de Catalogação na Publicação (CIP)
(Câmara Brasileira do Livro, SP, Brasil)

Picklesimer, Laura
  Amor fatal / Laura Picklesimer
  Tradução: Laura Folgueira
  1ª ed. São Paulo: Buzz Editora, 2024
  288 pp.

Título original: *Kill for Love*
ISBN 978-65-5393-326-2

1. Ficção de suspense 2. Ficção norte-americana I. Título.

24-205879   CDD 813

Índice para catálogo sistemático:
1. Ficção de suspense 2. Ficção norte-americana 813

Tábata Alves da Silva, bibliotecária, CRB-8/9253

Todos os direitos reservados à:
Buzz Editora Ltda.
Av. Paulista, 726, Mezanino
CEP 01310-100, São Paulo, SP
[55 11] 4171 2317
www.buzzeditora.com.br

AMOR FATAL

LAURA PICKLESIMER

Tradução **Laura Folgueira**

1

Toda noite eu sonhava com fogo. Assistia ao Santa Monica sendo consumido em chamas: blocos de produtos de grife sendo incendiados e caindo no chão, janelas estilhaçadas e manequins derretidos nos pedestais de aço. Cada noite era um desastre espetacular.

As chamas sempre varriam para o leste, imolando carrinhos de compras e mães com roupas da Lululemon, tombando palmeiras. Nuvens de fumaça derrubavam homens com falta de ar. Mais perto do epicentro flamejante, extensões capilares entravam em ignição como barras de dinamite nas costas das mulheres e implantes de silicone explodiam dos tops esportivos de malha com um *pop* molhado.

O fogo ganhava impulso ao chegar à Brentwood, passando a destruir o restante das vitrines e cafeterias orgânicas em seu caminho. Eu sentia o calor me lambendo, mas sempre estava a salvo do alcance do incêndio. Depois de sua fúria acabar, as chamas por fim se acalmavam, e corpos lotavam as ruas como anoréxicas chamuscadas, ainda soltando fumaça.

Aí eu acordava sozinha, com a pele queimando, na minha cama de dossel.

Era a onda de calor de setembro que atingia Los Angeles todo outono. Enquanto as monas sem graça de outras partes do país sugavam seus *lattes* de abóbora, L.A. recebia mais um golpe letal de verão. As temperaturas subiam, e o ar-condicionado da irmandade Delta Gamma ficava ligado vinte e quatro horas. Mas nunca era suficiente para impedir o calor de nos oprimir.

Toda manhã, eu acordava num suor frio que logo ficava azedo. Depois de um banho gelado, descia para tomar cubos de gelo de café da manhã. Jogava sal neles para sentir o gostinho de alguma coisa antes de enfrentar um secador no couro cabeludo.

Antes, ainda no verão, eu conseguia seguir toda a minha rotina matinal sozinha, em paz. Mas a casa estava de volta para o novo ano letivo. As aulas haviam começado na semana anterior, o que significava vinte garotas amontoadas dentro de uma mansão vitoriana de oito quartos. Em comédias adolescentes, viver numa irmandade era um sonho pornô cheio de lutas de travesseiro e piranhas de toalha.

A realidade era que mulheres são nojentas. Morar na casa DG envolvia fios de cabelos de todos os comprimentos, texturas e cores enchendo as pias e os chuveiros. Absorventes internos vermelhos vivos transbordavam de latas de lixo da Target, e bebidas aguadas da Starbucks suavam em cada superfície livre.

Na última semana de setembro, acordei com duas DMs: um lembrete para confirmar presença numa entrega de cupcakes para refugiados no pátio principal da universidade e uma foto do V profundo da barriga de um garoto xis, com a cueca *boxer* tão baixa que eu via os pelos crespos aparecendo. Deletei as duas mensagens.

Camilla, presidente da DG e minha cruz, passou pelo meu quarto com um quadro de avisos em branco antes mesmo de eu ter chance de me vestir.

— O que é pra eu fazer com isso? — perguntei.

— É um quadro dos sonhos para o novo ano letivo. Pode preencher com representações visuais dos seus objetivos e outras aspirações.

Eu havia visto o dela; não tinha certeza de que tipo de meta de vida era representado por um monte de tapetes decorativos felpudos e *smoothies* saudáveis.

— Esse tipo de babaquice é pra quem está querendo entrar na irmandade e é caloura — falei. — Eu estou no quinto ano.

— No seu lugar, eu não teria tanto orgulho dessa distinção — respondeu Camilla, e finalmente se mandou.

Tinha acabado de terminar o período do outono em que as irmandades faziam vários eventos sociais para recrutar garotas para o ano letivo que ia começar. Antes, era o auge da temporada. Eu amava a chance de desmontar cada potencial novo membro, detalhar sem dó nem piedade as deficiências de cada garota nos chats em grupo.

Naquele ano eu havia pulado o recrutamento e ido para Cabo com um grupo de meninas que também iam se formar em breve e estavam pouco se fodendo para protocolos. Depois de cinco anos na casa, eu não suportava mais uma tarde selecionando garotas com Louis Vuittons falsas e vestidinhos rodados baratos ou sorrindo para o rosto ansioso das candidatas.

Pelo menos a maior parte da casa não estaria na área naquele dia, já que as aulas haviam começado. Entrei no banheiro compartilhado, cujo ar ainda estava com um cheiro pesado de sabonete líquido frutado. Mandy e Amy, também do quinto ano, estavam raspando as pernas apoiadas na pia.

— O Dan falou que dá pra pegar herpes fazendo boquete — comentou Mandy.

— O Dan é um puta mentiroso. É por isso que eu prefiro ficar com mulher — disse Amy. — Na maior parte do tempo.

Tínhamos passado os últimos quatro anos morando embaixo do mesmo teto, e mesmo assim Mandy e Amy não eram minhas amigas. Eu nem gostava delas. Ia me formar, parar de seguir as duas nas redes sociais e nunca mais pensar nelas.

— Quer ir lá no centro recreativo mais tarde, Tiffany? — perguntou Mandy para mim, enquanto eu secava as mãos e pegava o frasco de Gucci Guilty de alguém da bancada do banheiro.

— Tenho umas coisas meio importantes pra resolver hoje — respondi.

Eu estruturava meus dias úteis em quatro categorias importantes: fitness, autocuidado, compras e social. Era mais difícil do que parecia. Muitas vezes eu me via na minha Mercedes, dirigindo por ruas aleatórias. Era tão fácil se perder; uma virada a mais em uma avenida principal, e eu acabava num parque deserto ou num complexo residencial horroroso de estuque que dava para gramados amarelados.

Naquele dia levei a Mercedes para oeste, na direção das mansões acima de San Vicente Boulevard, passando por grama cortada e caminhões de jardineiros. Uma rua da qual eu nunca tinha ouvido falar antes me jogou perto do mar, acima dos penhascos do Pacific Palisades. Estacionei perto da Terceira Avenida Promenade e caminhei em frente a nebulizadores e fontes, mães e seus pirralhinhos. As lojas eram ruins demais, e não encontrei nada. Esses eram os piores dias. Me contentei em fazer as unhas, embora tivesse acabado de ir três dias antes.

— Pode tirar — instruí à manicure.
— Que cor?

Olhei as amostras, as várias dezenas de chaveiros de unhas ovais iguais replicadas, e pensei em um cadáver em Technicolor. Decidi pela cor que já estava usando: cor-de-rosa, mas um tom mais escuro, levemente neon, em vez da antiga camada cor de algodão-doce. Pedi que ela lixasse minhas unhas num ângulo ainda mais afiado.

Eu precisava fugir do calor, então cheguei os horários do cinema. Era uma bobagem, mas eu queria uma distração. Comédias românticas eram meu gênero preferido. Havia uma montanha-russa de emoções tão nítida: eu podia deixar minha mente vagar e ainda registrar com clareza a trajetória emocional de cada personagem, ainda que eu mesma não fosse capaz, na maior parte do tempo, de sentir essas coisas.

Decidi por *Seja minha*, com Ben Affleck como um magnata da mineração que trabalhava em algum lugar da América do Sul nos anos 1950. Jennifer Lopez, que fazia a secretária atrevida dele, estava pensando em uma nova carreira como cantora de cabaré. Ela estava prestes a pedir demissão quando o chefe malvado de uma mineradora rival tramou para deixar os dois para morrer na selva. Quando foram largados na floresta tropical juntos, eles se odiavam. Mas, depois de um desastre aleatório de mineração permitir que Ben resgatasse Jen de um bando não relacionado de macacos raivosos, eles se apaixonaram e se casaram num bar de conga.

O filme continha todos os momentos esperados, mas, enquanto estava caminhando de volta ao meu carro, com o tempo seco de mais um dia de mais de trinta e cinco graus me oprimindo, eu só conseguia pensar que Ben Affleck estava começando a parecer velho pra caralho. Isso me consumiu no caminho para casa.

Eu tinha esquecido que era hora do rush. Andei como uma lesma pela Wilshire, avançando lentamente atrás da confusão de carros que esperavam para entrar na estrada 405.

Ouvi gritos. Dois caras mais ou menos da minha idade, com o biotipo inchado de um croissant, estavam acenando da calçada, tentando me chamar. Encarei, e um deles berrou:

— Mostra o peito!

Quando não reagi, começaram a fazer mímica e a apontar. Pensei brevemente em como seria desviar para a direita e atropelar os dois com tudo. Pensei em quão longe os corpos deles voariam e se suas barrigas de barril iriam explodir.

A fantasia foi estraçalhada por uma buzina alta e grave do Prius atrás de mim. O farol tinha ficado verde. Avancei o metro e meio que o trânsito tinha andado e mostrei o dedo do meio para o motorista.

✝

Quando finalmente cheguei em casa, encontrei minha colega de quarto, Emily, de volta das aulas, mandando ver num saco de biscoitos Milano.

— Ei, Tiffany — disse ela, e tentou limpar as migalhas que havia derrubado na cama.

Emily estava no segundo ano e nem de perto era adequada para estar na Delta Gamma. Ela tinha o cabelo cacheado cheio de *frizz* e se recusava a fazer as sobrancelhas. Seu estilo era ousado no mau sentido: descoordenado, largão, com cores excessivamente otimistas. Ela parecia o tipo que procura pechinchas em brechós. Tínhamos trazido Emily na primavera passada para aumentar a média coletiva das notas da nossa casa. Mas não era tão ruim dividir o quarto com ela — a avó de Emily morava em um bairro merda ao sul de Pico, então ela ficava fora um fim de semana sim, outro não.

Eu me joguei na cama.

— Preciso de um banho.

Emily me ofereceu um biscoito, e fiz que não.

— Você sabe que eu não como alimentos processados — respondi. Eu me sentei e me olhei no espelho, fazendo ângulo para uma selfie. — Não dá pra ter este corpo comendo carboidrato simples.

Meu estômago vazio roncou, concordando.

— Pular refeições pode fazer você comer mais a longo prazo — disse Emily.

— Como você sabe disso? — perguntei.

— Eu li.

— Tipo num jornal? Vê se vai atrás dos fatos de um jeito normal — respondi.

Fiquei mexendo no celular, procurando uma rara influenciadora fitness que tinha um abdome mais definido do que o meu e tentando ignorar tanto Emily quanto minhas dores de fome.

†

À noite, todo o alto clero da irmandade tinha se amontoado na sala para assistir a *The Real Housewives: a vingança*, um especial muito esperado que colocava as protagonistas de cada uma das maiores franquias do programa uma contra a outra numa competição amorosa. Se quiser ver desespero e fúria, é só assistir a mulheres de meia-idade lutarem pelo mesmo incorporador imobiliário flácido de cinquenta e tantos anos.

A competição começou com uma recapitulação das rixas de longa data em todas as cidades. Eu tinha torcido para o drama na tela substituir minha ida decepcionante às compras, mas não consegui ficar animada com os gritos e o vidro quebrado ocasional. Eu queria sangue derramado, não vinho, algo mais violento que *divorcées*, mas não rolou.

O clímax do episódio foi quando uma bocuda de New Jersey arrancou o *mega hair* de uma *housewife* de Dallas. A texana enfiou a cabeça da outra numa bacia enorme de sangria, a bebida patrocinada da noite. A briga acabou tão rápido quanto tinha começado quando uma participante de Nova York revelou que o ex-marido estava sendo preso por sonegação: de repente houve lágrimas e pedidos de desculpas com a língua enrolada, depois começou um comercial de xampu.

Eu estava sozinha num dos sofás, passando hidratante bronzeador da La Mer nos antebraços.

— Você é tão bronzeada — comentou Mandy.

Olhei meus braços, a curva interna macia que o bíceps fazia ao encontrar o cotovelo. Peguei o celular e tirei uma foto do meu corpo, garantindo que desse para ver o rótulo do produto no fundo. Eu ia postar mais tarde, quando o número de curtidas seria maior.

— E aí, quem vai na festa do branco e preto semana que vem? Levanta a mão — perguntou Amy.

Camilla falou:

— Eu já disse: acho de verdade que a gente precisa mudar nossa imagem. Simplesmente não parece muito sensível.

Camilla era o tipo de santinha que até os professores queriam socar no ensino médio. Quando não estava tirando semestres de folga para tentar salvar bebês com leucemia, ela em geral estava se metendo na minha vida, me informando que eu estava atrasada para reuniões ou devendo horas de voluntariado, como se eu tivesse que seguir as mesmas regras que as outras garotas.

— A festa do branco e preto tem a ver com o dueto de cores mais icônico de um guarda-roupa estiloso — expliquei. — É um tema clássico de festa e não vai acabar.

— Só estou pensando na ótica da coisa — disse Camilla, enquanto o programa mostrava uma participante de Orange County que tinha tido o lábio superior costurado ao nariz num acidente bizarro de cirurgia plástica.

— Tiffany, em qual temporada sua mãe apareceu no programa de OC? — interrompeu uma recruta chamada Julie.

A maioria das Delta Gammas sabia que devia evitar mencionar Pam e sua breve aparição no programa.

— Ela era só amiga de uma delas, não fazia parte do elenco. E já faz mais de quatro anos.

Pam nunca tinha nem me contado. Eu descobrira no primeiro ano, quando de repente vi a escadaria de mármore e o jardim dos fundos da nossa mansão, e percebi que a festa feng shui com sidra estava rolando na minha casa. Pam tinha vindo com tudo, imediatamente acusando uma das protagonistas do programa de dar uma mordida no bolo de aniversário customizado do lulu-da-pomerânia dela, mas sempre autoconsciente demais, insegura demais. Tinha imagens dela se olhando em espelhos, arrumando o cabelo, olhando de canto de olho para as câmeras. E ela era incapaz de se comprometer com o nível adequado de punhaladas nas costas.

Meu celular vibrou, e eu baixei os olhos para ver uma mensagem de Tristan, com quem eu ia à festa do branco e preto. Estava sem camisa, flexionando os bíceps num espelho de banheiro, com toalhas puídas visíveis atrás. A mensagem dizia: "Uma prévia".

Saí de fininho para o banheiro do térreo e puxei o frasquinho de perfume Gucci que tinha roubado mais cedo. Soltei no ar e inspirei fundo. Fixei os olhos nas curvas do frasco e voltei a me ancorar com a adrenalina momentânea causada pelo cheiro de tangerina e patchuli. No dia seguinte eu iria sair às compras e escolher algo bem caro.

Ainda assim, meu corpo tremia com uma estranha insatisfação. Me lembrava os zumbidos baixos e irritantes feitos pelos fios elétricos na temporada de ventos Santa Ana, o ruído branco estático que enchia o ar logo antes de eles explodirem em ruas insuspeitas.

2

Meus pesadelos continuaram. O fogo se alastrava para West Hollywood. Eu acordava no meio da noite com uma sensação torturante no estômago e me perguntava se por acaso tinha perdido um horário para hidratar o cabelo no salão ou uma sessão de bem-estar com minha *coach* de vida.

Na terça, faltei numa aula de ginástica matinal no Elite Elegance, um estúdio de Beverly Hills que combinava dança do ventre, ioga e trapézio de voo. Em vez disso, precisei engolir uma sessão comum de spinning com pilates lá na Avenida Fairfax, o tipo de aula simplificada e cheia de modificações que atraía mães recentes ainda gordinhas e a galera quarenta mais. Na saída para fazer compras, o look que eu queria para a festa do branco e preto de quinta não se materializou e eu voltei para minha Mercedes só com um Louboutin e uma *clutch* Prada. Me senti derrotada dirigindo de volta a Westwood com dois ou três acessórios.

— Preciso que você me filme — pedi a Emily quando voltei ao quarto.

Talvez gravar meu próprio corpo e ver as curtidas subindo animasse meu dia difícil.

— Mas faz parecer espontâneo — instruí, enquanto me virava e jogava um beijo.

O olhar de admiração de Emily ajudaria a acalmar meus nervos. As garantias que as mães davam às filhas de que as loiras das revistas eram editadas para ficar de um tamanho impossível ou de que as Barbies não podiam existir anatomicamente porque as mulheres não conseguiam sustentar aquela proporção quadril-cintura... tudo isso era mentira. Eu podia provar.

Combinei o Louboutin com um vestidinho branco tomara que caia com detalhes em preto. Já tinha um mês, mas eu ainda não havia usado em público. Torci para o olhar faminto de Emily para minhas curvas ser suficiente para elevar meu ânimo, me animar para mais um fim de semana típico bebendo e vadiando.

— Você está maravilhosa — comentou Emily, devolvendo meu iPhone.

Eu postaria o vídeo em três plataformas e receberia pelo menos alguns milhares de visualizações na meia hora seguinte.

Peguei a *clutch* branca e segurei na frente da roupa.

— Vou usar esta combinação na festa. Que tal?

— Vai ser perfeito. Com quem você vai? — perguntou Emily.

— Com o Tristan.

— Tiffany e Tristan. Fofo.

— Aham — respondi.

Tirando o fato de ter uns noventa e cinco por cento de certeza de que já tinha transado com ele uma vez durante a semana de orientação dos calouros, eu não conhecia o cara muito bem.

Nem me dei ao trabalho de perguntar a Emily sobre sua companhia; ela não ia. Aquela pudica nem bebia.

Eu tinha comprado um doce na padaria no caminho para casa, um tipo de *donut* com uma explosão de confetes e glacê em tom pastel. Desamarrei com cuidado o barbante ao redor da caixa e abri deslizando, com atenção para não estragar a cobertura decorativa. Depois de ter levado até o canto do corredor com a melhor luz natural, tirei uma dúzia de fotos de ângulos diferentes e enfiei o treco no lixo.

Fui para a cozinha e grelhei um pouco de tofu, cortando cada pedacinho em quatro partes minúsculas e contando até dez entre cada mordida. Olhei meu relógio. Eram só quatro da tarde.

Na sala de convivência, Mandy e Amy estavam olhando uma pilha de revistas de moda e estilo. A irmandade mantinha uma assinatura de todas as grandes publicações há décadas. Eu em geral me juntava a elas no começo de cada mês: gostávamos de mergulhar fundo nas revistas e arrancar anúncios de produtos ou itens de moda que precisávamos ter, parando de vez em quando se um título intrigante como "25 formas safadas de usar um cotonete" chamava nossa atenção. Esperávamos até acumular uma boa quantia de anúncios e aí comprávamos tudo pelos nossos iPhones, mandando um resumo customizado de nossas transações umas para as outras.

Amy ergueu o olhar de sua *Cosmo*.

— Sabia que cinquenta e sete por cento de cinco mil homens entrevistados preferiria fazer cirurgia cerebral a se submeter à penetração anal durante as preliminares?

— O Dan não — respondeu Mandy. — Ele ama.

Peguei uma *Allure* e folheei.

Eu tinha pelo menos dez produtos de cada grande marca listada ali. Senti uma leveza repentina, como quando se está pegando no sono, mas é acordada num solavanco pela certeza de que está em queda livre e nada ao redor é real.

Percebi que estaria sentada naquele sofá de novo no próximo mês, quando chegassem os números de inverno, e também teria cada item daquelas edições. E ainda teria tempo sobrando, porque um treino de duas horas e uma saída para compras em quatro lojas não eram suficientes para encher um dia todo. Minha fome tinha voltado, e eu só comeria dali a horas.

O celular vibrou: uma mensagem de número desconhecido, desta vez com prefixo 323. Abri e um pau curvado encheu a moldura da minha tela.

Joguei o celular e tateei meu pescoço, encontrando o colar com a pérola em formato de gota que eu usava todo dia desde meus dezessete anos. Minha *coach* de vida dizia que era meu "centro de força" e me encorajava a tocá-lo e contar de trás para a frente com respirações lentas e estáveis sempre que me sentisse sozinha ou ansiosa. Em geral, eu não precisava que me acalmassem. Gostava de ficar sozinha e raramente tinha ansiedade. Na maior parte dos dias eu ficava entorpecida, entediada. Naquele, porém, era diferente. Resisti à vontade de colocar o colar na boca e sentir a pérola lisa contra a língua.

Quando voltei ao quarto, Emily estava comendo de uma bandeja de aipo e cenoura. Ela sorriu e a estendeu, orgulhosa.

— Bela tentativa — falei. — Mas esse molho *ranch* tem mais gordura saturada que um cheesebúrger.

Peguei uma pilha de palitos de aipo e caí de costas na cama. Comecei a quebrá-los na metade.

— Você já teve uma crise existencial? — perguntei.

— O ensino fundamental inteiro conta?

— Não, não estou falando de ser esquisita e impopular. Estou me referindo a problemas reais. Você às vezes sente que não está agindo como seu eu verdadeiro?

— Não.

O quadro dos sonhos que Camilla tinha deixado ainda estava em branco, apoiado na parede do quarto.

— Quer dizer, tem mais coisas que você desejaria estar fazendo do que simplesmente morando na casa da irmandade? — perguntei.

— Claro. Eu sempre quis visitar o Camboja. E sonho o tempo todo em terminar a faculdade de medicina e talvez abrir minha própria clínica.

O que aconteceria quando eu enfim fosse obrigada a me formar? Moraria sozinha, com certeza, chega de dividir quarto. Por mais aliviada que fosse ficar pelos meus ciclos menstruais não estarem mais sincronizados com dezenas de outras meninas, eu me perguntava o que faria com meu tempo a cada dia. As pessoas tinham empregos, acho, mas ganhar salário não era muito a minha vibe.

— Sério, só isso? — falei.

— Bom, o que *você* quer? — devolveu Emily.

Eu não tinha resposta. O tofu não tinha conseguido me encher, e eu já sentia as dores familiares da fome outra vez. Fiquei olhando o celular, passando pelos corações e curtidas e e-mails de confirmação das compras do dia. Passei pela minha biblioteca de fotos cheia de pôr do sol e drinques com guarda-chuvinhas, banquetes de bufês não consumidos, barrigas negativas, aquele perfeito triângulo vazio entre o interior das minhas coxas e o céu. Acariciei o couro macio

da bolsa Prada que tinha comprado naquele dia e pensei na carcaça de onde ele tinha sido arrancado.
— Eu quero tudo.

3

Na quinta, terminei minhas atividades do dia cedo, dando a mim mesma duas horas para fazer o contorno da maquiagem e o cabelo. Tristan ia me pegar às dez. Quinta era a noite da semana em que as fraternidades faziam suas maiores festas, e todo mundo ficava doidão. Íamos passar o resto do fim da semana em modo de recuperação.

Enquanto me aprontava, pensei por um momento em cancelar o encontro. Eu mal dormira na noite anterior. Tristan não valia tanto tempo me enfeitando e arrancando pelo. Me perguntei se algum cara com quem eu transava valia. A alternativa, porém, era ficar sentada na cama a noite toda, tentando não sabotar minha dieta com o arsenal de porcarias de Emily.

Tristan chegou num Corvette, o que foi bem irritante, já que o carro praticamente se arrastava no chão. Estendi as pernas à frente e percebi que meu vestido já estava começando a ficar amarrotado no caminho para a festa.

De relance, vi o look de Tristan. Ele tinha escolhido a exata mesma distribuição de cores que eu — uma base branca sólida, com toques pretos. Parecíamos combinadinhos demais, em especial porque nosso cabelo tinha basicamente o mesmo tom de loiro. Entrei na festa com ele rezando para ninguém achar que tínhamos planejado aquilo.

A festa era o de sempre, num espaço alugado a mais ou menos um quilômetro e meio da rua onde ficavam as casas com nomes gregos. Um estande barato de madeira servia como *open bar*, com pilhas de garrafas de bebida de qualidade média, e a pista já estava inundada com um bando de Sigma Nus. Com mais ou menos meia hora de festa, umas doze Delta Gammas entraram trançando as pernas. Minha casa fizera um esquenta pesado. Em geral eu evitava beber, porque não fazia sentido passar o dia limitando meu consumo a oitocentas calorias e aí arruinar tudo com um monte de *frozen margaritas* baratas.

Depois de uma hora de festa, eu só tinha tomado um refrigerante diet com vodca. Tristan estava bem bêbado. Eu o puxei para longe dos seus colegas de casa, e ele entendeu que eu estava dando em cima dele.

Ele deslizou a mão da minha lombar para a bunda e a manteve ali feito um idiota. E então tive uma visão repentina de Tristan gritando. A imagem foi breve: um berro gutural que era partes iguais de dor e satisfação. Senti uma urgência ardente, como um shot de Bacardi 151 se espalhando pelo meu organismo. De repente eu soube que *alguma coisa* que valia a pena ia acontecer naquele dia. E eu estaria no controle a cada passo.

— Quer cair fora dessa festa e voltar pra sua casa? — perguntei.

— A gente acabou de chegar — disse Tristan. Ele agarrou meu pulso e se aproximou. — Tem um quarto lá atrás que a gente pode usar.

Ele apontou para uma pequena área de lounge para lá da pista. Perto dali, tinha uma garota vomitando numa lixeira.

— Quero voltar para a sua fraternidade — falei, me contorcendo para me soltar dele.

— Vamos ficar — disse Tristan.

Decidi revelar o plano que estava quase solidificado na minha cabeça.

— Hoje estou interessada em explorar formas mais depravadas de expressão sexual. Acho que seria melhor um quarto só nosso.

Ele me olhou por um segundo.

— Vou pegar o carro.

— Não precisa falar pra ninguém que estamos saindo — falei, e o puxei para a saída. — Você está bom pra dirigir?

— São só alguns quilômetros — respondeu ele.

No trajeto de carro, meu estômago ficou tenso e me deu um nó nos intestinos. Eu só tinha comido um bowl vegetariano de arroz de couve-flor e uns chips de couve de tarde, o que totalizava umas seiscentas calorias no dia todo. Segurei a barriga, com dores de fome me cortando. Pegando meu celular por hábito, contei as visualizações dos vídeos que tinha feito na festa. Aí desliguei. Fiquei olhando meus olhos escuros refletidos na tela apagada.

— Tem chiclete? — perguntei a Tristan.

— Olha na lateral da sua porta. Pega um pra mim.

Puxei um pacote de Trident de menta e pus três na boca, depois dei um para ele. Masquei durante todo o caminho, mas o chiclete só aguçou meu apetite. Engoli quando entramos. O cheiro da casa da fraternidade foi bem-vindo depois de um verão na minha, com os aromas sufocantes de perfumes concorrentes, todos frutados e doces demais. Ali, havia notas de mijo, cerveja e um rastro de vômito, além da madureza predominante de menino fresco.

O quarto de Tristan ficava no andar de cima da casa vazia, longe do corredor principal. O espaço era maior do que eu lembrava. Ao lado da cama dele havia um barzinho, uma mesa e cadeiras. Eu me sentei à mesa e fiz um movimento para ele me acompanhar. Ele relutou.

— Por que a gente não relaxa na cama? — chamou ele. — Essas cadeiras são bem desconfortáveis.

— Senta aqui primeiro — insisti.

Tristan se aproximou do bar e serviu um shot de Jack Daniels.

— Quer alguma coisa? Tenho Malibu — disse ele.

Eu gostava de dispor uma garrafa de Malibu atrás de mim ao posar para selfies — sempre dava um ar relaxado e californiano à ocasião —, mas nunca bebia isso. Deixei que ele me servisse um copo e não toquei.

— Por que você está atraído por mim? — perguntei depois que ele se sentou ao meu lado.

Ele suspirou e deu um gole.

— Porque você é gostosa. E parece interessante. E popular.

Eu não sabia exatamente que resposta estava esperando de um boy lixo feito Tristan.

— Popular? — perguntei.

— É, sabe, as pessoas gostam de você.

— Eu sou popular. Mas não sei se gostam de mim, não.

Ele deu de ombros.

— Bom, ser bonita é mais do que suficiente.

Sorri. Era verdade, eu era bonita. *Também sou inteligente*, quis adicionar. Mas isso nunca tinha me rendido curtidas. Ou transas.

A mão de Tristan procurou a minha, mas só por um segundo, antes de deslizar pela minha coxa por baixo do vestido. Eu já sabia como seriam as coisas. Contando que, àquela altura, ele conseguisse ficar de pau duro, não tinha nenhuma chance de segurar para terminar num tempo razoável.

— Vamos pra cama — pediu ele de novo.

Olhei para a cama — não estava nem arrumada — e de volta para Tristan. Atrás dele, vi um relance de uma faca, serrilhada e com cerca de quinze centímetros, descansando numa tábua de corte ao lado de um limão fatiado. Uma cena tão simples, e, mesmo assim, de repente vi as possibilidades, a promessa. A faca era capaz de tão mais do que só fazer drinques para universitários.

— Antes eu quero jogar — falei.

Peguei a mão dele e pus na mesa com a palma para baixo.

— Deixa assim — disse.

Fui até o bar e peguei a faca. O peso era gostoso na minha mão, apropriado.

— O que você está fazendo? — perguntou ele.

— Coloca a mão de volta na mesa. Quero fazer aquele jogo de tentar enfiar no meio dos seus dedos.

— Não — falou ele, puxando a mão.

— Eu só vou pra cama depois de você jogar.

— Tá bom. Mas, porra, você nem sabe jogar. Eu coloco a mão na tábua — explicou ele, pondo a palma para baixo — e *eu* fico com a faca.

Ele estendeu o braço para pegá-la de mim.

Em um movimento fluido, eu a abaixei o mais rápido que consegui em cima da mão dele. Tristan a puxou com a velocidade de um raio, e a faca se fincou na madeira da mesa.

— Cara! — disse ele, ficando de pé num salto. — Você quase pegou minha mão!

— Seu reflexo é incrível — comentei, sentindo meu primeiro flash de atração por ele.

Fiquei de pé.

— Isso não foi nada legal.

— Calma — falei, tocando seu ombro. — Eu estava brincando. É só um joguinho.

Mas eu não estava nada calma. Naquele momento, reconheci o desejo incipiente que vinha circulando na minha cabeça nas últimas semanas e lentamente se cristalizando dentro de mim ao longo da noite. Meu coração bateu contra o peito, e senti uma onda de expectativa, uma nova energia. Eu era uma predadora. E Tristan era uma presa. Eu queria ver sangue, sentir o mesmo fogo que se espalhava pelas ruas nos meus sonhos.

— Calma — repeti.

Acariciei a pérola do meu colar, traçando as mãos mais para baixo do corpo. Puxei o celular do meio dos seios, onde havia guardado antes para não perder, e joguei na cama de Tristan. Agarrei a barra do vestido e puxei coxa acima, passando pelo quadril e revelando a lingerie La Perla que eu tinha comprado no verão. Quando o vestido contornou meu peito, Tristan estava ao meu lado, me ajudando a puxar por cima da cabeça.

Eu o empurrei de volta na cadeira e me sentei no colo dele com uma perna de cada lado. Quando começamos a nos pegar, olhei os quinze centímetros de faca ainda fincados na madeira. Eu precisaria mantê-lo distraído por mais uns minutos, o suficiente para ele não perceber que uma das minhas mãos estava se afastando. Tristan tentou puxar minha calcinha para baixo, mas eu abri mais as pernas e, em vez disso, fiz ele tirar a camiseta.

Ele era uma tela em branco. O perfeito equivalente masculino a mim, mas notei que não se bronzeava com regularidade, então havia uma discrepância entre o tom da pele do rosto e do peito. Passei as mãos pelo peitoral dele. Ele raspava — eu nunca tinha decidido qual exatamente era minha opinião em relação ao assunto, já que, esteticamente, ajudava a mostrar tônus muscular, mas, na prática, coçava para cacete e podia produzir alergias feias. Mas não seria um problema. Nunca iríamos chegar à cama de Tristan.

Me permitindo um último olhar de apreciação do tronco dele, enfiei as mãos no meio das pernas do cara. Com a outra, arranquei a faca da madeira e, num único movimento ágil, puxei a lâmina para trás de mim e enfiei com a maior força possível embaixo da costela dele.

A pele era bem mais dura do que eu tinha antecipado. Precisei soltar Tristan e usar as duas mãos antes de o peito dele ceder e aceitar a faca. Ele tinha congelado por tempo suficiente para eu puxar de volta a lâmina. De repente, voltou a si e a derrubou da minha mão com tanta força que a faca voou contra a parede dos fundos.

Ele me empurrou de cima dele e me olhou de cima para baixo.

— Você me esfaqueou — disse Tristan. O sangue começava a fluir dele. — Você me esfaqueou! Você me esfaqueou, porra!

— Não diga! — respondi.

Eu precisava contorná-lo e achar aquela faca.

— Sua filha da puta maluca!

Ele me empurrou, me jogando contra a mesa, onde bati a nuca antes de cair no chão. Fiquei de joelhos enquanto Tristan corria até o bar. Talvez ele estivesse procurando uma arma. Não tinha como eu me defender; estava começando a notar meu tamanho, o quanto eu era menor. Em vez disso, Tristan pegou uma toalha para cobrir a massa ensanguentada em sua barriga. Ele parecia mais irritado que qualquer outra coisa.

— Agora tenho que chamar uma ambulância pra me levar pra porra do hospital, ficar plantado no pronto-socorro esperando ser atendido — disse ele, e foi cambaleando até a porta.

— Para! — berrei, ficando de pé. — Volta!

Tristan estava na porta, mas suas mãos escorregaram da maçaneta, agora coberta do sangue dele. A dor finalmente derrubou o bloqueio que o uísque da noite havia providenciado, e ele soltou um grito longo.

Estava ficando mais fraco. Eu não tinha tempo para correr até o outro lado do quarto e achar a faca, então agi por instinto. Vi um taco de alumínio perto da cama, ao lado da porta. Tristan segurou de novo a maçaneta e conseguiu abrir a porta bem na hora em que segurei o taco e me aproximei dele de frente. Quando viu o taco, ele levantou as mãos para bloquear o tronco, então fiquei de joelhos e golpeei mais baixo, atingindo a patela do joelho direito. Ele caiu na mesma hora.

Eu o contornei, fiquei acima da cabeça dele e mirei o taco. O negócio se conectou com tanta força ao crânio que fez um *plop* suave, como uma pá entrando na terra úmida. Ele caiu com impacto, fazendo o chão tremer embaixo de mim. Olhei para o corpo dele, os braços abertos.

Ele era meu.

Tristan estava imóvel, mas não morto. Seu corpo bloqueava a porta e a impedia de fechar, então o arrastei pelos braços até o centro do quarto, usando cada músculo do meu corpo, já que ele tinha pelo menos trinta e cinco quilos a mais do que eu. Meus bíceps estavam queimando quando terminei, bem mais que numa aula do Elite Elegance ou até numa sessão particular com meu personal, Sergio.

Quando movi Tristan, fechei a porta com um chute e achei a faca. Levei de volta ao corpo dele e me posicionei de novo em cima, com uma perna de cada lado. Eu o esfaqueei de novo na barriga, só que fui bem mais eficaz. O sangue borbulhou até a superfície e escorreu pelo meu antebraço. Continuei.

Quando enfim levantei os olhos do peito dele, eu tinha esfaqueado Tristan bem umas vinte vezes e supus que estivesse morto. Mas seus olhos azul-cobalto ainda estavam abertos, alertas. O terror neles me cativou, me mantendo paralisada ali, até seu corpo realizar uma contração minúscula e tudo acabar.

Pensei em tirar uma foto dos ângulos insanos dos braços e das pernas dele, o esguicho vermelho, da cor de uma sirene, que cercava seu corpo. Teria sido uma imagem lindamente artística. Eu nem precisaria de filtro.

Saí de cima de Tristan, deslizando pelo peito dele. Minha lingerie estava ensopada e destruída. Minhas pernas tremiam, mas eu estava satisfeita. Senti pela primeira vez em anos que estava orgulhosa do meu esforço, que tinha sido um dia produtivo. Eu não precisaria ir à aula de ioga aérea no dia seguinte. Podia dormir até mais tarde, de repente dar uma caminhada. Cada músculo do meu corpo estava exausto, mas eu ainda tinha uma vontade final.

Fui até o frigobar de Tristan e puxei uma Pabst e uma coxa de frango que estava embrulhada em papel-alumínio, com a pele descolando do osso. Enfiei os dentes, deixando a gordura e o óleo encherem minha boca, meu estômago, todo o meu ser. Engoli com a cerveja para ajudar a descer e me virei para olhar mais uma vez o que tinha feito.

4

Eu tinha destruído aquela coxa de frango e começado a comer uma caixa de palitinhos de rabanada do Carl's Jr. antes de a maré lenta do sangue de Tristan escorrendo pelo piso de linóleo perto da geladeira me arrancar da minha compulsão. O sangue dele tinha secado em todo o meu torso e coxa abaixo, quase chegando aos pés. Girei os braços e senti os poros gritando, implorando por uma esfoliação. Baixei os olhos para os palitinhos de rabanada, com bordas já duras, provavelmente de pelo menos uma semana antes. Comecei a perceber o que tinha feito, a zona em que havia me enfiado. Eu precisava consertar isso, rápido.

Enfiei toda a comida que havia começado a comer numa sacola plástica de *delivery*, junto com a faca ensanguentada. Uma voz em pânico na minha cabeça me disse que era igualmente importante me livrar da comida, que evidências da minha compulsão seriam tão condenatórias quanto a arma do crime, caso encontradas. Um movimento brusco perto da porta fez meus olhos correrem pelo quarto, mas era só o corpo de Tristan enrijecendo e me avisando que era hora de me mandar.

No corredor, fiquei prestando atenção para ouvir um ranger do piso de madeira, uma porta se fechando lá embaixo. A casa continuava vazia. Corri até o banheiro coletivo nas pontas dos pés, tentando evitar pressionar os pés descalços no azulejo. As paredes do chuveiro estavam manchadas com o mijo acumulado de duas dezenas de universitários bêbados que não conseguiam chegar até um mictório. A visão me deu enjoo, e quase escorreguei no azulejo liso. Me forcei a entrar embaixo de um esguicho de água gelada até o sangue deslizar da minha pele pelo ralo.

Apertando as taças do sutiã, tentei espremer o sangue o máximo que conseguia até o tecido mudar de vermelho para rosa-claro.

Coloquei o vestido de volta sem me secar e achei meu celular na cama. Peguei uma toalha e esfreguei freneticamente o taco de beisebol, minha cadeira, a geladeira, qualquer coisa em que conseguia me lembrar de ter encostado.

Analisando o quarto, notei meu copo intocado de Malibu na frente do copo vazio de uísque de Tristan. Levei até a pia. Eu nunca tinha assistido a CSI, nem a *Law & Order: SVU*, nem a nada dessas merdas. Não fazia ideia se teria me ajudado em algo. Considerei brevemente dar um Google em "como limpar uma cena de assassinato", mas pensei melhor e mantive o celular desligado.

Um minuto depois, o cheiro chegou ao meu nariz. Olhei o caos de carne e membros aos meus pés. Não era muito diferente da parte final de uma transa ruim, quando você é largada numa pocinha de fluidos no lado encostado à parede de uma cama de solteiro e sente aquela pequena onda de nojo antes de sumir dali e fingir que nunca aconteceu. Apesar de o cheiro nunca ter sido tão ruim — aquilo ali não era o odor azedo usual de cerveja e suor; era merda humana misturada com algo ainda mais rançoso que eu não conseguia identificar.

Aí, uma porta balançou e bateu lá embaixo. Meu coração martelou na garganta com tanta força que mal consegui distinguir os barulhos. Se eu tinha alguma chance de me safar, precisava desaparecer. Imediatamente. Não podia ir pela porta da frente, mas podia sair por uma das sacadas dos fundos. Peguei minhas coisas e um moletom puído da cama de Tristan e corri pelo corredor vazio para a escuridão de um quarto dos fundos. Usei o moletom para abrir a porta deslizante e joguei o tecido em cima da lateral do parapeito. Me icei por cima, me pendurando para pular na grama molhada na frente de um prédio abandonado atrás da casa.

Dois membros da fraternidade se moviam acima de mim enquanto eu me escondia atrás das pilastras. Minhas mãos se fecharam no moletom. Esperei um grito, um "Ah, caralho" ou um "Cara! O Tristan foi rasgado!".

Nada. Segui o som dos passos deles e o caminho da luz até o outro lado da casa. Eu conhecia aquele cômodo. Eles estavam se reunindo na masmorra dos maconheiros.

Puxei o moletom por cima do vestido molhado e cambaleei até a rua com meus sapatos altos. Ainda não era meia-noite, e as festas locais iam durar pelo menos mais duas horas.

Fiz uma rota mais longa até em casa para evitar ser vista por outros membros de casas com nomes gregos. Cortei uma fileira de apartamentos de pós-graduandos, cheios de estudantes de medicina e nerds que faziam doutorado. Correr de rua em rua, com água do chuveiro pingando pelo meio das pernas, era mais nojento do que qualquer caminhada pós-noitada do meu passado, e isso incluía o primeiro ano, quando perdi a calcinha e ainda consegui trocar de roupa com uma drag queen de West Hollywood que usava bermuda com suspensório.

Uma viatura do campus passou direto por mim. Soaram dois bipes rápidos, e as luzes foram acesas. Será que os colegas do Tristan já tinham chamado socorro? Tentei ficar invisível no abrigo próximo de uma árvore. Só consegui respirar de novo quando a viatura passou devagar.

A alguns quarteirões da casa, quase livre, vi três caras usando moletons da Beta. Tentei virar na rua seguinte para não dar de cara com eles.

— Ei — disse um deles enquanto eu atravessava para a calçada oposta.

— A festa é pra cá! — gritou outro.

Puxei o moletom mais para baixo na testa.

— Está a fim de se divertir?

Os três caras tinham parado. Eu os ignorei e dei uma corridinha.

— Ah, vai se foder! — berrou um deles, e as risadas soaram até o outro lado da rua.

Depois disso, a via ficou sem ninguém. Tentei fingir que era só mais uma quinta à noite, que eu tinha saído da festa mais cedo e largado Tristan com o pau meio duro e uma ressaca.

Ao me aproximar da casa pelos fundos, vi luzes acesas lá em cima. Decidi usar de novo a janela. Chutei os sapatos para longe e escalei a parede de tijolos até a sacada particular de Camilla. Eu já tinha feito isso várias vezes quando estava sob advertência, com frequência tendo que engatinhar pelo chão se Camilla já estivesse dormindo na cama dela. Abri a porta deslizante e entrei no quarto. Não tinha ninguém lá em cima.

Arranquei a roupa assim que me tranquei no quarto. *Você está bem*, disse a mim mesma. *Só precisa de uma bucha para limpar qualquer traço remanescente de sangue na sua pele e abrir seus poros. Amanhã dá para ir a uma dermatologista e pegar um hidratante rico em antioxidantes para aplicar durante uma semana mais ou menos.*

Meu estômago se contraiu, como um dedo me cutucando por dentro e dizendo: *Você tem ideia do que acabou de colocar dentro do seu corpo? A gordura saturada? Os carboidratos simples? Todas as calorias vazias?*

A queimação deliciosa que eu havia sentido ao arrastar o cadáver de Tristan pelo quarto dele tinha desaparecido. A última vez que eu tinha comido tanto assim foi no quinto ano do fundamental, antes de Pam me matricular no Booty Camp Pré-Adolescente Donna Delaney.

— Quem é? — falou alguém do corredor, enrolando a língua. — Eu sei que tem alguém na casa!

Escutei o som de passos em frente ao meu quarto, e houve uma batida na porta. Agarrei uma camiseta larga, procurei algum sangue que tivesse sobrado nos meus braços e abri a porta. Era Ashley, ainda com um vestido preto apertado que tinha subido bem para cima do fio dental barato dela. Ela se apoiou na parede, mal conseguindo ficar de pé.

— Tiffany? De onde você saiu? — perguntou.

— Quer falar baixo? Estou tentando dormir.

— Você estava aqui o tempo todo?

Olhei os olhos nebulosos dela e tentei adivinhar de quanto desta conversa ela lembraria de manhã. Pouco ou nada.

— Estou em casa faz duas horas — falei. — Pedi pro cara que foi comigo me trazer mais cedo.

— Me mandaram embora. O Johnny me disse que eu fiquei bêbada demais de novo. Ele se recusou até a transar comigo.

— Puxa, que pena.

— Eu vomitei num barril de chope.

— Que maravilha.

— Tem Cheetos aí? — perguntou Ashley.

A menção à comida me arrepiou.

— Não.

— E Doritos?

— Eu tenho cara de quem tem salgadinho escondido que nem um esquilo gorducho? Vai olhar na cozinha.

Eu mal conseguia conter a urgência de empurrá-la para longe de mim. Mas precisava tomar cuidado. Ashley tinha que estar do meu lado amanhã.

— Toma um Advil e bebe água — instruí. — E vê se dorme.

Os passos pesados e acolchoados dela na madeira sacudiram o corredor, e esperei até conseguir ouvi-la tropeçando escada abaixo antes de sair da porta.

Eu tinha conseguido e estava livre, por enquanto. No dia seguinte, enfrentaria as consequências que viessem. Naquele momento, não podia fazer mais nada.

Vi o vermelho se espalhando ao redor do corpo de Tristan, as minúsculas bolhas de ar estourando no peito dele lavado de sangue. Tirei-o da cabeça. Ele tinha pedido, de certa forma, me atraindo ao seu quarto, mantendo aquela faca à minha vista, um taco convenientemente no chão. Ele queria diversão, mas não tinha especificado de que tipo — nem quem ia gozar naquela noite. Ele não devia ter ficado bêbado. Se não tivesse bebido tanto, Tristan podia ter me enfrentado, caso realmente quisesse viver. Senti um arrepio ao pensar em como a noite poderia ter se desenrolado se ele houvesse lutado.

Toquei meu colar. Havia um pontinho de sangue incrustado na pérola. Tirei com a unha. Eu tinha matado alguém. Estava com medo, tremendo, mas não sentia culpa. Nem um pouco. Pesei essa percepção por alguns momentos, testando-a.

Aí, baixei os olhos para minha barriga estufada e me lembrei da pele de frango e da massa frita que havia comido, alimentos gordurosos suficientes para cinco refeições. Agarrei uma lixa de unhas, entrei no banheiro compartilhado, tranquei a porta e caí de joelhos na frente da privada, deixando o gosto de carne, trigo e ácido subir. Fiquei olhando os pedaços de frango flutuando na água. Eles rodopiaram e dançaram, me atormentando. Fechei a tampa da privada com um chute, dei descarga e fui para a cama.

Naquela noite, sonhei com coxas de frango de três metros de altura me perseguindo, me segurando, se forçando pela minha garganta abaixo. Acordei engasgando até perceber que era só mais um pesadelo estranho.

5

A sexta-feira de recuperação foi surpreendentemente rotineira, considerando o assassinato fora do campus. Mandy tinha pedido sanduíches de café da manhã para todo mundo, e ignorei o cheiro tentador de ovo, queijo e croissant, ficando com o suco prensado a frio. Todas as meninas estavam grudadas no celular, mas naquele dia era atrás de boletins de notícias, não das histórias embriagadas da noite passada.

— Alguma atualização do Tristan? — perguntou Emily.

— A Sig Nu inteira está em lockdown — respondeu Amy. — É estranho pra caralho. Um dia o Tristan está me ajudando a levantar fundos para o Vôlei Contra as Doenças Venéreas, e no outro está morto. A vida é um sopro mesmo.

— Não foi um acidente — informou Mandy. — Ouvi falar que ele tomou um tiro do traficante dele.

A polícia tinha guardado segredo da morte de Tristan ao longo do dia. Alguns membros da Beta alegaram ter visto toda uma equipe de limpeza do campus visitando a casa, enquanto outros insistiam que ele tinha só se engasgado com o próprio vômito, à la Hendrix.

— Tiffany, você foi na festa do branco e preto com ele, né? — perguntou Emily.

Suguei tão forte um cubo de gelo que ele rachou.

— Eu já te disse. Vim embora mais cedo.

— E antes de o Tristan te deixar em casa? — quis saber Emily. — Aconteceu alguma coisa estranha?

Senti na nuca o pequeno galo que tinha aparecido durante a noite.

— Nada parecia fora do normal — respondi. — Ele ficou doidão na festa e me pediu pra voltar pra casa da fraternidade com ele, mas eu não quis. Percebi que naquela hora ele estava tão pra lá de Bagdá que ia acabar brochando e me obrigando a ver *Tropas estelares* ou ouvir Journey com ele. Uma dessas noites, sabe como é.

Amy revirou os olhos.

— Meu palpite é que um dos entregadores do Jose's surtou com o Tristan — falou Mandy. — A casa deles pede burrito lá toda hora e *nunca* dá gorjeta.

Mandy mordeu o sanduíche de ovo antes de seguir para o assunto seguinte da noite passada.

†

Os policiais me interrogaram dois dias depois. Eu tinha sido mandada para a delegacia, junto com mais cinco garotas de irmandades diferentes.

Os investigadores foram todos superamigáveis, perguntando sobre os diferentes eventos das nossas casas e nossos hobbies. Dei um depoimento, contando que ele tinha me deixado logo depois da festa porque eu tinha barrado os avanços dele.

— Sendo uma mulher jovem, eu sei da importância de não baixar a guarda durante esse tipo de evento cheio de bebida. Todo cuidado é pouco quando tem predadores em potencial de olho por aí. Esta faculdade é totalmente despreparada para lidar com questões de consentimento — falei a dois investigadores de meia-idade.

— Seus pais te ensinaram bem — falou o mais gordo.

Não consegui evitar uma risada.

— E onde moram os seus pais? — perguntou o outro.

— Oi? — Isso me desnorteou. Eu não queria falar de Pam. Nem do meu pai. — Orange County. Minha mãe mora lá.

— E o seu pai?

— Morreu.

— Sinto muito. Recentemente?

— Ele morreu quando eu tinha dezessete anos. Já estamos quase no fim?

— É só protocolo — descreveram.

Mas, depois que saí da delegacia, minha mente começou a circular pelos detalhes, o que eu tinha deixado de fora, e fiquei me perguntando se os olhares reconfortantes deles eram só para me despistar, me seduzir a ficar complacente, me garantir que a blusa reveladora que eu havia usado durante o interrogatório estava funcionando. Eu ia passar o dia somando minha contagem de calorias, e a paranoia ia chegar. Eu disse a eles que tinha voltado para casa às onze ou onze e meia? Aqueles caras da Beta tinham me reconhecido na rua? Eu enfiara o conteúdo aleatório da noite — a faca, minha lingerie, o moletom do Tristan — no cofre do armário que havia comprado para deixar minhas joias mais caras longe das outras meninas. Não o tocara desde então. Não sabia quais os próximos passos a dar.

Cheguei a uma conclusão inevitável: eu não podia fazer aquilo sozinha. Precisava garantir que essa imprudência fosse descartada, resolvida por um profissional, para eu poder superar e me dedicar a questões mais importantes. O próximo calendário de biquíni da irmandade seria fotografado em poucas semanas, e eu estava quase um quilo e meio acima do meu peso ideal. Tinham me pedido para julgar uma maratona de striptease de uma fraternidade em breve. Eram eventos importantes, itens da agenda que exigiam toda a minha atenção.

†

Liguei para Pam na manhã seguinte no caminho de volta à minha casa. Havia uma van da CBS estacionada na avenida das fraternidades, e uma repórter novinha com um terninho pêssego horroroso estava babando em um membro da Sigma Alpha Epsilon, a SAE.

— Como o assassinato fez você se sentir? — ela perguntou a ele. Quando não conseguiu uma resposta articulada, continuou: — Você se preocupa com sua própria vida por saber que tem um assassino por aí, observando, sem ser pego?

Ele deu de ombros.

— Talvez. Acho que sim.

Outro membro da fraternidade chegou por trás da repórter insuspeita, com as mãos espalmadas atrás da cabeça, e fez movimentos de estocada com a pélvis na direção dela.

O câmera estava prestes a intervir quando Pam atendeu.

— Tiffany, seu tutor me disse que você já está sendo reprovada em duas disciplinas. O semestre acabou de começar.

— Falha de comunicação. Meus tutores são imbecis. Além do mais, isso é informação confidencial.

— Não era confidencial quando contratei o sr. Pete para preencher a sua ficha de candidatura. Arranja um tutor que aumente as suas notas, tá? Está na hora de você mesma supervisionar essas coisas.

— Por mim tudo bem. Escuta, preciso do nome do advogado do pai.

— Ele tinha vários.

— Aquele com o bronzeado artificial e o cabelo meio loiro.

Pam não pareceu preocupada demais. Provavelmente nem sabia que tinha havido um assassinato no campus.

— Richard Slade. Por que você precisa de um advogado?

— Você acabou de falar que eu devia cuidar sozinha das coisas.

— Por favor, não vai me dizer que gastou sua mesada em criptomoeda.

— Quê? Ah, dá um tempo — falei.

Eu tinha acabado de desligar quando a repórter se virou para mim.

— Você! — gritou ela. — Precisamos de uma opinião feminina.

— Levanta um pouco mais o ângulo dessa câmera que eu falo — instruí o cinegrafista.

A repórter enfiou o microfone na minha cara.

— Como o assassinato fez você se sentir?

— Apavorada — respondi.

E eu estava apavorada mesmo, apavorada de acabar sendo pega e presa, forçada a negociar sessões de colação de velcro em troca de absorventes e escovas de cabelo de plástico. Eu ia viver meus anos mais comíveis com uma horda de detentas peludas. Seria pior que a casa da fraternidade. Mas eu também estava sentindo outra coisa.

Atacar Tristan tinha sido como era para ser a sensação dos *unboxings* do YouTube, aquela adrenalina em que você se surpreende e se sente completa, inteira. Viva.

†

O escritório de advocacia de Richard Slade, dez andares acima da rua, tinha vista para Beverly Hills. Ele tinha coberto a si mesmo com Ralph Lauren e um bronzeamento artificial pesado. Eu tinha escolhido usar um conjuntinho inteiro da Chanel num tom recatado de rosa-claro. Ele me recebeu na porta da sala. Havia um toque de ansiedade embaixo de todo o tecido e colônia caros. Da última vez que tínhamos nos visto, eu estava com dezessete anos. Ele fizera uma visita final ao meu pai para resolver a questão do espólio. Me lembro da voz retumbante do meu pai ecoando pelo corredor lá de baixo, ainda forte apesar do câncer.

Slade e eu nos avaliamos por um segundo.

— Tiffany. Olha só você. Toda crescida.

Slade não pareceu surpreso quando mencionei minha preocupação com ser interrogada.

— Parece o protocolo normal. Só estão tentando montar uma linha do tempo. Infelizmente, você parece ter sido quem ficou com Tristan a maior parte da noite. Com quem você falou na delegacia?

— Um cara chamado Jenkins. Acho. Não lembro o nome do outro. Olha, não estou preocupada, só preciso saber o que fazer se for chamada de novo. Eu gostaria mesmo de voltar à minha vida, sabe, estudar, fazer voluntariado e tal.

— Claro. Em geral, eu lido com questões de colarinho-branco.

— Você pode me ajudar ou não?

— Posso te oferecer uma consulta, claro. Seu pai era um dos meus melhores clientes. Vou ficar feliz de ajudar se puder.

Uma secretária bonita mas acima do peso nos interrompeu para me trazer uma água com gás. Slade esperou até que ela fechasse a porta. Assenti, e ele retomou:

— Tem alguma possibilidade de você poder ser rastreada até a cena do crime?

— O quarto do Tristan? — Percebi meu equívoco. — Os policiais me falaram que foi lá que ele foi achado.

Ele assentiu para eu continuar, e vi o início de uma entrada no couro cabeludo, apesar das luzes cor de mel.

— Tem — respondi.

— Tem uma possibilidade?

— Tem festas — expliquei. — Toda quinta. Às vezes terça. De vez em quando quarta. Enfim, teve uma festa com tema de volta ao mundo na semana passada mesmo. O quarto do Tristan era a Rússia. Eles estavam servindo Moscow Mules e uns shots. Tinha dezenas de pessoas lá.

Empilhei os detalhes por hábito. Esses pedaços espalhados de verdade em geral eram o pulo do gato para uma mentira bem-sucedida. Eu ainda não sabia se podia confiar em Slade.

— Em que você pode ter tocado no quarto durante uma dessas festas?

— Bom, todo mundo fica bem bêbado. Às vezes a gente esbarra em cadeiras. Mesas. Camas.

— Camas. Você já dormiu com o Tristan?

— Não. Não que eu lembre.

Ele me deu um olhar condescendente que me deu vontade de dar na cara dele.

— Você não consegue lembrar? — perguntou. — Você teve algum contato sexual com ele na noite do incidente?

Pensei na onda de choque que havia sentido no meio das pernas depois de romper pela primeira vez a pele de Tristan.

— Não. Definitivamente não.

Slade não tinha muito o que me oferecer, tirando a instrução de não falar com a polícia sem o consultar antes. Também me aconselhou a não ir às próximas festas e filtrar com cuidado meu conteúdo nas redes sociais. Ele estava pedindo muito de uma universitária com uma reputação a manter.

— Só isso? — perguntei.

— Por enquanto. Tomara que continue assim.

Abri a porta, os quase quinze quilos de metal liso que o protegiam do resto da cidade.

— Espera. — A voz de Slade me parou.

Eu me virei, incerta. Ele parou na frente da mesa. Pareceu pequeno, bem mais baixo do que eu lembrava.

— Se cuida, Tiffany.

— Pode deixar — falei.

— Ache um cara bacana, um namorado. Seu pai ia querer isso. Ele podia ser um homem difícil, mas gostava de você.

Um homem difícil. Que eufemismo. Mas era isso que faziam os bons advogados — pegavam a verdade e a diminuíam até ela ser um pontinho quase invisível.

Desci de elevador e saí de volta para o calor e o trânsito.

†

Então eu esperei. A polícia nunca me ligou de volta. Recebi uma conta de cinco dígitos do escritório de Slade e nunca mais tive notícia dos investigadores.

Ashley tinha jurado que eu estava de volta em casa por volta das onze da noite, segurando o cabelo dela enquanto ela vomitava. A *Acabadashley* não era exatamente a definição de um álibi infalível, mas tudo bem.

O ponto do ônibus metropolitano que ia para o centro ficava bem na frente da fraternidade, então, nas semanas seguintes, cresceu a especulação de que um transeunte talvez tivesse descido para roubar alguma merda da casa vazia e destrancada quando Tristan chegou mais cedo da festa e frustrou fatalmente os planos dele. Uma manchete local dizia: *"Estarão os sem-teto atacando universitários?"*. Na semana seguinte, a Fox News estava lá.

Quando essa teoria ganhou tração, todo mundo começou a se acalmar um pouco. Fazia sentido; a ordem estava restaurada. Em pouco tempo, virou um fato solidificado no L.A. *Times*. Os sacos de dormir perto dos outdoors de pontos de ônibus próximos um dia sumiram. Os carrinhos de compras e fortes improvisados desapareceram. Residentes disseram que as ruas pareciam mais seguras, mais limpas. Eu tinha feito um favor à cidade, sério.

6

Após o assassinato de Tristan, após as vigílias segurando velas e as reportagens sobre os pulmões perfurados dele e seu peito retalhado, houve um retorno ao mundano. Seminários. Temporada de futebol americano. Um afogamento acidental no centro recreativo. Embarquei numa dieta crudívora estrita, comendo no máximo mil calorias diárias, sem refeições livres e com treinos de duas horas seis vezes por semana. Tentei me distrair e evitar pensar naquela noite na Sig Nu.

Todos já fizemos idiotices algumas vezes. Segundo os rumores, meu pai tinha envenenado a comida de um dos rivais comerciais dele. O vice-presidente deu um tiro na cara de um homem, puta merda, sabe? Eu estava seguindo em frente feito qualquer um com dinheiro e reputação. Slade tinha resolvido o assunto.

Os dias ainda queimavam, ensolarados e quentes, mas as noites finalmente tinham esfriado. Parei de sonhar com fogo, mas, em vez disso, acordava de novos pesadelos: sangue acidental na minha blusa, uma faca caindo quando eu tentava tirar meu cartão *platinum* da bolsa.

Tentei me distrair com as atividades iminentes da Delta Gamma. A maratona de strip era no terceiro fim de semana de outubro, quando a ZBT fazia um show anual de striptease masculino. Depois do assassinato, as festas fora do campus tinham sido suspensas, mas as regras já estavam ficando mais brandas. A faculdade não podia esperar que a proibição durasse, que os estudantes ficassem de luto por um cara por muito mais tempo.

A maratona de strip tecnicamente era classificada como evento beneficente, já que íamos usar nossas notas de um dólar para levantar fundos. Tinham pedido que eu julgasse e desse nota para os homens nas apresentações individuais e de grupo, junto com representantes de outras duas irmandades.

Era bom representar o que estava sendo divulgado como o top três de gostosas do nosso campus, mas lidar com irmandades diferentes podia ser um pé no saco. Tammy, a jurada da Pi Phi, tinha o QI de um cachorro de porte pequeno, mas havia descolado um nariz novo no verão, o que acarretara um pico de popularidade. Stephanie, a jurada da KKG, era outra questão. Ela era herdeira de uma das famílias mais ricas da Bay Area e exibia uma malevolência crua que me fazia pensar em mim mesma.

Me vesti de modo casual, já que dessa vez a ênfase estaria nos caras. Roupas casuais, porém, eram as mais difíceis de acertar, já que parecer não ter se esforçado exigia o maior nível de preparação. Fui com uma blusa bem feminina da Dior, jeans *flare* e sapatos *nude* extra-altos que me deixavam com quase um e setenta e oito. Stephanie era mais alta do que eu, e eu queria garantir que ia ficar do tamanho dela.

Selecionar um look me distraiu do nervosismo de entrar em outra fraternidade após a morte de Tristan. Me sentei na frente do espelho do quarto, questionando o tom da sombra Urban Decay na minha pálpebra, prestes a esfregar tudo até sair. Em cinco minutos eu estaria atrasada para o evento. A voz de Emily me assustou.

— Te afetou muito, né? A morte do Tristan.

Eu não tinha percebido que ela estava no quarto.

— Tem um número que você pode ligar — continuou Emily. — Se quiser falar com alguém. Eu já usei.

— Por quê? Que problemas você tem? — perguntei, e me arrependi imediatamente.

— Às vezes não me sinto boa o suficiente para ter entrado na faculdade, na casa DG.

— Deve ser difícil pra você — falei.

Pus a mão no ombro dela. Comportamento impecável, lembrei a mim mesma.

A verdade era que eu me sentia mais que boa o suficiente. Aliás, sentia que meu mundo estava mal começando a cumprir tudo o que devia para mim. Mas fiquei de boca fechada. Estava oficialmente atrasada.

Eu sempre ficava embasbacada de ver como algumas pessoas conseguiam mostrar suas almas atormentadas. Emily achou que eu estivesse sofrendo com o assassinato de Tristan, que a tristeza era que tinha me abalado nas últimas semanas. Emily sempre via o melhor nas pessoas. Erro dela.

— Obrigada pelo conselho, mas já fiz essa parada toda de terapia.

Eu tinha gastado cinquenta mil em sessões de terapia no ensino fundamental e médio. Um telefonista voluntário não me ajudaria a resolver as questões com meu pai.

— E? — perguntou Emily.

— Tenho que correr.

༿

O cheiro de maconha e cerveja barata que emanava da porta da ZBT era o mesmo que eu havia sentido naquela quinta-feira à noite no Sigma Nu, logo antes de Tristan me levar para o quarto dele.

Assim que cheguei à sala principal da ZBT, Stephanie pôs a mão na minha cara tão rápido que achei que estivesse prestes a me esbofetear e me preparei para dar um chute na barriga dela. Mas ela só queria enfiar um anel de três pedras de diamante na minha fuça. Ela balançou os dedos e mexeu a mão para Tammy, que imediatamente protegeu o rosto.

— Cuidado com meu nariz!

— O Jeremy me deu no fim de semana passado quando me levou para Napa — disse Stephanie.

Eu já tinha visto o anel. As redes de Stephanie estavam cheias de fotos que claramente tinham sido posadas por uma boa hora para um namorado que trabalhava em tempo integral para o Instagram dela: nadando embaixo de cachoeiras, boiando em flamingos infláveis, virando estrelinha em paisagens desertas remotas.

— Vocês estão noivos? — perguntou Tammy a Stephanie.

— Está de brincadeira? A gente não mora no Sul. Foi um presente de aniversário de seis meses.

— É lindo — comentou Tammy.

— Tiffany, você olhou bem? — falou Stephanie, tentando me cegar com ele de novo.

— Eu vi. Prefiro em formato de gota.

— Ah, por favor, esse corte é tão *démodé* — disse ela, com um olhar afiado para o formato de gota do meu colar.

Mudei de assunto.

— A gente provavelmente devia preparar alguma coisa pra dizer sobre analfabetismo.

Tammy e Stephanie ficaram me olhando.

— Estamos aqui pra levantar fundos para adultos analfabetos, não?

— Achei que fosse um protesto contra o fraturamento hidráulico — disse Tammy.

Donnie, presidente da ZBT, emergiu da multidão equilibrando três copos de plástico vermelhos com cerveja. Nos direcionou a uma cabine na primeira fileira e entregou faixas de seda com a alcunha da nossa irmandade escrita. Aí puxou tiaras cor-de-rosa para nós. Tammy imediatamente colocou a dela, mas Stephanie e eu vimos os pintos minúsculos de strass que enfeitavam a frente.

— Bem elegante — comentou ela.

— Vocês são a realeza das irmandades — disse Donnie. — Usem com orgulho.

— Estou fazendo isso só pela caridade — esclareceu Stephanie.

Tammy se sentou entre mim e Stephanie enquanto as outras garotas começaram a se aproximar: superaram em muito o limite de vinte e cinco meninas. Uma legião de Delta Gammas se enfileirava na frente direita do palco, onde havia um mestre de cerimônia. Ele pediu que subíssemos e nos apresentássemos, e recebemos lousinhas brancas para escrever nossas pontuações. Entrei em transe olhando o anel de Stephanie — brilhava mesmo, especialmente sob as luzes fluorescentes.

A casa escureceu, e luzes estroboscópicas começaram a pulsar no palco. Chegaram dois caras vestidos de bombeiro, segurando machadinhos de plástico. Eles giraram as jaquetas ao som de altas comemorações e aí foram para os capacetes. Um dos bombeiros jogou o dele do palco, mas o segundo dançarino o tacou na plateia, e o capacete atingiu a testa de uma garota da Tri-Delta. Os bombeiros dançantes sentiram que havia algo errado e sua coreografia se desintegrou numa palhaçada de estocadas até eles serem expulsos do palco pelas vaias.

Dei menos três para eles.

Os bombeiros foram rapidamente substituídos por dez dançarinos, todos vestidos de Tarzan e batendo em bongôs. Eles tiraram tudo até eu conseguir ver cada músculo de seu corpo se tensionando. Garotas me cercavam de todos os lados, mas eu estava convencida de que conseguia sentir o cheiro de suor e Old Spice saindo em ondas do corpo deles. Meu coração batia no próprio ritmo febril, mas rápido que a batida da música.

Depois que eles saíram, meus olhos se fixaram por muito tempo no palco vazio. Imaginei estar num quarto só com os corpos nus deles e uma furadeira elétrica totalmente carregada. Sacudi a cabeça e rabisquei um oito.

— Sério que você deu uma nota tão alta? — Stephanie se virou para mim. — Foi uma puta apropriação.

Para o terceiro ato, só veio um dançarino. Ele estava com um terno apertadíssimo. A música tinha sido cortada e ele ficou lá parado em silêncio, com um único holofote vermelho o iluminando. Soltou a gravata do colarinho e tirou o paletó, colocando-o em cima de uma cadeira dobrável. Ele abriu meticulosamente um botão da camisa após o outro, enquanto a multidão era tomada por um silêncio carregado. Ele a puxou, e meus olhos viajaram pelo seu peito até o V perfeito que emoldurava o abdome. Ele não tocou na calça e começou a tirar os sapatos, ainda de gravata. Era tipo o Andy Warhol do strip; a maneira absolutamente comum como removia devagar e sem cerimônia toda a roupa desafiava a lógica.

— Um pouco abstrato demais pro meu gosto — murmurou Stephanie.

Cada músculo do meu corpo ficou tenso, e minhas pernas envolveram a cadeira dobrável com tanta força que virei parte do metal gelado embaixo de mim. Tentei escrever no meu placar, mas a mão tremia demais. Só consegui produzir um zigue-zague vacilante. Quando levantei o braço, uma gota de suor rolou da axila, passando pelo tríceps, até o chão. Ele estava só de cueca. Aí, sem esperar pelo aplauso de uma plateia, saiu do palco.

— Sua nota, Tiffany — disse Stephanie.

Baixei os olhos para o rabisco na minha lousa.

— Você está bem? — perguntou Tammy. — Seu olho está tremendo.

Eu a vi baixar os olhos e perceber o suor que se acumulava sob minha blusa. Fiquei de pé tão rápido que virei a cadeira.

— É cedo demais, com a morte do Tristan — falei, cavando uma explicação plausível.

— Você não pode sair! — gritou Stephanie por cima da música e das garotas gritando. — O próximo ato está começando!

Mas eu já estava fugindo para a extremidade da sala, passando por garotas das irmandades para achar a saída.

Irrompi pelas grandes portas duplas da casa e cambaleei pelos degraus de pedra. Não podia ficar lá; não confiava nas vontades que tinham sido de novo suscitadas em mim. Desde Tristan, eu não conseguia pensar em outra coisa. Não dava para voltar a festas normais. Eu havia tido um gostinho da diversão de verdade.

Tirei os sapatos altos e corri pela Avenida Strathmore. Talvez nunca mais conseguisse pôr os pés numa fraternidade. Aqueles caras mal eram nota sete. O que aconteceria se eu chegasse perto de um dez? Eu estava fora de controle, pegando fogo.

Me aproximei do Village. Estava a mais de um quilômetro e meio da avenida das irmandades. Quando vi a placa, soube que tinha pegado aquela rota de propósito. O prédio tinha estado lá durante toda a faculdade — eu passava de carro por ele quase todo dia, mas nunca tinha entrado. Naquele dia, o edifício me chamou, me atraindo com aquela maravilhosa seta amarela.

Entrei e fui direto ao balcão, furando a fila.

— Um duplo completo — falei para o caixa, que parecia ter dezessete anos e usava um chapéu de papel ridículo.

Ele me olhou por um momento e disse:

— Três e cinquenta e cinco, por favor.

Eu tinha deixado a bolsa na cabine das juradas. Fucei os bolsos do meu jeans e achei dois dólares. Entreguei o bolinho de dinheiro resgatado e peguei a nota fiscal antes de ele poder contar. Ele suspirou e fez um gesto chamando o próximo cliente.

Enquanto eu esperava o hambúrguer, vi um garoto dando risadinhas de mim. Não tinha ideia do que aquele merdinha gorducho estava olhando, mas logo percebi que tinha mais gente virada para mim, como se soubesse que eu não devia estar lá, que eu era o tipo de garota que devia estar tomando um shake de leite de soja e comprando cenouras num mercado de orgânicos, não pedindo pilhas de carne num fast food. Foi só quando baixei os olhos para meus pés sujos que percebi que ainda estava usando minha faixa de jurada. Tateei o topo da minha cabeça: a coroa de pênis. Rasguei o negócio e enfiei na boca arredondada da lixeira mais próxima.

Quando finalmente chamaram meu número, peguei o pedido e me retirei para a lateral do prédio, longe de quaisquer janelas. Me agachei do outro lado do drive-thru, livre de olhos curiosos, e enfiei os dentes na pele macia do pão de hambúrguer. Me entreguei ao borrão insano de sabores, ao gosto complementar de carne bovina gordurosa e molho de maionese cremoso. Só consegui me acalmar depois de comer o negócio inteiro, incluindo um pouco do embrulho de papel.

Eu mal conseguia me lembrar de subir de volta a ladeira até a casa. Quando entrei, me vi de novo na frente da porta do banheiro, esperando para permitir que a culpa por minha refeição de quase mil calorias me forçasse a ficar de joelhos na frente da privada. Mas naquele dia eu não conseguiria. Qual era meu problema?

Andei pelo corredor vazio até meu quarto. Emily não estava, provavelmente tendo ido visitar a avó. Destranquei meu cofre e puxei a faca que tinha sido enfiada em Tristan, tateando a lâmina serrilhada. Voltei ao corredor e me sentei na frente do banheiro, correndo o dedo para cima e para baixo do centro liso da faca, esperando algum tipo de resposta ou sinal.

7

Quando era novinha, eu queria ser exploradora, antes de pensar em ser influenciadora, *personal shopper* ou modelo. Antes de perceber que não precisava *ser* nada, que emprego era coisa para gente com um crédito merda e dívida do financiamento estudantil que tinha aspiração de um dia comprar um apartamento.

Eu gostava de testar as coisas, forçar a barra: um dedo na chama de uma vela ou passando pela lâmina de uma gilete. O som de catapulta feito pelo estalo da ratoeira na casa da piscina. Era ainda melhor quando eu fazia outras pessoas brincarem comigo. Tipo minha irmã mais nova, Celeste. Às vezes eu mexia com os lulus-da-pomerânia. Mas em geral era com Celeste, já que Pam surtava bem mais por causa de Tiki e Sargento Fagulha.

Ela empilhava todos os meus pecadinhos e esperava até o fim de semana, quando meu pai voltava de seus negócios na cidade. Aí ela me agarrava pela mão e me puxava escada acima até o escritório dele, que era escuro e frio independentemente da estação. Ela tinha que bater primeiro. Todos nós tínhamos. A porta ficava trancada, ele estando lá dentro ou não.

— Conta para o seu pai o que você fez ontem.

Meu pai em geral dava as costas para nós, olhando pela janela o oceano lá embaixo.

Eu admitia um tequinho da verdade.

— A Celeste ficou presa no armário.

— Presa? Escolha interessante de palavra — dizia Pam, batendo os Jimmy Choos na madeira maciça, já se arrependendo de ter subido, já querendo escapar. Ela odiava o escritório do meu pai, aquela cor de esmeralda e mogno.

— Alguém trancou ela no armário — admitia eu.

— *Você* trancou! A Celeste ficou lá por horas! Fez xixi no macacão novo da Burberry.

— Foi sem querer — jurava eu.

Mais ou menos nesse momento, meu pai talvez se virasse para me olhar. Em algum ponto, ele interrompia com mais perguntas para Pam.

— E onde você estava durante tudo isso? Onde estava a babá?

Meu pai abordava todos os ângulos de uma briga. Ele estreitava o foco nas fraquezas da minha mãe como se a olhasse pela mira de um rifle de caça. E sempre ficava do meu lado.

Ele gostava de clicar o isqueiro para a frente e para trás. Soava como a agulha de um revólver.

— Por que você fez isso, Tiffany?

Eu em geral respondia com sinceridade.

— Não sei. Foi divertido. Uma brincadeira.

— Não faça mais isso — dizia ele, fosse o "isso" em referência a trancar Celeste no armário, bater a cabeça dela numa bancada ou jogar o jipe da Barbie dela na piscina.

Eu fazia que sim, e a conversa terminava.

Mas Pam sempre me perdoava. Tomando uma taça de champanhe e vendo algum programa horroroso de decoração de casas, ela se inclinava e me admirava.

— Olha só você, esse rosto. Você é igualzinha a mim. Não tem nem os olhos dele. Nadinha.

Ela amava comentar sobre a minha aparência, o verde dos meus olhos, as linhas das maçãs do meu rosto, as linhas ainda mais longas das minhas pernas. Eram todas características dela. Minha mãe era perfeitamente simétrica, por uma combinação de genes e cirurgia plástica. Celeste, por sua vez, era desengonçada, meio cavalona. E quando cresceu não ficou mais harmônica no nariz nem no maxilar.

Pam e eu combinávamos, era verdade, como metades de um coração de um colar de recordação. Ela chegou a me dar um desses, metade de um coração partido numa corrente de prata. A gente dá isso às amigas aos doze anos (e mesmo assim é *cringe*), e não a uma das filhas. Ela fingia que éramos membros de um clubinho. Eu balançava o colar na frente de Celeste e provocava-a, gritando:

— Cadê o seu?

Fora isso, nunca usava aquele negócio idiota.

Quando comecei o ensino médio, o rosto de Pam ficou mais tenso, mais comprimido. Foi quando ela começou a se desesperar. As palhaçadas de mãe basicona dela começaram a me envergonhar no segundo ano, quando ela começou a tentar sair comigo. Ela tentava nos convencer com bebida como se fosse aquela mãe do *Meninas malvadas*.

— Um pouco de champanhe, só um tiquinho — dizia, quando eu recebia as meninas em casa.

Uma vez, tramamos para jogar papel higiênico molhado na coitada da nerd que fazia parte do time de líderes de torcida e pegamos Pam ouvindo. Ela queria participar.

— Eu levo vocês. Posso ficar de vigia. Dirigir o carro da fuga.

Respondi por todas nós:

— Obrigada mas não, Pam.

No meu terceiro ano, ela tentava me dar conselhos patéticos de namoro, plantava a bunda na bancada do meu banheiro enquanto eu passava minha make, com um copo de *pinot grigio* na mão.

— Sorria mais! — dizia ela. — Assim você consegue o que quer.

Mas meu pai nunca sorria. E ele parecia ter todo o poder. Além do mais, eu não era como Pam, nascida num cafundó do Missouri. Não passei o fim da adolescência "dançando", como ela chamava, esperando alguém com dinheiro me levar para algum lugar melhor. Eu vinha de OC. Nasci assim, com sal marinho no cabelo e um iPhone na mão. Tive vista para o mar desde o começo. Algum dia ia me casar com alguém igual, que também sentia o cheiro do desespero a mais de um quilômetro de distância.

— Os homens fazem qualquer coisa pra transar — dissera Pam naquele mesmo dia no banheiro. — Pelo menos no primeiro mês. Estou brincando, lógico.

Ela não estava. E tinha razão. Os homens *faziam* qualquer coisa para transar. Isso só foi se confirmando à medida que fui ficando mais velha. Por exemplo, era totalmente possível dizer para um cara: "Tem uma probabilidade alta de eu te furar várias vezes com esta faca depois de chupar o seu pau". E ele só chegar à conclusão: "Espera, então eu vou ganhar um boquete?".

Talvez achasse que a garota estava brincando. Problema dele.

Eu já tinha dito a garotos que sou perigosa e eles acharam que eu estava só me mostrando (eu estava) e que não era sério (estavam errados). Eu me provava mais tarde com um roçar de fogo no corpo deles, uma mordida na coxa, um pouco perto ou forte demais. Nada sério. Nada nem parecido com o que acontecera com Tristan. A verdade era que eu não sabia que tinha aquilo em mim, que a habilidade não só de aleijar, mas de *matar*, estava espreitando dentro de mim o tempo todo. Se soubesse, teria tentado muito tempo antes.

†

Depois de o nome de Tristan desbotar das manchetes, a pergunta na boca de todo mundo era se o Halloween iria rolar. A universidade tinha banido todas as grandes festas como consequência do assassinato. As irmandades estavam menos preocupadas com serem esfaqueadas por um maníaco homicida do que com como seria o Halloween sem a noite tradicional de fantasmas, devassidão e overdose nas fraternidades. Houve protestos na avenida das casas e placas caseiras defendendo o direito a se divertir penduradas em sacadas e enfiadas em gramados da frente. Cheguei a ver no Instagram algumas manifestações na frente da biblioteca.

Um dia, vi Amy em um biquíni com estampa da bandeira americana sendo entrevistada no jornal local.

— Como a gente vai passar pelos estágios adequados do luto sem o Halloween? — perguntou ela. — Não podemos superar a não ser comemorando! Nós também temos direitos! Está na Constituição!

Ela tinha certa razão. Nossos pais tinham tido permissão para se divertir indiscriminadamente e foder durante todos os anos de faculdade, então por que nós não podíamos?

A verdade era que a universidade queria que o assassinato sumisse, fosse varrido do mapa o mais rápido possível. Realizou seu desejo quando a van de notícias achou uma reportagem melhor: um aluno de engenharia sobrecarregado havia se enforcado na faculdade rival do outro lado da cidade e mostrado a coisa toda ao vivo no YouTube.

Dois dias antes do Halloween, a secretaria suspendeu a moratória sobre festas e houve uma corrida insana entre as irmandades para concretizar os planos. A Delta Gamma acabou se comprometendo com uma festa na SAE. No dia 31, voltei de uma aula de spinning vespertina e encontrei a maioria das garotas já de fantasia.

Várias delas tinham consultado uma *Hustler*[1] e estavam vestidas como versões variadas de coelhinha da *Playboy*. Fantasias safadas da Vila Sésamo também eram bem populares este ano.

Amy estava na sala de convivência usando os restos de um vestido de enfermeira. Mandy estava agachada aos pés dela, cortando a barra da saia com uma tesoura, até o vermelho da calcinha aparecer por baixo como uma mira de tiro ao alvo. A própria Mandy estava vestida de zumbi topless, com adesivos colados parecendo carne apodrecida.

— O Dan vai gozar quando vir você — disse Amy a ela. — Peito e zumbi são as duas coisas favoritas dele.

Mandy se levantou para admirar seu trabalho.

— Que tal, Tiffany?

— As prostitutas da Hollywood Boulevard estão mais cobertas.

— Obrigada. Cadê a sua fantasia?

— Não tenho.

Eu não tinha planejado ir porque sabia que não podia confiar em mim mesma. Não queria sentir aquele mesmo pânico, aquela falta

---

[1] Revista pornográfica voltada para o público masculino e heterossexual. [N.E.]

de controle que apertava meu peito que eu sentira no fast food, de joelhos, com a boca cheia de hambúrguer. Assim como o assassinato, aquilo acontecera antes de eu conseguir me segurar. Era para eu obedecer ao Slade, ficar longe de festas e de quaisquer circunstâncias perigosas. Mas eu nunca tinha sido boa em seguir regras.

A noite do Halloween estava incomumente seca e ventando, com uma crepitação de eletricidade no ar. Enquanto eu subia a escada, uma rajada forte lá de fora balançou os retratos emoldurados no corredor. Olhei pela janela do meu quarto para o telhado das outras casas e as palmeiras que perfuravam o céu.

— Não vai se arrumar? — perguntou Emily.

Ela tinha vindo do banheiro.

Contei a ela a verdade, uma das raras vezes que fiz isso.

— Emily, ando me sentindo estranha. Acho melhor não ir.

— Você nunca ligou para aquele número que eu te dei, né?

— Não.

— Você devia pensar na possibilidade de pedir ajuda. Todas nós precisamos disso às vezes.

Eu estava prestes a responder quando me virei e vi a roupa dela, o chapéu pontudo e a quantidade ridícula de tecido extra.

— O *que* é isso? — perguntei.

— Um manto.

— Quê?

— Eu sou uma feiticeira.

Ela podia muito bem usar uma placa no peito dizendo VIRGEM DE DEZENOVE ANOS.

— Você tem alguma festa importante do Mundo da Magia pra ir? — perguntei.

— Vou na festa da SAE que nem todo mundo. Decidi passar o fim de semana aqui. E quer saber? Acho que você também devia ir. Acho que seria bom pra sua recuperação — disse ela.

Emily nunca ia a festas. Se ela ia, significaria que eu era a única DG faltante. Isso seria ainda mais suspeito. E o que aconteceria com minhas redes sociais se eu não fosse marcada nas atividades da noite? Os vídeos de "Se arrume comigo" já estavam lotando meus feeds. A maioria da casa já tinha ido. Da minha janela, eu via garotas saindo, fazendo clique-claque com saltos que seriam perdidos ou jogados de lado no fim da noite.

Emily tinha razão. Eu precisava ir. Não tinha outra opção, sério. E precisava de uma fantasia rápida.

Decidi me vestir de gata preta, que era o pretinho básico das fantasias de Halloween. Coloquei um conjunto de lingerie de renda preta que tinha comprado na Agent Provocateur e combinei com botas bem sexy até a coxa. Esculpi um delineado gatinho perfeito que destacava o verde dos meus olhos.

Muitas garotas gostam de ostentar o look de lingerie sem pensar em mobilidade, o que não é inteligente. Sempre que eu usava minha lingerie em público, eu me ancorava com fita dupla-face. Rasguei uma tira e grudei na curva do quadril. Me virei para o espelho de corpo inteiro para uma última olhada, só para garantir que meus seios estavam perfeitamente arqueados. Coloquei luvas pretas que passavam dos cotovelos para completar o look.

Stephanie estaria na festa, já que Jeremy era vice-presidente da SAE. Eu precisava estar gostosa que só. Linda de morrer. Ainda estava faltando alguma coisa.

— A gente pode ir junto pra festa? Posso te esperar — disse Emily.

Eu a olhei de cima a baixo. Odiava ser vista com uma nerd, mas, de novo, chegar com Emily só me faria ficar melhor.

— Tá. Ainda preciso de alguma coisa pra minha fantasia.

Desci e cacei entre os acessórios de fantasia descartados, doces desembrulhados e shots de vodca vazios até achar uma faixa de cabelo barata com orelhas de gato grudadas. Ainda estava com a etiqueta de sete dólares. Peguei uma tesoura de costura da mesa de centro. Meu reflexo se partiu em dois na lâmina fina. Cortei a etiqueta e me vi incapaz de soltar a tesoura. Ela caberia apertadinha, confortavelmente, na minha bota, apoiada na panturrilha.

— Pronta? — chamou Emily.

Ela estava na porta, abrindo-a, quando o vento veio e a fez bater com força na parede.

Deslizei a tesoura para dentro da bota antes de conseguir me segurar. *Só por precaução*, disse a mim mesma, já sabendo que era mentira. *Proteção.*

8

A sala principal do SAE estava vazia quando Emily e eu chegamos, e a pista só tinha dois nerds ouvindo tecno e tomando Bud Light. Mas era o protocolo de sempre, já que as pessoas demoravam a chegar e em geral subiam para encher a cara primeiro.

Segurei o corrimão, parando no pé da escada enquanto Emily seguia com passos pesados. Me preparei para a onda de calor masculino que tinha me assolado na maratona de strip e então subi a escada numa nuvem de fumaça. No meio do caminho, vi um cara vestido de barril de cerveja, nu da cintura para cima, com uma mangueira saindo da virilha. Esfreguei as mãos enluvadas na cintura, tentando me distrair de carne, abdome e músculos.

Mas em pouco tempo a visão das garotas das irmandades Alpha Chi e Tri-Delta apertadas em fantasias três tamanhos menores diminuiu meus batimentos cardíacos. Eu estava mais em forma que qualquer outra ali. Meu foco nos homens diminuiu, e comecei a dar notas a cada mulher que passava, rastreando pochetes e pernas de salsicha. Era como caminhar pelo bar de saladas gordurosas de um Sizzler do meio dos Estados Unidos.

Um cara que já estava tão acabado que mal conseguia manter os olhos vermelhos abertos me deu um encontrão. Apesar de estar chapadaço, devia ter percebido que não tinha chance comigo, porque se aproximou de Emily.

— Você está num bar e acabou de morrer, e Deus aparece e te fala...

— Não responde — instruí a Emily. — Nem olha.

Eu o empurrei de volta para o trânsito do corredor, e ele se perdeu na multidão.

— Tiff! Emily! — chamou Ashley.

Algumas outras Delta Gammas tinham se reunido longe da multidão num quarto do corredor e estavam passando uma sacola retirada de dentro da caixa de vinho Franzia. Ashley já tinha derramado vinho tinto por toda a frente única escrito "Faz cosquinha no Elmo".

— Você deve estar suando com essa roupa — disse ela a Emily.

— Não imaginei que fosse estar tão quente aqui.

— É a sua primeira festa numa casa de fraternidade?

Emily fez que sim.

Isso não refletia bem em mim; como irmã mais velha dela, eu devia tê-la levado a uma festa assim que ela entrou no ano passado, mas imaginei que, como ela viajava todo fim de semana para ir ficar com a avó, não tinha importância.

— Quem vem pela primeira vez tem que virar! — berrou Ashley, enfiando o saco de vinho na cara de Emily.

— Não gosto muito de vinho — disse ela.

— Cara, não pensa, só bebe — respondeu Ashley.

Emily me olhou com os olhos de um bezerro a caminho do matadouro.

— Se é a sua primeira vez, você tem que tomar — falei para ela, empurrando-a delicadamente para o meio do círculo de meninas da DG que se formara em torno de nós.

Ashley levantou o saco e eu puxei a cabeça de Emily para trás enquanto seu corpo lutava naturalmente contra a onda de vinho enfiada na boca dela. Ela cuspiu a maior parte no carpete. Foi a pior tentativa de virar que eu tinha visto fazia muito tempo, mesmo assim as garotas comemoraram.

— Tiffany, sua vez! — gritou Julie.

As meninas começaram a entoar um grito de guerra e logo estávamos atraindo atenção masculina. Um loiro gato sem fantasia entrou no quarto. Não o reconheci de outros eventos gregos.

— Tá bom — falei. — Eu faço sozinha.

Peguei o saco, segurando o plástico quente, e posicionei o bocal em cima da minha boca aberta. Não tomei muito antes de precisar dar um tapa para parar e passar a vez. O vinho tinto quente deslizou pelo meu pescoço, e sequei rapidamente antes de chegar à lingerie. Esse movimento me levou de volta à noite com Tristan, quando o sangue dele tinha encharcado meu sutiã. Fiquei zonza.

— É sério que as DGs estão tomando esse vinho barato escroto? — interrompeu uma voz aguda.

Stephanie tinha entrado no quarto com Jeremy. Como se já não fossem bregas o suficiente como casal, eles tinham escolhido se vestir de Romeu e Julieta. Obviamente haviam escolhido as versões "explícitas" da fantasia; Stephanie estava com um corpete minúsculo, e Jeremy usando uma espécie de colete que mostrava os mamilos.

— Tiffany, você está no quinto ano. Já era pra ter melhorado — comentou Stephanie. Ela acariciou os bíceps de Jeremy. — Todo mundo conhece o Jeremy?

— Este não é seu quarto, né? — perguntou Ashley a Jeremy, pegando um saco de Franzia vazando que havia acabado de jogar numa cama próxima.

— Não, o meu é no fim do corredor — falou ele.

Jeremy só ficou uns minutos, mas Stephanie estacionou na cama.

— Vocês já viram o que o Jeremy me deu semana passada? — perguntou ela, estendendo a mão.

— Puta que pariu, Stephanie, todo mundo já viu o seu anel — falei.

Os olhos dela queimaram.

— Não mesmo. Mas enfim. — Ela girou a pedra no dedo, criando flashes pelo quarto. — Tiffany, o Jeremy me contou que te viu naquele fast food, o In-N-Out, na noite da maratona de strip. Você não podia esperar até o fim do evento pra encher a cara de cheeseburger?

As outras estavam escutando. Apertei o maxilar.

— Não tenho a menor ideia do que você está falando.

— Ah, tem sim. — Ela sorriu.

— Precisamos ir resolver isso lá fora? — questionei.

— Calma. A gente não está no leste de L.A. Além disso, estou falando para o seu bem. — Os olhos de Stephanie percorreram meu corpo. — Você não ia querer ficar maior que a sua lingerie.

Encolhi a barriga como se tivesse acabado de levar um soco.

— Melhor eu ir atrás do Jeremy. A gente se vê, meninas — disse Stephanie, dando um aceno para todas ao sair, alegrinha.

Para parar de pensar em amassar o crânio da Stephanie com um taco de beisebol, me juntei às meninas para mais jogos com bebida. Tínhamos acabado de terminar mais um saco de cinco litros de vinho quando o quarto foi invadido por um estouro de manada de membros da fraternidade, apertando todo mundo no espaço limitado lá de dentro. O suor de um cara próximo usando saia havaiana escorreu pelo meu braço.

— Shots no corpo! — berrou ele, e levantou uma garrafa de tequila Patrón acima da cabeça. — Quem vai primeiro?

— Devia ser a Emily. É a primeira festa universitária dela — disse Amy.

O loiro que eu tinha visto mais cedo se voluntariou e tirou a camisa, revelando uma sucessão definida de músculos do abdome. Pela primeira vez na noite, o rosto de Emily brevemente mostrou felicidade. Que tonta: ele era meu. Eu a tirei da frente.

— A Emily não quer fazer — falei, abrindo caminho à força pelos corpos todos juntos para chegar ao centro do quarto.

Fiquei de frente para o loiro gostoso e sem camisa.

— Você primeiro — falamos ao mesmo tempo.

Ele cedeu e se reclinou na mesa, derrubando uma fileira de copos de plástico. Eu me abaixei em cima dele, lambendo sua barriga. Joguei sal nele, me certificando de pressionar um pouco no abdome. Quando fui lamber o sal, dei uma mordidinha.

Tomei o shot, e ele imediatamente me pegou no colo e me pôs na mesa. Em vez de se debruçar em mim para lamber o sal, ele foi até o fim da mesa e parou no meio das minhas pernas. Prendeu os braços em gancho sob minhas coxas e fez um shot duplo, depois subiu até minha boca para pegar o limão. Fizemos o quarto ficar histérico.

Não peguei o nome do Loirinho, mas descobri que era membro da SAE, de uma matriz em San Diego. Ele tinha acabado de mencionar que ia descer para a pista quando ouvi o esguicho de algo líquido batendo numa superfície dura e um cheiro azedo invadiu o lugar. Uma menina xis vestida de Branca de Neve safada cuspira pedaços de comida cor de vinho numa das mesas.

O cheiro fez uma onda de pessoas fugir da princesa da Disney que estava vomitando. A força dos corpos me atingiu como um terremoto lento, me amassando na parede. O andar de cima da casa virou um completo caos.

O Loirinho fugiu, empurrando as garotas com aqueles braços magnificamente musculosos, sem nem virar para trás para me olhar. Tentei lutar contra a onda de corpos e senti alguém agarrando meu braço. Era Emily grudando em mim.

— Larga — falei, arrastando-a enquanto tentava seguir o Loirinho.

Quando finalmente consegui sair do quarto abafado lá de cima e me soltar da Emily, o Loirinho tinha desaparecido. Vaguei até a pista. Estava lotada de corpos suados e ofegantes. Abri caminho pela multidão e pegaram na minha bunda duas vezes, mas não consegui encontrá-lo em lugar nenhum.

À uma da manhã, a música foi interrompida e as pessoas começaram a cambalear para a saída.

A pista estava grudenta e uma zona, e os barris de cerveja tinham sido drenados. Outra noite típica numa festa universitária. Desejei conseguir ficar tão animada quanto Emily, mas isso só aconteceria se eu conseguisse descolar um bom MD.

Voltei lá para cima. Estava sóbria de novo, e só parecia estar ficando mais calor. Entrei num quarto vazio que tinha sido deixado destrancado e fui para a sacada tomar um ar. Um assovio soou à minha esquerda.

A tentação estava em outro quarto, no terraço ao lado. Fui até a beirada. Menos de dois metros de ar nos separavam.

— Você acredita em destino? — Ele sorriu.

— Depende de como terminar a noite — respondi. — Você me largou lá.

— Eu sabia que a gente ia se encontrar de novo.

— Então agora você é adivinho?

— Você saiu aqui pra ver a vista? — perguntou ele.

— Tem uma vista melhor no telhado — falei, tomada pelo instinto, as palavras saindo da minha boca antes de eu perceber o que estava dizendo, o que estava prestes a fazer.

— É? Você já foi lá?

— Já — respondi. — Quer ver?

Ele fez que sim.

— Te encontro lá dentro — eu disse, e apontei para a porta com a cabeça.

Parei num espelho para ajeitar o cabelo. O corredor estava vazio. Portas de quartos começavam a bater conforme casais subiam da pista para se pegar. Tateei a borda dura da tesoura de costura sob o couro da minha bota.

— Por aqui — falei quando o Loirinho emergiu do outro quarto.

Eu já tinha subido lá com outros membros da SAE.

Tivemos que puxar uma escada na outra ponta do corredor de cima para chegar ao telhado. O Loirinho me deixou ir primeiro, e senti os olhos dele se fechando na minha bunda enquanto eu subia um degrau de cada vez. Me icei lá para cima e atravessei o telhado para olhar o bairro de Westwood. Não tinha muito a ver: uma camada de poluição distorcia a vida dos arranha-céus de Century City a distância, e quando levantei a cabeça só consegui contar três estrelas.

— Que lindo — falou o Loirinho.

Eu o levei a uma inclinação vertical na lateral do prédio, que oferecia uma maneira fácil de beijar sem ter que rolar no cascalho.

Puxei a camisa dele, que levantou os braços e me deixou tirá-la pela cabeça. Ele estendeu a mão para soltar meu sutiã, mas depois que os ganchos foram abertos nada aconteceu.

— O que está rolando? — perguntou ele.

— Colei fita dupla-face.

Ele deu um puxãozinho ridículo no sutiã.

— Mais forte.

Ele então arrancou a fita, levando junto a pele macia sob meus peitos e deixando uma linha curva vermelha no seio. Meu coração bateu rápido. Usei as pernas para puxar o Loirinho para perto, prendendo a coxa esquerda nele com força. O Loirinho se abaixou em cima de mim, a boca na minha pele.

Sussurrei no seu ouvido:
— Me conta um segredo.

Ele pausou só por um segundo.
— Eu não tomei banho hoje.

Aquela porra era séria?
— Muito fraco — falei.
— Você consegue fazer melhor?
— Consigo. — Me aproximei bem. — Eu matei um cara.

O Loirinho imediatamente soltou uma risada.
— Com a sua boceta assassina de homens? Eu acredito.

As duas mãos dele agora estavam ocupadas com o zíper da calça. Ele estava tendo dificuldade para tirar o pau porque, sempre que chegava perto, eu apertava mais as pernas em torno do corpo dele.

— Para. — Ele riu. Eu fiz de novo. — Sério.

A contenção que eu havia me prometido no início da noite tinha sumido e eu nem ligava. Entendi como os caras se sentiam quando prometiam gozar fora, a intenção inicial por trás das palavras traída pela necessidade do momento. Naquele segundo, nada mais importava. Eu ia até o fim.

Enfiei a mão na bota direita, tateando o cabo da tesoura e a deslizando para fora da bota. Eu teria que enfiar rápido e com força total, direto na jugular, aí talvez o empurrar para trás e perfurar o olho dele ou algum lugar do rosto, só para garantir que ficasse totalmente incapacitado. E se não funcionasse como funcionara com Tristan? E se ele me atingisse de volta e me fizesse voar pelo telhado? Pausei, de repente insegura. *Continue*, disse a voz na minha cabeça. *Ignore suas dúvidas*.

Me preparei para o metal se conectar com a carne macia, a perfuração e então o fluxo quente do sangue dele.

— Mas que merda? — gritou o Loirinho, quase me fazendo derrubar a tesoura.

Ele tinha desistido da calça e estava tentando puxar minha calcinha.

— Você está com cinto de castidade? — perguntou ele.

— Fita dupla-face — sibilei. Minha mão estava tremendo. — Se vira aí.

— Caramba, todos os caras falaram que isso ia ser fácil — disse ele, baixinho.

Revirei os olhos, e aí o peso total das palavras dele me atingiu. Deslizei a tesoura para dentro da bota, mal escapando da linha de visão dele. *Os caras falaram?*

— Quem te falou isso?

— Ninguém — murmurou ele.

Apertei o Loirinho forte com as duas pernas, tirando o fôlego dele.

— Você falou pra alguém que ia subir aqui? — perguntei, tentando mascarar o frenesi na minha voz.

— Não — respondeu ele. Olhei sério. — Não sei. Acho que comentei com uns caras antes de sair.

— Meu nome?

— Quê?

— Você mencionou o meu nome? Qual é o meu nome?

— Tiffany, né?

— Como você sabe? — gritei.

Eu nem tinha falado para ele. Mas fazia total sentido — na hora em que eu precisava de um encontro sexual completamente anônimo com um cara, ele sabia a porra do meu nome.

— Relaxa — disse ele.

— E você falou pra eles que ia subir comigo no telhado?

— Falei, e daí? Eu digo pra eles que a gente só se pegou ou algo assim. Mas, sério, você sabe a reputação que tem?

Meus planos da noite foram estraçalhados. Eu podia matá-lo mesmo assim — ele era só de San Diego —, mas explicar à polícia e à universidade como o cara tinha acabado morto no exato lugar em que eu o havia levado sozinho era forçar a barra. Slade ia surtar.

Eu o empurrei para longe de mim.

— Ah, ficou bravinha agora? — disse ele.

— Os caras não conseguem ser discretos hoje em dia? Dá pra fazer alguma coisa sem ficar contando vantagem pra merda dos seus amigos da casa?

— Olha, desculpa.

Ele pegou meu sutiã. Fui arrancar da mão dele, que o tirou do meu alcance.

— Fala sério. Você não pode fazer isso comigo. Ainda estou de pau duro.

Cruzei os braços.

— Você acha que é o único participante insatisfeito com os acontecimentos da noite?

— Eu preciso gozar. É só você bater uma pra mim ou algo do tipo — insistiu ele.

— Bate uma sozinho, babaca — falei.

— Você é uma vaca mesmo — disse ele, e puxou o celular. — Eu odeio Los Angeles.

Peguei o telefone da mão dele e joguei do telhado. Ouvi um barulho alto de algo se quebrando quando o aparelho se estraçalhou na calçada.

— Sua filha da puta!

— Sorte que eu não joguei você. Me dá meu sutiã.

Lutei com ele para pegar, e, apesar de ele ter ficado bravo de início, deve ter achado que era algum tipo de cantada tardia, porque começou a roçar a coxa em mim enquanto segurava o sutiã em cima da minha cabeça. Mordi o antebraço dele com o máximo de força que consegui, e o gosto de sal e coco encheu minha boca.

O Loirinho me deu um soco no maxilar. Forte. Quando terminei de cuspir sangue no cascalho, ele já tinha se mandado fazia tempo.

Encontrei meu sutiã pendurado numa das antenas satélite, balançando como uma bandeira de rendição. Soltei um grito de gelar o sangue pelo telhado, que só foi ouvido pela noite.

9

Saí do telhado me sentindo enojada e usada. O que eu tinha achado que fosse vir de um babaca de San Diego? E eu pensara mesmo que mais um assassinato pudesse ser tão fácil?

A fita que sobrara no meu sutiã tinha se soltado e estava esfolando minha pele em carne viva. Tateei minha cabeça: o cabelo tinha se esfregado na lateral do telhado e virado uma bagunça emaranhada. Eu precisava de um espelho. Testei uma porta atrás de outra no escuro, mas estavam todas trancadas. Era mais de duas da manhã, e as pessoas tinham progredido de se pegando a desmaiadas. Havia meias e algumas camisinhas penduradas nas maçanetas.

A única coisa a interromper o silêncio no corredor era o som da voz de Bob Marley subindo do quadrante dos maconheiros lá embaixo.

Finalmente achei uma porta aberta e entrei no quarto. O reflexo da lua batia num espelho de corpo inteiro, e arrumei meu cabelo sob o brilho verde do meu iPhone. Emily tinha mandado mensagem me pedindo para esperá-la para irmos embora andando, mas eu a ignorei. Reapliquei a fita no sutiã, chequei meu lábio inchado e estava prestes a invadir o armário mais próximo atrás de um moletom quando meus olhos se ajustaram à escuridão o suficiente para notar o casal atrás de mim.

Stephanie e Jeremy descansavam sozinhos, sem saber do mundo, numa cama gigante reservada para os membros do conselho da casa. Um frasco de comprimidos estava na cômoda acima da cabeça deles. Minha raiva do Loirinho se desintegrou quando baixei os olhos para o corpo dos dois. Ainda estavam vestidos com aqueles looks shakespearianos ridículos. Mesmo desmaiada num coma de Zolpidem,

Stephanie conseguia mostrar o anel, com a mão solta pendurada no peito de Jeremy.

Os dois eram patéticos. Vi uma foto de Jeremy na parede dele com as palavras "Meu herói" num quadro de cortiça. Tive que rir. Era por isso que eu não tinha namorado, por isso que era mais esperta demais para toda aquela palhaçada de relacionamento na faculdade que fazia gente de vinte e um anos usar moletom combinando das casas gregas e se automedicar toda noite.

Eu odiava tudo naqueles babacas de merda — a maneira como se aconchegavam um ao outro. As selfies clichês se beijando na frente da Torre Eiffel. Os retratos do baile estilo cartão-postal. O fato de terem uma cama king inteira, mas ficarem juntinhos, entrelaçados como se fossem uma pessoa só.

Stephanie chegou mais perto de Jeremy, reivindicando o peito dele mesmo em seu sono drogado. Eu não estava mais sorrindo. Queria abrir buracos a socos no quadro de cortiça acima da cama, acender um fósforo e queimar cada foto posada deles.

Pensei no Loirinho, minha oportunidade perdida, e precisei morder a língua para abafar mais um grito. Sem pensar em mais nada, fechei a porta, tranquei e voltei à cama. Dissequei Stephanie traço a traço. Eu me saía melhor em tudo — nariz mais reto, maçãs do rosto mais altas, seios maiores, cabelo mais lustroso. O que ela tinha? Dei uma puxadinha no cabelo loiro de Stephanie, aí uma mais forte, com tanta força que a cabeça dela bateu no topo do ombro. Ela fez um barulhinho, mas mal se encolheu. Rolei-a para longe de Jeremy, só o suficiente para deixar espaço para enfiar meu corpo entre os dois.

Tentei ignorar o calor vindo de Stephanie e, em vez disso, me concentrar em Jeremy. Só queria me excitar um pouco, sentir a mesma energia que havia me queimado naquela noite com Tristan. Deitada lá ao lado de Jeremy, passando a mão pela coxa dele, imaginei que o estava sufocando com um cinto de couro largo, um grito se esforçando para subir da garganta estrangulada dele.

Mas em pouco tempo minha mente me levou a um lugar inesperado — de repente me perguntei como ficariam nossos nomes escritos em letra cursiva num quadro de avisos. "Tiffany" e "Jeremy" podiam ser escritos um em cima do outro, os "Ys" de nossos nomes se tocando. Imaginei um domingo preguiçoso na cama com ele assistindo a uma maratona de *The Bachelor*, comendo sorvete Rocky Road sem ser light. O perfume de Jeremy — um cheiro bem americano, muito provavelmente Calvin Klein — era como um veneno lento, subvertendo meus pensamentos.

O relacionamento deles era tão básico, e mesmo assim eu queria um pouco, só um gostinho para conhecer o sabor. Então cedi, deslizando meu quadril pelo corpo dele, de modo que seu cheiro se impregnasse na renda da minha lingerie enquanto eu o cavalgava.

Fechei os olhos e me abaixei para beijá-lo, um beijo simples, casto. O gosto metálico de sangue ainda estava na minha boca, e lambi meus lábios para não mancharem os dele, perfeitos e rosados.

Congelei. Tinha que fazer uma escolha. Corações e flores ou algo mais sombrio hoje.

Bati na cara de Jeremy, desafiando-o a acordar. Uma sensação diferente começou a me dominar, uma que parecia mais forte e mais bem-vinda. Ele finalmente estava começando a se mexer.

Deslizei as mãos pelos braços dele, pelo peito, e rasguei aquele colete idiota, estourando a costura barata bem no meio. Minha pelve se enterrou na dele, a pulsação entre minhas pernas acelerando, até a excitação que senti no telhado voltar. Dei uma última olhada no cobre desgrenhado do cabelo dele, seu lábio inferior cheio, até o quadrado do maxilar e o pescoço largo e forte.

Peguei uma das almofadas decorativas da cama e posicionei sobre o rosto de Jeremy, de início delicadamente, aplicando cada vez mais pressão. Puxei a tesoura, mirei no pescoço dele e, sem tempo de pensar, enfiei o mais forte que podia na garganta à espera.

Houve um solavanco, um som abafado sob a almofada, mas eu estava pronta. Enfiei a almofada com mais força na cara dele e segurei seus braços na cama com os joelhos.

Quando a tesoura estava enfiada até o cabo na carne dele, eu a puxei horizontalmente pela garganta, com tanta força que rasgou as fibras do pescoço. Um jato de sangue saiu dele num arco sólido, como o jato ágil de água de um bebedouro. O spray de sangue molhou Stephanie com um rastro vermelho. O aperto que tinha se formado em mim achou alívio, e consegui respirar.

O corpo de Jeremy mal convulsionou, mas o sangue saía em jorros rápidos. Por sorte, os lençóis tinham uma contagem de fios altíssima e estavam fazendo um trabalho incrível absorvendo a maior parte. Stephanie, porém, tinha mudado de posição e esfregou o rosto, manchando a bochecha de sangue. Ela ia ter uma puta de uma ressaca amanhã.

Me icei para longe de Jeremy, engatinhando para fugir do desfile de sangue que marchava colcha abaixo. Eu tinha feito de novo. A intensidade, a onda fugidia de prazer se abrandou em pura satisfação preguiçosa, e acalmei minha respiração me olhando no espelho. Uma quantidade substancial de sangue tinha encharcado minhas luvas, mas não era nada perto da bagunça que eu tinha feito com Tristan. Puxei as luvas pegajosas e enfiei nas botas.

Desta vez foi bem mais fácil recuperar a calma. Eu já estava pensando em que tipo de café da manhã tomaria. Estava a fim de bacon, quase conseguia ouvir o chiado.

Eu me certifiquei de sair em silêncio. O corredor ainda estava tranquilo, mas encontrei uma garota desmaiada no chão, bloqueando a escada. Passei por cima dela e desci cada degrau com cuidado, me inclinando à frente nas pontas dos pés para meus saltos não baterem na madeira. Eu ouvia o resto da festa lá embaixo. Emily tinha continuado me mandando mensagem, sem dúvida com medo de voltar sozinha, e rezei para ela ter ficado por ali. Eu ia precisar de um álibi.

Encontrei-a no térreo, com três caras passando um *bong*. O coitado de quem eu a tinha afastado no começo da noite tinha acendido para ela e estava segurando em sua boca.

— Ei, Tiffany — disse Emily, tossindo uma nuvem de fumaça.

— Ei — falou o maconheiro. — Eu te conheço.

— Cala a boca — retruquei. — Vamos, Emily?

Outro cara tinha mudado de lugar e fez um sinal para eu me sentar ao lado dele num sofá marrom manchado que parecia estar lá desde os anos setenta.

— Não vai rolar — falei a ele.

— Eu estava esperando você e o Chase pra voltar — disse Emily.

— Chase?

— O Timothy disse que você subiu com ele para o telhado.

Então esse era o nome do Loirinho. E a notícia de nossa ficada já tinha se espalhado até para os inúteis.

— Ah, sim — falei. — Era com ele que eu estava esse tempo todo. Estou vindo do telhado. E agora está na hora de ir.

— Dá só um trago — disse o terceiro maconheiro.

Olhei de relance para o corredor e para as escadas, onde havia deixado Jeremy vazando litros de sangue.

— São duas da manhã. Acabou a festa. Vamos embora, Emily.

†

— Acho que é a primeira vez que eu fico bêbada — comentou Emily.

Ela ziguezagueou por toda a calçada enquanto voltávamos à casa.

— Eu não sairia falando uma coisa dessas por aí — comentei.

— Eu me diverti — disse ela.

Suspirei e a vi dar três voltas num poste de iluminação. Precisava fazer aquela bêbada engatar. Tínhamos que chegar à casa da irmandade, o santuário ao fim de uma longa noite.

— Conversei com dois caras hoje — continuou Emily.

— Espero que tenha usado proteção — respondi.

— Foi importante pra mim — murmurou ela. — Eu não tenho um cara que nem você... — Ela parou. — Quem foi seu último namorado?

Respondi com a verdade antes de conseguir me impedir:

— Eu nunca tive namorado.

— Mas você é tão linda.

— Pois é, né? Eu sei. A gente fica pensando o que tem de errado com os homens.

— Você ouviu isso? — perguntou Emily. — Lá de cima das árvores?

— Você está paranoica porque fumou — falei para ela, irritada com a linha de questionamento desviada.

A onda dela estava acabando com a minha.

Um carro se aproximou, com os faróis emitindo um longo feixe de luz amarela pela rua à nossa frente. Esperei até ver que não era um policial, aí agarrei Emily pelos ombros, fingindo empurrá-la na frente do veículo até ela dar um guincho. Talvez isso a acordasse um pouco.

— Não tem graça! — gritou ela, bateu no meu braço e aí se grudou em mim. Era assim que amigas brincavam? — Especialmente depois do que aconteceu com o Tristan. A gente nem devia estar andando sozinha. É exatamente assim que começa aquele *De noite, na floresta*, antes de aquelas garotas serem esquartejadas.

— Eu te protejo — falei.

Ela se apoiou em mim, e tentei empurrá-la em frente.

Emily estava mancando em cima do salto, ainda sorrindo apesar dos calcanhares sangrando. Eu não tinha percebido o tanto que ela tinha ficado chapada.

— Acho que talvez eu fique por aqui no fim de semana que vem — disse ela.

Eu me lembrei de quando era emocionante me embebedar de *cooler* de vinho, quando festas universitárias ainda tinham um apelo. Quando uma foda de quatro minutos com um presidente de fraternidade no banco da frente de um Mustang tinha algum significado. Como essas coisas cansavam rápido.

— Acho que não vai ter mais festa por um tempo — respondi.

— Eu me diverti — falou ela.

— Você já disse isso.

Chegamos de volta à casa e nos dirigimos para a sala da frente, onde Emily bateu direto numa mesa. Balancei a cabeça.

— Sabe, Emily, tem um limite pra ir em festas universitárias e tomar cerveja de ponta-cabeça num barril antes de você precisar passar pra algo mais sofisticado, um pouco mais significativo. Você só está no segundo ano, então não vou te julgar por isso. Já eu... — Pigarrei. Quis que tivesse outras garotas ali para testemunhar minha declaração, mas as portas dos quartos estavam todas fechadas, de luzes apagadas. — Meus dias frequentando festas universitárias terminaram. Estou pronta pra seguir em frente e encontrar alguém bem-sucedido, um namorado de verdade.

Emily me ignorou e subiu a escada de quatro.

— Você está me escutando? — questionei.

Ela ficou de pé e olhou para o meu peito.

— Você está sangrando — disse ela, apontando para uma pequena linha de sangue embaixo do meu sutiã.

— Não é nada — respondi rápido, esfregando. — Eu me cortei no telhado enquanto estava ficando com o Chase.

— Não estou me sentindo bem — falou Emily, dando as costas para mim e voltando a se arrastar escada acima.

Ela passou a hora seguinte vomitando o vinho de caixa no banheiro. Eu a ouvi no fim do corredor enquanto trancava a tesoura e as luvas no meu cofre. Deixei um copo d'água e Tylenol ao lado da cama dela, com um bilhete assinado, para ela saber que tinha sido *eu* a ajudá-la. Eu ia precisar dela no dia seguinte.

Aí, me sentei na cama até os raios cor-de-rosa da luz matinal se esgueirarem para o quarto, aproveitando os últimos momentos de calma antes de a notícia da noite passada varrer o campo. Imaginei Stephanie se levantando de sua hibernação com o mesmo jogo de luzes na parede, a percepção lenta e movediça de sua situação. Quanto tempo depois de encontrar o corpo esvaziado de Jeremy levaria para ela perceber que outra coisa havia sumido?

Eu tinha guardado na bota direita, a salvo no caminho para casa. Puxei meu troféu e tateei o metal redondo do anel de Stephanie, as bordas irregulares das pedras. Deslizei pelo meu dedo. Serviu perfeitamente.

10

As equipes de reportagem estavam de volta. Dessa vez não só no campus, mas na cidade toda: na Starbucks, em lojas, bares de suco, estúdios de ioga. Guardas armados substituíam porteiros nos complexos residenciais mais bacanas da Wilshire Boulevard.

Os policiais estavam procurando em todos os lugares errados. Eu saía do mercado Erewhon e via as viaturas, com os vidros abaixados, passando, sondando os becos, o cemitério próximo, os viadutos. Mordia um palito de cenoura e sorria quando eles passavam.

Quando eu me olhava no espelho, os assassinatos estavam muito claros no meu rosto. Precisei me lembrar de que outras pessoas viam um reflexo diferente. Os policiais estavam procurando outra pessoa, alguém que não usava vestidinhos cor-de-rosa e sapatilhas. Garotas de pele lisa e sorrisos ofegantes não podiam matar homens, rasgar a garganta deles e observá-los sangrar numa cama. Obviamente não tinham experimentado essa onda.

As pessoas engoliam os detalhes do assassinato de Jeremy como se estivessem num bufê de Vegas: o ângulo em que a faca tinha entrado no pescoço dele, o fato de ele ter morrido jorrando sangue ao lado da namorada — tudo foi revelado em perfis abrangentes que dominavam os *feeds* de todo mundo. Um podcast de cinco partes logo chegou ao top cem.

Eu não achava que ninguém estava realmente assustado àquele ponto. Estavam todos animados. Os assassinatos trouxeram uma eletricidade ao bairro.

Vans de notícias estavam estacionadas em todo o oeste de L.A., de Bel Air até Culver City. Repórteres paravam estudantes, residentes, docentes, perguntando como estávamos lidando com tudo, se tínhamos medo do nosso estilo de vida estar mudando. Dei um belo show com um grupo de outras DGs.

— Eles tinham tanto pelo que viver, os dois — falei sobre Tristan e Jeremy, mentindo entredentes.

Os dois eram uns caras mais que básicos. A vida inteira deles eram barris de cerveja, pornô e sair para comprar burritos.

Logo foram colados pôsteres em pontos de ônibus, substituindo os anúncios de estilistas e exercícios chiques, com alertas para a nova ameaça que pairava nas ruas de Westwood, palavras diferentes para a mesma coisa: sem-teto, mendigos, transientes, os altamente móveis. Eu saía da avenida das irmandades para correr no último sopro de luz do dia e via o olhar sério de outras Tri Deltas aglomeradas em Jettas e Civics baratos, indo cedo para casa.

— Você não devia ficar na rua depois de escurecer, DG — me disse uma Tri Delta particularmente merda ao passar com seu Honda Accord. — Não é seguro pra nós, mulheres.

Eu queria apontar que tinham sido dois homens a terem seus corpos entalhados como esculturas de gelo. Mas acelerei para correr uma segunda volta no perímetro do campus.

†

Stephanie estava na ala psiquiátrica do Hospital Estadual Atascadero. Tecnicamente ela era suspeita, mas ninguém achava mesmo que pudesse ser culpada. Quem seria idiota o bastante para matar alguém e depois dormir três horas no pós-morte pegajoso?

Dessa vez não precisei marcar consulta com Slade: o escritório dele me ligou dois dias após a morte de Jeremy.

A secretária me entregou uma água, sem gás, sem perguntar se eu preferia mineral ou com gás, com limão ou pepino. Slade esperou até ela fechar a porta antes de começar a falar.

— Mais um assassinato — disse.

— Mais um assassinato — repeti, mexendo no buquê de rosas-brancas numa mesinha lateral, sentindo as bordas macias das pétalas para ter certeza de que eram reais.

— Eu não te avisei para sob nenhuma circunstância ir a festas universitárias?

— Acho que você não entende a tradição que é o Halloween na cultura grega. Todo mundo estava lá: atletas, nerds, virgens, gente xis. O assassino pode ser qualquer um.

Cruzei as pernas de novo. Dessa vez estava com um vestido cor de cereja. Queria que ele soubesse que eu não ia mais ser fofa com ele. Um segundo boleto por seus serviços tinha chegado no mês anterior. Eu estava gastando uma puta grana — e esperava que ele cuidasse de qualquer complicação discreta e rapidamente.

— Você talvez seja interrogada de novo.

Acenei com a mão.

— Não dá pra você fazer eles sumirem? Tenho provas de meio de semestre, artigos e coisas assim.

— Um garoto foi achado mutilado e morto. De novo. Você estava nas proximidades da cena do crime. De novo.

— Como já falei, tenho o maior azar do mundo. E você já pensou no meu sofrimento com tudo isso? Os pesadelos que eu estou tendo? — Pelo menos essa parte era verdade. — Tenho uma ansiedade insana. Não tem motivo para eu me sujeitar a mais nenhum interrogatório. Estou disposta a pagar o dobro do que você está me cobrando. Só para ter paz de espírito. Pela minha saúde mental.

Slade suspirou. As onze linhas de expressão na testa dele me mostraram que ele sabia mais do que estava demonstrando.

— Vou fazer o possível. E lembre: se você for chamada para qualquer interrogatório, entre em contato comigo.

A polícia nunca me chamou.

†

Duas semanas depois, cheguei à casa DG de uma sessão de exercícios e dei de cara com uma reunião já pela metade.

Camilla, que fizera uma viagem de caridade para fendas palatinas na Costa Rica durante o Halloween, tinha voltado e estava comandando. Eu tinha esquecido completamente que ia ter reunião naquele dia e tentei sair de novo da casa, mas não consegui segurar a porta antes de ela bater.

— Que bom que deu pra você vir, Tiffany — chamou Camilla. — Senta em alguma cadeira vazia aqui na frente.

Minha língua instintivamente foi para a rachadura do meu lábio inferior, único rastro físico da noite de Halloween. Estava quase curada.

Camilla pausou enquanto eu me sentava e jogava a sacola da academia numa cadeira próxima.

— Voltando. Atualização de segurança da irmandade número três: designaram uma fraternidade guardiã pra nós. Se você ficar sozinha no campus, ponha um pin no Google Maps e compartilhe com um dos seus irmãos designados na Pike.

O restante da casa estava acomodado em cadeiras dobráveis no fundo. A maioria das garotas estava com a cabeça enterrada no celular.

— No caso infeliz de você acabar sozinha de verdade, o departamento de Relações de Fraternidades e Irmandades fez a gentileza de fornecer esses apitos para atrapalhar algum predador em potencial. Vou passar.

Suspirei e olhei o relógio.

Eu tinha vindo de um treino com um burrito quente de carne do Chipotle que esperava contrabandear lá para cima na minha sacola da academia. Minha panturrilha direita estava latejando. Eu tinha agachado com peso demais e só queria pôr uma bolsa de gelo na perna, relaxar com meu burrito e assistir a um episódio novo de *The Bachelor*.

Julie me passou a caixa de apitos que estava rodando a sala. Eram feitos de metal barato, transformados num colar só com um pedaço de barbante. Peguei um e soprei, emitindo um grito agudo enquanto Ashley ria atrás de mim e fazia o mesmo.

— Os apitos são só para emergências — advertiu Camilla.

Eu devia ter comido logo no galpão. Alguns dias atrás, tinha alugado um espaço pequeno em Venice, uma seção suja perto da Washington Boulevard onde nenhum universitário me pegaria. Era bem aberto e sem janelas. Eu não ia a uma aula nos meus locais de treino normais — Booty Slut, Burn It, Get Hard — havia semanas. Ignorava ligações de Sergio para fazer minha avaliação mensal de gordura corporal na Equinox. Em vez disso, tinha levado halteres e anilhas para o galpão e instalado uma barra alta horizontal, que havia usado naquele dia. Mal conseguia fazer algumas barras fixas quando comecei a treinar sozinha, mas já estava em sete.

— Como o Dia de Ação de Graças é na próxima semana, a recomendação é usar esse momento para viajar para casa assim que as aulas terminarem na terça e passar o feriado inteiro com a família — disse Camilla. — Aqui está um guia passo a passo de como explicar a situação pros seus entes queridos.

Camilla passou um panfleto da Associação Pan-Helênica intitulado *Quando a tragédia ocorre: colocando tudo em perspectiva*. Folheei listas de números de emergência, psicólogos na área, grupos de apoio. Havia estatísticas de crime no leste de Los Angeles listadas em vermelho e uma seção chamada "Por que o leste de Los Angeles ainda é a área mais segura para chamar de lar".

— E isso conclui a parte de segurança da nossa reunião.

Houve uma longe pausa enquanto as garotas punham o celular no colo e aplaudiam, cansadas. Mandy e Amy se levantaram para sair de fininho, e tentei me juntar a elas.

— Vocês não estão dispensadas! — gritou Camilla. — Só mais uma questão regulamentar da casa. Tracy se mudou oficialmente.

Tracy era a segunda da nossa divisão a sair da casa depois do assassinato de Jeremy. Ela tinha engordado quase cinco quilos no verão e só tinha trezentos seguidores no Instagram, então ninguém iria exatamente sentir sua falta.

— Como resultado da partida repentina da Tracy, vamos precisar de alguém para assumir a Carrie, a irmã mais nova dela, que vai mudar pra cá no ano que vem. Algumas de vocês já têm duas irmãs, então vou procurar as que só têm uma.

Ela passou os olhos por uma lista impressa da irmandade e olhou para mim.

— Tiffany, quer se voluntariar? Você não veio em algumas das nossas últimas reuniões. E por algumas — Ela correu os dedos pela lista cor-de-rosa laminada — quero dizer nenhuma. Uau. Você não veio em nenhuma reunião nos últimos dois trimestres. Deve estar louca pra contribuir.

— De jeito nenhum — falei. — Eu já tenho a Emily, e você sabe o trabalho que ela dá.

— Eu estou sentada bem atrás de você.

Me virei e vi Emily fazendo cara feia para mim duas fileiras para trás.

Dei de ombros.

— Sem ofensa, claro. Te amo.

— Vai se foder — disse ela.

— Ouvi falar que a Carrie era líder de torcida no ensino médio. Ela era *flyer*, fazia acrobacias que nem você, Tiffany — disse Camilla. — E vocês duas são da mesma área.

— Ela é de Tustin — corrigi. — Eu sou do sul de OC. É que nem misturar Bel Air e Compton.

Camilla apertou os lábios, mas evitou o confronto. Ser passivo-agressiva era sua arma preferida.

— Vou mandar um e-mail sobre o assunto nesta semana.

Camilla não ia me obrigar a fazer merda nenhuma: minha família doava dinheiro demais para eu ter que me voluntariar como se fosse uma coitada que ganhava bolsa.

— Vamos terminar com uma canção DG.

Camilla fez um movimento para todas nos levantarmos, e eu murmurei as letras que mal sabia junto com o resto das garotas:

Nosso momento de felicidade é agora
porque irmãs sempre são para sempre.
Quando escolhemos a Delta Gamma,
encontramos na irmandade
amor, compreensão
e muita amizade.

Assim que a música terminou, peguei minha sacola e tentei me misturar com o restante das meninas.

— Posso falar com você um minutinho, Tiffany? — chamou Camilla. — Eu sei que em geral você nem vem, mas precisamos mesmo que chegue na hora nestas reuniões. Vai levar multa toda vez que se atrasar.

— Desculpa — falei, continuando em frente. — Não vai se repetir.

— Pode não sair andando enquanto eu falo com você?

— Não — respondi, e subi correndo a escada.

Joguei a sacola da academia na cama e peguei o controle remoto da TV. Emily estava se esforçando ao máximo para me ignorar.

— Eu perdi alguma outra regra de segurança? — perguntei.

Ela não falou nada, então desembrulhei o burrito e joguei um pimentão na cabeça dela.

— Para, sua idiota — disse ela, enfim.

— Eu te dou metade se você me contar o que eu perdi.

Ela se virou para mim e eu parti um pedaço do burrito.

— Isso aí é um quarto.

— É um terço.

Emily suspirou e aceitou.

Eu podia comer centenas de calorias a mais. Além da musculação, estava correndo todo dia. Não o cooper leve que em geral fazia na esteira com o cabelo solto em cachos e maquiagem completa para o caso de ter algum homem olhando, mas corridas de verdade, ao ar livre, até ficar suada e superaquecida. Antes eu nunca me exercitava ao ar livre por causa das linhas de bronzeado desiguais que isso produzia. Ontem, terminara uma corrida de vinte quilômetros.

Emily cutucou o pedaço cortado de burrito.

— Uma carro-patrulha de segurança vai vir na segunda depois que voltarmos da folga de Ação de Graças. Vai vigiar a avenida das irmandades depois do toque de recolher de agora em diante.

— Ótimo.

— E você recebeu um cartão de Natal.

Emily me passou um cartão-postal vermelho.

— Sério?

— Parece que é da sua mãe.

Tomei da mão dela. Continha uma foto de Pam com uma roupa promíscua de Mamãe Noel. Estava abaixada, com as mãos agarrando dois bastões de esqui, e parecia estar esquiando por um morro ladeado de palmeiras. Todd estava atrás dela sem camisa, segurando dois lulus-da-pomerânia vestidos de elfos.

Hohoho! Vamos passar o Dia de Ação de Graças em Cabo, depois Capri no Natal. Gratidão. Pamela, Todd e os Pequenos Ajudantes do Noel.

Notei Emily olhando por cima do meu ombro.

— É o seu irmão? — perguntou ela.

— Meu padrasto.

Ela olhou para mim.

Semicerrei os olhos.

— Que foi?

— Você vai passar Ação de Graças em casa? — perguntou Emily.

— Não — respondi. — Vou ficar em L.A.

— Você podia vir passar comigo. Somos só eu e minha avó, mas em geral a gente se dá ao luxo de comprar um peru inteiro.

Imaginei passar o dia num conjunto habitacional com Emily e uma velha que tinha cheiro de naftalina e pele velha. Estremeci. Além do mais, não precisava da piedade de Emily.

— Obrigada, mas já tenho planos.

Achei *The Bachelor* na TV e aumentei o volume.

— Tenho que estudar para uma prova de química orgânica — falou Emily.

— É comprovado que ser multitarefa ajuda a memória — respondi.

— Você acabou de inventar isso.

Estava na cerimônia das rosas. Eu tinha perdido a maior parte do programa. Não tinha importância.

Aquele feriado seria a última semana antes de viaturas em tempo integral chegarem na nossa avenida, antes de eu provavelmente ter que começar a sair e entrar de casa pela janela quando fosse de madrugada.

Eu não voltaria à avenida das fraternidades. Estava cheia daquele lugar. Dirigindo de volta do galpão naquele dia, havia passado pela Wilshire Boulevard e visto os condomínios acesos lá em cima: vistas retangulares de salas de estar amplas, mesas de centro de mogno, cozinhas de inox mantidas impecáveis por equipes inteiras de limpeza, máquinas de cappuccino gourmet e espaços largos de parede preenchidos por pinturas a óleo com tons profundos de pedras preciosas.

Não importava as fraternidades ficarem fechadas indefinidamente. Eu tinha achado um novo playground.

11

— Com gelo ou puro? — perguntou o barman.
— Gelo.

Eu queria comer o gelo depois de terminar, senti-lo quebrando como costelas contra meus molares. Me debrucei no bar e me vi no espelho de trás. Estava com um minivestido azul-celeste de veludo que combinava com a frente fria que tinha descido em L.A.

O interior do bar estava escuro, algumas luzes jogando feixes vermelhos e roxos pelo salão. Outras mulheres precisavam dessa cobertura, lembrei a mim mesma. Já eu ficava ainda melhor na claridade.

O local estava lotado, o que era promissor, e consegui ver alguns homens desacompanhados circulando pelas hordas de mulheres situadas em torno do bar. Tentei não atrair atenção demais e peguei um lugar na ponta extrema do salão.

A mudança na rotina era bem-vinda. Desde o início do outono, meus dias tinham mudado apenas um pouco. Eu ainda ia fazer as unhas, escova, treinar. Mas tudo era mais intenso, tinha um pouco mais de significado. Eu havia começado a fazer boxe e musculação no meu galpão minúsculo no Washington. Comia. Refeições completas, todo dia.

Não chegava perto de um homem desde o Halloween. O mais perto que havia chegado de carne masculina era esperar num estande de hambúrguer dois dias antes. Senti um cheiro familiar antes de ver o cara à minha frente. Estava usando o perfume Big Pony, igual ao Tristan. Aí notei o jeans bem cortado, a curva musculosa da bunda. Ele sentiu meu olhar e se virou.

— Oi — disse.
— Oi.

— Quer sair pra curtir um dia desses?

Curtir. Essa palavra impediu tudo. Eu não *curtia* mais. Chegava de encontros patéticos — um *macchiato* da Starbucks seguido por felação no estacionamento, uma maratona de três horas de Netflix seguida por uma breve foda num carpete industrial de dormitório. Eu estava farta. Daquele momento em diante, as coisas aconteceriam nos meus termos.

E, assim, na véspera do Dia de Ação de Graças, depois de todas as garotas terem saído da casa, coloquei meu vestido novo. Passar maquiagem era como aplicar tinta de guerra. Deixei meu iPhone na mesa de cabeceira e peguei o iPad que Camilla tinha sido tonta de deixar no quarto dela durante o feriado, pedi um Uber pela conta dela e me vi no Whiskey Bear na Wilshire tomando lentamente um drinque que derretia.

Usei o cartão de crédito de Camilla para fazer compras online enquanto avaliava homens. Dizia a todos os fracassados que se aproximavam de mim que estava esperando alguém, o que não era inteiramente mentira.

Um gatinho parecia um *match* em potencial, e o convidei para se sentar à minha mesa até descobrir que ele morava num apartamento estudantil de merda na Avenida Glendon. Levei uma boa hora filtrando as ondas de homens passando em rodízio na minha frente antes de ver um com cabelo loiro-escuro e terno entrar e se sentar sozinho numa cabine próxima. Ele não tentou flertar com a garota sentada desacompanhada ao lado dele.

Era mais velho, a pele mostrava o início dos danos causados pelo sol, e o cabelo era um pouco marrom demais para o meu gosto, mas ele era robusto. Vi um Rolex no pulso esquerdo dele. Meus olhos baixaram até uma aliança de casamento dourada.

Esperei para ver o que ele havia pedido. Parecia uísque com gelo. Definitivamente era mais velho do que eu gostaria. Por outro lado, imaginei que não devia ficar escolhendo demais. Eu não ia namorá--lo — muito provavelmente ia largá-lo estripado num beco qualquer se a oportunidade se apresentasse.

Peguei um lugar mais perto, na ponta do bar.

Ele estava pedindo sua segunda rodada quando nossos olhos se encontraram só por um breve momento. Abaixei o olhar e deslizei o dedo pela tela do tablet. Roubei um olhar rápido o bastante para pegá-lo tirando a aliança embaixo da mesa e guardando no bolso do paletó. Esperei alguns segundos, aí girei no banco alto de frente para ele. Fizemos contato visual de novo e descruzei as pernas devagar. Virei-me de volta para o barman e esperei.

Ele chegou em mim em segundos.

— Você mal tocou na sua bebida. — Ele apontou para o copo cheio na minha frente. — Eu estava esperando pra pedir uma segunda rodada pra você.

— Tem tempo — falei, e dei um gole longo.

— Keith.

— Camilla.

— Que nome lindo.

— Você acha?

Ele pegou mais um drinque e olhou as pessoas ao redor antes de finalmente se apoiar num banco ao meu lado.

— Tim-tim — disse. — Então, como é uma noite normal pra você?

Dei de ombros.

— Você vai a muitos bares?

— Não estou planejando sair deste aqui tão rápido.

— Você mora por aqui?

Fiz que não.

— E você? — perguntei, irritada com tantas perguntas.

— Logo no fim da rua, a alguns quarteirões. No Arc Stone.

— É um prédio bacana — comentei.

Era ok. Ficava na faixa entre cinco e sete mil dólares por mês. Bom para quem estava ascensão, mas nada de que se orgulhar particularmente. O prédio não tinha massagista fixa nem uma clínica de enema, como os condomínios mais luxuosos da região, em compensação a segurança também era mais relaxada. Tirando a vigilância na área do lobby de entrada, dava para esperar que fosse bem de boa.

— Tem uma configuração bem bacana. Dá pra ver o mar — disse Keith, e girou o gelo contra o copo com um tilintar alto.

— Você mora na cobertura? — perguntei.

— Não, não exatamente.

Keith me contou sobre seu emprego: era um importador de commodities exóticas, o que quer que isso fosse. Disse que tinha voltado naquela semana do Sul da Ásia, onde havia comprado remédios à base de ervas para todo tipo de porcaria. Manteve o assunto da conversa nele mesmo, só parando para comentar sobre a simplicidade clássica do meu colar. Eu não tinha nem certeza de que era um elogio. Keith jogava uns detalhes do tipo "Olha só pra mim, sou muito incrível e bom de foder", mas aí se retraía. O flerte dele tinha um traço de hesitação.

Terminei meu copo e deixei que ele me pagasse mais uma rodada quando entendi. Todas as perguntas e incertezas pelas minhas respostas vagas. Ele não conseguia entender se eu era prostituta de luxo ou não. Eu não sabia se estava ofendida ou lisonjeada.

— Eu iria amar ver suas últimas importações — falei, cutucando-o com a ponta do pé.

— Posso te mostrar uns artefatos — respondeu ele. — Sempre estou a fim de comprar coisas bonitas.

O Rolex dele lançou feixes de luz no balcão quando ele se moveu para pegar mais um drinque.

— Eu topo — falei.

— Me encontra na minha casa em tipo meia hora? Preciso arrumar umas coisas. Você não tem nenhum outro compromisso?

— Hoje não.

— Aqui. — Ele anotou cinco dígitos. — É só digitar este código na porta pra entrar no prédio. É o apartamento 921. Vou deixar alguma coisa pra você também. É só anotar aí.

Olhei para ele.

— Ah, certo.

Caralho, quanto valiam doze anos fazendo dieta, esculpindo o corpo, tirando pelos com pinça e cera?

Escrevi dois mil. Eu conseguiria bem mais, mas não podia correr o risco de o assustar e ele desistir. Ao longo de todo o tempo que conversamos, ninguém com menos de trinta havia entrado no bar. Mostrei o papel para ele, que assentiu com a cabeça, então guardei na bolsa.

— Está chovendo — comentou Keith.

Olhei por uma das janelas grandes e inclinadas no fim do bar. A chuva batia contra o vidro.

— Você tem guarda-chuva? — perguntou ele.

Fiz que não com a cabeça.

— Deixei um lá na frente. Pode ficar.

Keith foi para a entrada e voltou com um guarda-chuva preto tamanho viagem. Ele me ofereceu de forma galante, como se não fosse um Zé casado contratando uma puta antes do fim de semana de Ação de Graças.

— Que cavalheiro — falei, aceitando.

— Te vejo já, já — disse ele.

Fiquei de pé e vi Keith sair. Ele andava rápido, mas pausou na entrada perto do estande de guarda-chuvas. Um grupo entrou no bar, sacudindo a água. Keith se abaixou e roubou um dos guarda-chuvas deles antes de sair do bar e virar à esquerda na Wilshire.

†

Cheguei ao apartamento de Keith quarenta minutos antes e digitei o código sem problemas. Ser confundida com uma prostituta acabou sendo bom, na real, já que significava que não haveria vídeo de nós chegando juntos. Subi os nove andares de escada para evitar câmeras no elevador.

Bati duas vezes sem resposta, então testei a maçaneta e entrei. O cheiro de charutos e poeira permeava o apartamento. Não tinha coordenação de estampas no lugar, só um amontoado de antiguidades e artefatos que me fizeram sentir esperando na fila do Jungle Cruise na Disney. A esposa dele nunca tinha posto os pés naquele lugar, eu tinha certeza. Havia estátuas tribais, uma rede de arpão pendurada na parede. Senti uma onda repentina de nojo. Joguei o guarda-chuva num canto.

— Tem uma coisa te esperando no banheiro — avisou Keith.

Ele estava fuçando num dos armários do corredor que levava ao quarto. Nem tinha se virado para me olhar quando entrei. A música soava estrondosa no apartamento acima de nós, um ritmo incoerente reverberando pelas paredes.

Encontrei um envelope de dinheiro na bancada da pia. Folheei as notas. Ele tinha me dado metade do pagamento. Enfiei o dinheiro na bolsa.

Keith finalmente me cumprimentou.

— Que barulho — comentei, levantando a cabeça na direção do teto.

Provavelmente ninguém notaria alguns gritos por cima da música e da chuva.

Ele deu de ombros.

— Só fico aqui algumas noites por semana, então tudo bem.

— Ah, é?

— Tenho uma casa em Calabasas — disse ele. — Mas é aqui que eu deixo os tesouros de verdade. O que achou, Camilla?

— Com certeza é bem único — respondi, pegando algo que parecia uma flauta com formato de pau.

— Vamos começar.

Sem falar nada, Keith foi para o quarto.

Tentei sentir a emoção pulsando enquanto o seguia, aquele aperto nos músculos e o sangue correndo, mas não consegui me excitar.

Eu não estava contando com escolhas tão ruins de decoração. O quarto dele era tão ridículo quanto a sala. Um tapete de pele de urso cobria a maior parte do piso, e ele tinha algo que parecia um polvo dissecado pendurado na parede dos fundos. A colcha era de seda vermelha. O motivo todo de eu ter parado de ir nas fraternidades universitárias era me afastar dessa merda.

— Só me dá um minuto — pedi.

— Leve o tempo que precisar, mas não vou pagar uma hora a mais — disse ele, desabotoando a camisa social.

Estremeci. Eu precisava de uma faca, ou talvez só de uma das antiguidades mais pesadas e afiadas dele. Podia ser criativa.

Mas será que eu conseguiria ter um desempenho efetivo sem o apetite que sentira vendo Tristan tirar a roupa, assistindo ao peito de Jeremy subir e descer? Será que eu simplesmente não estava a fim naquele dia? Talvez eu tivesse pensado demais em algo que precisava rolar naturalmente.

Ter uma arma na mão poderia me ajudar a decidir. Achei ter visto uma adaga na sala. Saí do quarto e notei um lince empalhado agachado ao lado da lareira. Não parecia predatório, só triste. Observei seus olhos amarelos sinistros e notei algo estranho.

Uma luz verde minúscula brilhava por trás das pupilas. Cheguei mais perto. Uma câmera.

Estendi a mão atrás do animal, tentando descobrir como estava conectada. Quantas câmeras Keith tinha escondidas em seu apartamento?

Era doentio. Absolutamente doentio. Pensei em Chase depois de me dar um soco na cara por eu me recusar a bater uma para ele. Qual era o problema dos homens?

Imaginei Slade me repreendendo de novo em seu escritório. *Sério que você assassinou o cara na frente de um monte de câmeras escondidas?*

Aí pensei na porta. Eu tinha aberto com a mão exposta. Será que tinha uma câmera de campainha no corredor?

Eu estava aprendendo rápido: assassinato era bem mais difícil que conseguir uma transa.

— Estou esperando — chamou Keith do corredor.

Eu queria cortar a garganta dele só para lhe dar uma lição. Mas não podia arriscar. Tirei os sapatos de salto e corri de ré para fugir até o elevador antes de ele notar. Me atrapalhei com a fechadura e tinha acabado de abrir a porta quando senti Keith atrás de mim, estendendo o punho e batendo a porta.

— Eu entendo. Você claramente não é prostituta — disse ele. — O que eu preciso fazer pra te deixar mais confortável?

— Não ser a porra de um nojento — respondi, tentando me contorcer para desviar do braço estendido dele.

Keith pressionou o corpo em mim e enfiou uma língua gosmenta na minha orelha. Empurrei-o de volta e dei na cara dele com um dos meus sapatos.

— Arisca! — disse ele. — Gostei.

Eu tinha espaço suficiente para chutá-lo, então mirei e bati nas bolas o mais forte que consegui. Ele se dobrou, eu puxei com tudo a porta e saí correndo para o elevador.

Bati no botão de metal dourado com a palma. Lá em cima, piscava um número 12. Olhei de volta para o apartamento. A porta continuava entreaberta. Torci para Keith aceitar a derrota e desistir. Eu odiava essa sensação, esse senso repentino de perda de poder, de vulnerabilidade. Não era como eu deveria me sentir. A noite toda tinha sido arruinada.

O elevador chegou, e eu entrei correndo. Apertei o L, de lobby, e comecei a descer.

Calcei de volta os sapatos e tentei reinicializar. Eu podia ir para casa, terminar minhas compras online e gastar os mil dólares em roupas novas. Podia pedir comida tailandesa, comer tudo na cama, depois me masturbar e dormir. Era sem graça, sim, mas eu estava cansada, irritada e um pouco assustada. Não podia arriscar ser pega.

As portas do elevador se fecharam deslizando e eu saí correndo, só para ser recebida por luzes fluorescentes e concreto. Eu estava num estacionamento subterrâneo. Respirei fundo e me reorientei. Se tivesse uma saída lateral que levasse diretamente para a Wilshire, eu podia voltar à rua e pedir um Uber dali. Serpenteei pela entrada, procurando uma placa de saída ou portão lateral, mas não havia luzes verdes em canto algum. Eu teria que voltar de elevador.

Voltei e apertei o botão, mas não acendeu. Soquei com mais força. Nada. Encontrei a porta larga de metal de uma escada próxima, mas estava trancada. Não conseguia encontrar lugar nenhum para colocar o código que Keith havia me dado. Eu estava presa.

Um som ecoou nas paredes a distância, vindo de uma área não iluminada da garagem. Era o tipo de clangor estranho e não identificável que recebe a protagonista loira antes de ela ser morta num filme de terror. Passei pelo labirinto de veículos de luxo estacionados, tentando decifrar se o barulho era uma pessoa ou um carro, sem muita certeza de que queria ir atrás e descobrir. Houve silêncio por um minuto e aí o som definitivo de passos. Contornei a última fileira de carros na direção do elevador enquanto os passos ficavam mais altos, se aproximando de mim. Tentei perguntar quem estava ali, mas minha voz ficou presa na garganta.

Um homem de terno saiu de trás de uma fileira de suvs brancos combinando. Era jovem e, apesar da luz amarela nada favorável das lâmpadas da garagem, a pele dele brilhava com um bronzeado saudável. Seu cabelo era escuro. Ele me lembrava o dançarino da maratona de strip, aquele stripper taciturno e metódico que tinha se demorado tirando uma peça de roupa de cada vez.

— Está perdida? — perguntou ele, mas nem estava me olhando.

Ele remexeu numa maleta e puxou o que parecia uma chave preta de carro.

— Não. Sim. Você me assustou — falei, com a voz falhando.

Ele levantou a cabeça, surpreso.

— O que houve?

De repente eu quis contar sobre a noite sórdida inteira para aquele desconhecido. Que um babaca com câmeras escondidas estava andando pelos corredores do nono andar me procurando e segurando o pinto machucado.

— Saí do apartamento do meu amigo e fiquei trancada aqui. O elevador não está funcionando — expliquei.

— Você precisa de um controle remoto para entrar no prédio principal.

Ele mirou no painel do elevador e apertou o botão. Dessa vez acendeu.

— Eu estava tentando achar o lobby — falei.

— E não tentou apertar o botão que dizia "lobby"? — Ele deu um sorrisinho.

Fiquei vermelha. As portas se abriram e ele estendeu o braço para eu entrar. Olhei para trás rápido para ver se ele ia checar minha bunda, mas ele estava rearrumando a gravata. Pegou um espaço perto de mim, porém, e notei que seus ombros eram largos. O terno era perfeitamente cortado. O elevador fechou, e ele esticou o braço à minha frente para apertar 14. A cobertura. Inalei seu perfume. Gucci. Tentei me concentrar no que ia fazer a seguir, mas não conseguia pensar em meio à nuvem de colônia e feromônios que flutuava até mim. O medo de momentos antes se mesclou com outra sensação urgente. Eu queria que ele me notasse, que se importasse.

— Achei que você fosse apertar o botão do lobby — disse ele. — Não é pra lá que você vai?

— Ah.

— Que cabeça a minha — terminou ele. — Eu devia ter feito isso por você.

Apertei rápido o botão.

— Tarde demais. Já passamos. Estamos indo para o meu andar — disse ele, com um movimento para cima, onde uma luz digital piscava "3".

O elevador parecia uma contagem regressiva. Meu tempo com ele logo chegaria ao fim.

Eu estava dividida. Sabia que devia sair do prédio e reduzir minhas perdas da noite, mas tinha algo diferente nele. Parecia o tipo que me levaria num encontro de verdade, num lugar com um menu de preço fixo onde eu poderia exibir um par de Louboutins sem me preocupar com talvez precisar atravessar um estacionamento de terra vazio à noite para voltar ao estúdio merda dele perto do campus. Ele talvez oferecesse um guarda-chuva não roubado e seguraria a porta para mim para entrar num apartamento que não estava escondendo de uma esposa ou namorada. Independentemente disso, ele com certeza não parecia o tipo que devesse ser entalhado e cuspido numa única noite, desperdiçado com tanta facilidade.

Roubei um olhar de relance, e ele viu.

— Ei — disse ele, e bateu um dedo no meu antebraço. — Você está bem?

Lá em cima, o número "9" piscou e eu segurei a respiração. O elevador parou. Imaginei Keith entrando, segurando a virilha ferida, pronto para me derrubar.

As portas se abriram, e três pessoas estavam paradas esperando no corredor. Keith não estava entre elas.

— Descendo? — perguntou uma garota.

— Subindo — respondi, e cliquei no botão de fechar a porta. — Movimentado aqui, hein? — comentei quando estávamos sozinhos de novo.

— Muita gente passa o feriado. Não tem muitas famílias aqui — disse ele.

— Eu vou amanhã pra Kauai com a minha família. Passamos todos os feriados viajando pra algum lugar exótico — contei.

Era tudo mentira, claro, mas pensei que seria bom para mostrar a ele que eu era uma garota ocupada e cosmopolita. Também nunca fazia mal inserir dinheiro na conversa.

Ele se recostou na parede do elevador e cruzou os braços.

— Como você se chama? — perguntou.

— Tiffany.

— Weston.

O toque do elevador nos interrompeu. Tínhamos chegado ao décimo quarto andar. As portas se abriram.

— Se eu sair, você consegue descobrir sozinha como descer? — questionou Weston.

— *Consigo* — falei.

Ele deu um sorrisinho arrogante. Mas tinha mais no sorriso, alguma sabedoria escondida. Como se ele soubesse o que eu estava prestes a fazer, como se tivesse uma passagem escondida para meus pensamentos que ninguém tinha chegado nem perto de acessar.

— Boa noite, Tiffany.

Então ele saiu direto daquela porcaria de elevador sem nem olhar para trás. Fiquei encarando o painel, o brilho vermelho queimando na palavra "Lobby". As portas começaram a se fechar.

Sem pensar, apertei o botão de abrir a porta. Weston já tinha se virado. Ele sabia que eu ia pará-lo.

— Ainda está chovendo bem forte. Você por acaso não teria um guarda-chuva pra me emprestar? — perguntei, torcendo para ele perceber a dica.

Projetei o quadril para fora em ângulo, colocando uma perna na frente da outra para dar um efeito emagrecedor.

— Fui direto de uma garagem para outra no trabalho hoje. — Ele pausou. — Tenho um guarda-chuva em casa. Se você não se importar de entrar por um segundo.

— Perfeito.

Acompanhei os passos rápidos de Weston pelo corredor. Era difícil, porque ele era muito alto.

Apesar de a disposição ser similar, o apartamento de Weston era o dobro do de Keith. Tinha dois quartos, além de uma sala de jantar maior.

— Tenho um guarda-chuva no quarto de hóspedes — disse Weston, depois de checar o armário da entrada e não achar nada.

Ele foi para o fundo do apartamento.

A casa de Weston era uma mescla perfeitamente masculina de cores escuras, um modelo de ordem utilitária, com alguns poucos toques pessoais. A *Cosmo* diria que ele era um homem de poucas palavras, mas resoluto em suas convicções.

A cozinha americana estava cheia de apetrechos caros, todos perfeitamente dispostos em torno de uma ilha central ampla. Vi o *backsplash* de mármore e pérola e fiquei meio molhada. Abri algumas gavetas, encontrando raladores, abridores de vinho, bandejas de queijo. Um conjunto de facas de vinte e quatro peças. Peguei uma pelo cabo e passei o dedo de leve pela lâmina. Recém-afiada. Meu tipo de homem.

Notei fotos casualmente colocadas pela sala de estar em porta-retratos combinando, todos de prata esterlina. A maioria era de Weston, de beca e capelo em duas graduações diferentes, num jogo de futebol americano. Passei os olhos rápido para encontrar qualquer potencial concorrência, mas não havia outras jovens à vista. Senti uma atração, algo mais profundo e forte do que sentira com Tristan ou Jeremy. Talvez fosse uma chance de encontrar algo real, alguém que fosse mais valioso vivo.

Weston voltou à sala com o guarda-chuva na mão.

— Seu apartamento é maravilhoso — comentei.

— Você devia ter visto o que eu tinha em Boston logo depois da pós. Vistas panorâmicas da baía.

Ele estendeu o guarda-chuva. Peguei dele, deslizando brevemente a mão por cima da dele e sentindo uma descarga elétrica.

— Por que você se mudou para cá? — perguntei.

— Oportunidade de emprego. Sou gestor financeiro.

— Bacana.

Ele se apoiou na bancada, relaxado, confortável. Tinha tirado o paletó em algum ponto, mas eu nem notara.

— É tedioso que só. Mas eu tive a chance de trabalhar menos horas aqui. Equilibrar vida pessoal e profissional. Achei bom aproveitar.

— Concordo. Eu estou estudando economia e administração — falei.

Pelo menos estava no segundo ano. Acho que no trimestre anterior tinha pedido para minha preceptora trocar meu curso para sociologia.

— Você está na faculdade? — perguntou Weston.

— No último ano.

— Faz parte de alguma irmandade?

— Delta Gamma.

Ele assentiu, aprovando.

— SAE. Claro, já faz alguns anos. E lá no leste. Então, quando você vai para o Havaí? Você disse que era amanhã?

Eu quase tinha esquecido.

— É — respondi, relutante.

Em circunstâncias normais, eu teria tentado seduzir Weston ali mesmo, mas queria deixar que ele tomasse a iniciativa. Eu ia me demorar com aquele ali. Ele claramente não era outro um *boy* lixo burro.

Quando Weston não deslizou a mão pelo meu braço nem sugeriu que nos sentássemos no sofá, senti uma leve decepção.

— Você estacionou longe do prédio? — quis saber Weston.

— Eu vim de carona.

— Você mora perto?

— Lá na Hilgard. Não é uma caminhada muito longa. Ou eu posso pedir um Uber.

— Na chuva? Eu te levo — disse ele.

Deixei que ele saísse na minha frente.

Na descida do elevador, a paranoia me cutucou. Imaginei Keith andando pelo lobby atrás de mim. Nenhum outro botão da porta se acendeu, então parecia que íamos direto para a garagem, até o botão do lobby brilhar. As portas deslizaram e uma velha entrou com seu poodle.

Dei um passo para o lado para ela ter amplo espaço, olhando para ver se Keith estava vindo. As portas se fecharam sem eu avistá-lo.

Voltamos à garagem subterrânea. Weston dirigia um Porsche, o que era uma excelente vantagem, e ficamos em silêncio enquanto ele acelerava pela Wilshire. A cidade estava morta. A chuva jogava raios vermelhos e verdes no asfalto preto liso. Quando chegamos à casa alguns minutos depois, Weston passou o braço pelas costas do meu banco. Ainda não tinha pedido meu telefone.

— Então é isso aí — comentou ele.

Assenti com a cabeça para a casa e aí fiz um movimento para o guarda-chuva no meu colo.

— Pelo jeito, eu nem precisava — falei.

Me sentia idiota, transparente.

— Fica com ele, por garantia.

E ainda nada de telefone. Fiquei plantada no banco por mais cinco segundos inteiros, esperando que ele fizesse algo, dissesse algo. Ele não ia pedir. Eu não conseguia acreditar.

— Até — falei, finalmente, e abri a porta do carro.

No entanto, quando me inclinei para trás para pegar a bolsa do banco, Weston deslizou até mim e levou o rosto até o meu. Colocou a mão atrás do meu pescoço, por baixo do meu cabelo, e foi com língua e tudo. Ele era bom: permitia a quantidade perfeita de jogo de ir e vir, enquanto continuava no comando com uma leve pressão da mão na minha nuca.

Lambi os lábios, pronta para mais, mas ele já tinha ido para seu lado do carro, com o celular na mão.

— Seu telefone? — perguntou, casualmente.

Dei a ele.

— Você quer que eu ligue? — ele questionou.

Falei que sim, mas então lembrei que tinha deixado o telefone dentro da casa e só trazido o tablet da Camilla.

— Completou a ligação? — quis saber ele.

— Aham, eu senti vibrar — menti, balançando a bolsa enquanto saía do Porsche dele.

— Te mando mensagem mais tarde. Boa Ação de Graças, Tiffany.

Eu tinha esquecido que dia era; o beijo dele havia obliterado minha memória.

Subi a escada até meu quarto com o passo leve. Eu me sentia saciada após os assassinatos, junto com outro sentimento. Estava feliz. Tentei lembrar da última vez que sentira esse tipo de calor, mas não me veio nenhuma memória imediata.

Puxei o bolo de dinheiro de Keith ao chegar ao quarto. Não queria nada disso. Desejei nunca ter pegado. Eu quase tinha jogado tudo para o alto: meu disfarce, meu tempo, um vestido perfeitamente bom, tudo com um perdedor feito Keith. Não faria mais isso. Joguei o dinheiro na cama e peguei meu celular. Vi a ligação perdida de Weston, o código de área 310. Era só a cereja de uma noite promissora.

12

No dia seguinte, corri pelo campus, desviando das enormes poças deixadas pela chuva da noite anterior. Passei correndo por prédios desertos. Tentei pedir *delivery* quando voltei para casa, mas os locais habituais não faziam entregas no Dia de Ação de Graças.

Pam e Todd estavam em Cabo. Eu não fazia ideia se eles haviam levado Celeste junto. Tinha parado de seguir minha irmã nas redes sociais fazia muito tempo. Meu relacionamento com Pam sempre fora *tenso* (palavras do terapeuta, não minhas), mas ficara irreparável no primeiro ano do ensino médio, quando meu pai começou a morrer lentamente. Eu me acostumei com a enfermeira Lupita, o cheiro de antisséptico que permeava o andar térreo. Esse não era o problema. O problema sempre fora Todd.

Pam achou que eu deixaria esse intruso invadir nossa vida. Ela o conheceu na Strands, começou a ter aulas particulares de surfe com ele e logo ele estava lá em casa toda noite. Meu pai provavelmente conseguia ouvi-los da cama de hospital no andar térreo.

Pam ficou obcecada por apenas duas coisas: Todd e minha inscrição na faculdade. Ela insistia que eu entrasse em uma universidade de primeira linha da Califórnia, custasse o que custasse. Quando terminava de se esfregar em Todd em uma de nossas espreguiçadeiras da piscina, ela se reunia com o sr. Pete, um cara bizarro que me obrigava a chamá-lo de *coach* e ficava olhando para o peito de Pam sempre que ia em casa. Ele me questionava sobre meus interesses e balançava a cabeça para tudo o que eu dizia. Ser líder de torcida, as viagens anuais para a Toscana, minha intolerância a arroz branco. Falava que esses tópicos não eram suficientes para uma declaração pessoal, que não preenchiam uma pessoa completa e bem-acabada.

O que diabos ele estava tentando insinuar? Que eu era metade de um ser humano?

O sr. Pete queria adversidade, injustiça, drama. Ele contratou alguns preceptores para procurar traumas e elaborar uma declaração pessoal adequada. Mas foi meu pai que me ajudou a entrar na faculdade. Sua morte prolongada foi a tragédia pessoal convincente que meus preceptores transformaram em uma redação adequada para a universidade. A caralhada de dinheiro que Pam doou também não fez mal nenhum.

— Não é divertidíssimo visitar as faculdades? — exclamou Pam, me arrastando por vários campi ensolarados.

Todos eram imaculados, com árvores bem cuidadas e prédios limpos de tijolos vermelhos, mas alguns estavam situados perto do mar, enquanto outros ficavam a uma quadra de distância de quiosques de empréstimo consignado e rodovias congestionadas. Eu me candidatei a todas. Por que não?

Aí, em um dia de primavera, recebi um enorme pacote dourado no correio.

— Conseguimos! — gritou Pam, pegando minha cara e me sujando toda de batom, caindo nos braços de Todd.

Alguém poderia pensar que era ela que estava prestes a fazer as malas e ir assistir a aulas. Às vezes eu quase tinha pena da vida pequena e triste dela. Aí, ela enfiava a língua na boca de Todd, a poucos passos do quarto de cuidados paliativos do meu pai, e me dava vontade de cortar a garganta dela.

Eu estava pouco me fodendo para fazer faculdade, especialmente depois de descobrir que a irmandade proibia quartos individuais. Uma colega de quarto? Um banheiro compartilhado? Mas, no fim, não foi tão ruim. Nunca foi difícil demais fazer amizades, pelo menos por tempo suficiente. E o negócio era que na faculdade sempre tinha gente nova chegando, garotas que salivavam por um par de sapatos bons e uma bolsa de marca, caras que ficavam duros com um sorriso displicente. Era só dar uma migalha às pessoas e elas estavam na sua mão para sempre.

✝

O ultimo Dia de Ação de Graças que eu tinha passado com Pam fora dois anos antes. Dirigi até Orange County na noite anterior e notei o vômito de decorações natalinas cobrindo todo o gramado, emoldurando as palmeiras na beira das encostas. O interior da casa era o exato oposto: todo branco, desprovido de personalidade ou bom gosto.

Cheguei no meio de uma discussão acalorada. Pam tinha achado a conta secreta da minha irmã no OnlyFans. O que me surpreendeu era que inexplicavelmente havia atraído alguns milhares de assinantes. Pam só descobrira depois de ela mesma entrar. Fiquei me perguntando se Todd tirava as fotos dela, se tinha sido ideia dele.

Pam tinha comprado um jantar sem glúten do Café Gratitude e se comportado direitinho comigo naquela noite, quando as palavras que saíam de sua boca eram o exato oposto do que quer que ela realmente quisesse dizer.

— Estamos tão felizes de te ver, Tiffany! (*Tradução: Por favor, fique alguns dias e não volte por mais um ano.*)

— Não bebi nada a semana toda. (*Talvez eu tenha maneirado nos martínis de vodca, mas injetaria vinho nas veias se pudesse.*)

— Não fiz nada no rosto nos últimos tempos, só estou tomando muita água, me mantendo hidratada. (*Fiz preenchimento e apliquei Botox suficientes para paralisar um rinoceronte.*)

Quando Pam tinha tomado uns três *pinot grigios* junto com o jantar e estava me enfiando suas estratégias eficazes de meditação goela abaixo, finalmente ataquei de volta.

— Dá um tempo com o papo holístico. Você é tão natural quanto uma fatia de mortadela de três semanas.

Todd interrompeu:
— Tiffany...
— Você não é a porra do meu pai, Todd.
— Eu sei.
— Então cala a boca.

Nesse ponto, Pam estava chorando em seu prato de recheio de couve-flor e salada outonal de *kale* e *cranberry*.

— Você faz isso comigo toda vez, Tiffany. É por isso que não dá para ter você aqui. Você é tóxica — disse Pam.

Ela correu para o andar de cima, deixando Todd olhando para seu prato e Celeste clicando em seu celular.

Depois do surto de Ação de Graças, Pam passou o resto da noite lá em cima. Eu havia me acomodado na sala de estar, olhando para as dezenas de porta-retratos em cima da lareira, fotos dela de pelo menos vinte anos antes que ocupavam cada espaço vazio. O cabelo dela estava com ondas de praia, mais ou menos do comprimento do meu. Tínhamos o mesmo bronzeado, as mesmas maçãs do rosto, as mesmas pernas. A única diferença real eram os implantes de silicone de Pam, com os mamilos apontando como flechas afiadas contra a lycra apertada.

Senti a presença de Todd atrás de mim. Puxei da cabeça dele as palavras que ele estava pensando.

— Igualzinha a mim, né? — falei.

Ele se mexeu desconfortável, mas teve que concordar.

— Você tem muito da sua mãe.

— E o que você sabe do meu pai?

— Sei que ele tratava a Pam muito mal. Ela foi uma santa de aguentar.

— Você sabe como eles se conheceram?

Ele fez um gesto para as fotos, uma de Pam de blusa *cropped* e rosto pré-contorno, a base passada como argila pesada.

— Ela estava modelando — respondeu ele.

Dei risada.

— A Pam era pôster central de revista de mulher pelada. Meu pai deu em cima dela num clube de strip. Mas com certeza você sabe de tudo isso, então pra que mentir?

— Às vezes é preciso massagear um pouco a verdade.

Cheguei mais perto de Todd, e ele quase se encolheu. Levei a mão flutuando até ombro dele e apertei, primeiro de leve, depois mais forte, massageando seu pescoço.

— Eu já sou mais direta.

Levei a mão para mais perto da garganta dele.

— Já chega, Tiffany.

Pus o rosto perto do dele.

— Saiba seus limites nesta família, Todd.

Fui embora da casa no dia seguinte. Desde então, não voltei. Mesmo assim, parecia que todos eles — Pam, Todd e Celeste — estavam só a pegando emprestada. Era minha.

†

Depois de uma longa pesquisa na internet, encontrei um restaurante chinês que fazia *delivery*. Comi cada garfada, os macarrões brilhantes e as carnes com molho de açúcar, engolindo tudo com vodca geladíssima.

Weston não tinha mandado mensagem. Supus que estivesse com a família. Percebi que não tinha perguntado quais eram os planos dele para o feriado. Se toda a sua família estava na costa leste, ele talvez também estivesse sozinho, quem sabe na própria cama no décimo quarto andar. Talvez os parentes dele fossem tão fodidos como os meus. Talvez ele também tivesse um imóvel familiar para o qual não podia voltar, uma mãe, uma irmã e um padrasto que fantasiava matar.

Ele mandou mensagem na manhã seguinte. A notificação me acordou de um sonho borrado que eu não conseguia lembrar direito. Eu ainda estava meio alegrinha, com guardanapos usados e garfos de plástico espalhados deixando uma trilha em volta da minha cama.

Concordamos em nos encontrar depois de eu voltar do Havaí. Eu teria que postar algumas fotos velhas das minhas férias do ano passado para o caso de Weston começar a me seguir, para cobrir meus rastros digitais. Me levantei instável e chequei minha barriga no espelho. Encher a cara de *delivery* não ia mais rolar. Era tarde demais para desfazer o jantar luxuriante da noite passada, mas eu começaria amanhã. Ia ficar limpa de novo.

Ao longo da semana seguinte, perdi pouco mais de dois quilos com um detox de pimenta-caiena, água com limão e laxantes. Tirei a musculação da rotina, cortando as roscas diretas, flexões e supinos. Parei na frente do espelho e flexionei, torcendo para menos voluptuosidade, buscando a proeminência do osso. Procurava toda manhã mais uma veia azul subindo à superfície do meu antebraço.

O peso que eu ganhara no último mês foi embora uma aula de spinning por vez, e a cada uma minha barriga se dobrava em si mesma um pouco mais. Eu estava me livrando da gordura extra como se cada pouquinho de celulite fosse evidência, tão condenador quanto um conjunto de digitais na cena do crime.

Sempre que sentia fome, eu imaginava a língua de Weston na minha e sentia gosto de uísque, couro e um toque de baunilha. Ele era melhor do que comida.

Dezembro havia chegado. O clima não tinha esfriado muito, tirando as tempestades que tinham vindo no mês passado, mas a irmandade havia montado uma árvore de Natal, e o cheiro de cookies sem glúten enchia o térreo. Todas tinham voltado da folga de Ação de Graças e, com o novo toque de recolher, a casa estava de novo cheia de garotas de TPM e famintas por festas.

Um número razoável das nerds da casa estava sentada na sala de jantar estudando para as provas finais, enquanto as meninas normais viam o último episódio de *The Bachelor* lá em cima. A conversa tinha sido levada ao banheiro, onde um grupo de nós fazia nosso regime de *skincare* noturno.

— Acho que a Vicky estava no programa pelos motivos certos — comentou Amy. — Não acredito que o Tony escolheu a Dana.

Mandy opinou:

— Eu sei, o Tony e a Vicky pareciam que podiam realmente ter um futuro juntos.

Era difícil ter a mesma satisfação de antigamente com realities, mas as garotas amavam; elas engoliam qualquer forma de drama, real ou falso, assassinato ou amor. Tentei formar minha própria opinião indignada sobre o programa, mas, em vez disso, me peguei examinando a curva da minha barriga no espelho do banheiro.

Eu tinha me esforçado para recuperar minha presença online nas últimas semanas, postando fotos de biquíni em ângulos lisonjeiros, saídas para comprar *smoothie* na Pressed Juicery, grandes compras no Grove e as notas fiscais de duzentos dólares em sushi no Nobu no almoço, que eu nem tocava. Observava os comentários se empilhando de hora em hora, deixando as atualizações no meu celular me acordarem de um sono agitado.

Emily tinha se juntado às garotas no banheiro depois do programa. Mandy a ajudou a aplicar uma máscara de ovo no cabelo enquanto passavam uma garrafa branca fina de Malibu. Havia algo diferente em Emily, mas eu não conseguia identificar.

— Alguém reconhece este número? — perguntou Ashley. — Eu não paro de receber fotos de pau e não consigo lembrar se dei PT e fiquei com esse cara ou o quê.

Fiz um aceno de mão quando ela tentou me passar o celular. Esperei uma pausa na conversa.

— Eu conheci alguém no feriado de Ação de Graças — contei para Ashley, alto o suficiente para garantir que todo mundo no banheiro ouvisse.

— Se não tem foto, não aconteceu — disse ela.

Mostrei algumas fotos que tinha googlado e salvado do Instagram de Weston. Aí dei o resumo às garotas: que ele era bem-sucedido, *gato*, formado numa Ivy League da costa leste e tinha bom olho para ternos bem cortados e um belo apartamento.

— Quantos anos ele tem?

— Vinte e seis.

— O que ele faz? — perguntou Mandy.

Esse era o ponto decisivo. Eu tinha certeza de que elas estavam esperando o típico protótipo de L.A. ator barra modelo barra artista.

— Ele é gestor financeiro — respondi.

Eu queria completar que ele me fazia sentir especial, mas seria *cringe* demais. Além disso, não podia arriscar articular a principal atração: Weston era o primeiro cara que eu conhecia desde setembro e que não queria matar. Dei a elas o resto dos detalhes superficiais pertinentes.

— Ele é alto, tem um Porsche. Mora no Wilshire. Vai me levar pra ver Wildebeest no sábado.

— O que é isso? — quis saber Emily.

— É uma banda. Claro que você não iria conhecer. O Weston tem um gosto musical incrível.

Até o dia anterior, eu também não sabia quem eram, mas tinha procurado algumas músicas no Spotify e decorado as faixas principais.

— E o sexo? — perguntou Mandy.

— Sério? A gente acabou de se conhecer — falei.

— Isso nunca te impediu antes.

— Vai se engasgar num pau, Mandy.

— Você primeiro — retrucou ela.

— Se você quer mesmo saber, ainda não fizemos — expliquei. — Eu não me entrego a todo impulso carnal que me vem.

Deixei de fora o fato de ter pagado um boquete para Weston no Porsche dele no nosso último encontro. Eu precisara de alguma forma de saber exatamente com o que estava trabalhando. Dá para conhecer um cara com um emprego ótimo, instrução, barriga tanquinho e tudo virar um prêmio de consolação triste se ele abrir o zíper e mostrar um peruzinho de cinco centímetros. Por sorte, Weston tinha provado que tinha o pacote completo.

— Então, quando vamos conhecer ele? — perguntou Julie.

— Não sei se o cenário grego da graduação é a dele — ralei.

Weston e eu tínhamos saído só três vezes, então uma parte da contação de vantagem talvez fosse meio prematura. Eu sabia que as meninas trocariam mensagens sobre o status do meu relacionamento assim que voltássemos a nossos quartos e procurariam confirmação nas redes sociais.

— Onde diabos você passou a semana? — perguntei a Emily.
— Minha avó caiu de novo semana passada. Está no hospital.

Imediatamente, me arrependi de perguntar da vida de Emily.

— Com certeza ela está bem — falei.
— Não está, não, Tiffany.

O mais polido seria só concordar e mudar do assunto deprimente. Mas Emily tinha chamado a atenção de todas as outras meninas, que se reuniram ao redor dela. Amy deu um tapinha nas costas dela.

— Pelo menos o seu cabelo vai ficar superlindo — disse ela.

Enquanto me trocava no quarto, chequei se tinha alguma mensagem perdida de Weston. Em vez disso, vi uma atualização de calendário da Camilla. Era outro lembrete sobre o baile de gala natalino que aconteceria mais tarde naquele mês. Todos os membros de casas gregas estavam convidados. Era a coisa mais próxima que veríamos de uma festa pelo resto do ano. Claro, vinha com regras estritas: seguranças estavam sendo contratados para revistar todos os convidados, e as bebidas estava banidas.

Passei os olhos pelo e-mail. Teria uma homenagem a Tristan e Jeremy em vídeo na abertura. *Pessoal, me mandem por e-mail suas melhores fotos dos nossos irmãos falecidos. Sem álcool, drogas ou conteúdo sexual em qualquer das fotos, por favor! Bjs, Camilla.*

Seria difícil. Peguei Emily olhando meu celular atrás de mim. Ela tinha trazido o Malibu. Torci para já ter desabafado tudo o que queria sobre a avó doente.

— Você vai levar o Weston na festa? — perguntou ela.
— Eu nem estava planejando ir — respondi. — Nós dois temos coisa melhor para fazer do que sair com um bando de retardados universitários numa festa de Natal sóbria.

Ela fez uma careta.

— Você tem que parar de chamar as pessoas disso. Vão achar um jeito de entrar escondido com bebida. E acho que a homenagem em vídeo é bacana. Com certeza a Stephanie vai gostar.

Quase derrubei o celular.

— Stephanie?

— Ela voltou para L.A. Você não ficou sabendo?
— Não — falei. — Então a Stephanie foi solta.

Bom para ela. Enfim. Eu já estava cheia desse drama. Jeremy, Tristan. Eram coisa muito ultrapassada. Eu agora tinha Weston para me preocupar.

13

Dei para ele na noite do show do Wildebeest. Weston e eu nos sentamos no Greek Theatre por três horas em cadeiras duras num clima congelante. Resisti às ofertas dele de me comprar um *cooler* de vinho. Bastava de calorias vazias e garotos vazios.

Quando Weston e eu finalmente mandamos ver no apartamento dele, não foi exatamente de fazer a terra tremer. O sexo foi bom. Mas foi normal, delicado e bem mais rápido do que eu gostava. Mal bagunçamos os lençóis perfeitamente ajustados que a empregada havia dobrado para ele. Eu nem tive chance de demonstrar minha flexibilidade ou falar as sacanagens que tinha ensaiado mais cedo. Mal tinha começado a ficar bruto; eu estava começando a sentir o cheiro de suor marcado pelo Gucci de Weston, e aí acabou.

— Foi muito bom — falei depois.

Weston pegou o celular e se acomodou ao meu lado. Eu estava esperando, torcendo por um convite para passar a noite, mesmo que não fosse aceitar. Como eu tinha levado só uma *clutch* pequena comigo no encontro, não tinha espaço para colocar mais do que corretivo e um batom. Não podia dormir lá sem um arsenal de beleza adequado para a manhã seguinte.

Ele enfim perguntou:

— Quer ficar aqui? Mas eu tenho que acordar bem cedo.

— Não, melhor eu ir.

Fiz menção de sair, mas ele me puxou para si.

— Ainda não.

Senti os músculos dele relaxarem. Eu tinha que falar antes de ir embora.

— Tem uma festa de Natal daqui a algumas semanas. Com minha irmandade. Quer ir comigo? — perguntei.

— Meu Deus, essa coisa toda grega... foi há tanto tempo — disse Weston, esfregando a cabeça.

— Não vai ser juvenil. Prometo.

— Porque não sei mesmo se consigo lidar com um bando de gente de vinte anos tomando Natty Light — continuou ele.

Weston não estava mordendo a isca, então decidi jogar a carta dos assassinatos.

— A coisa toda na verdade vai ser uma homenagem aos membros gregos que nós perdemos este ano — expliquei.

Weston só me olhou.

— Sabe, os dois garotos de fraternidades que foram massacrados? O campus todo só fala disso.

— Certo, eu vi alguma coisa no noticiário. Eles chegaram a descobrir o que foi tudo isso?

— Foram mendigos, acho — respondi.

Weston ficou olhando para o teto. Eu sabia o que estava pedindo de fato, o que significaria ele aceitar e ter que conhecer todas as minhas outras irmãs numa grande reunião estruturada. Seríamos um casal oficial.

Weston se levantou e colocou a cueca boxer. Achei minhas roupas. Ele não me deu uma resposta até estar de novo totalmente vestido de jeans e camisa polo.

— Tá bom, eu vou — disse ele.

†

Weston e eu transamos mais doze vezes nas duas semanas seguintes ao show do Wildebeest. Registrei cada uma nas notas do meu iPhone. Nós nos seguimos nas redes sociais cinco dias depois da noite em que nos conhecemos, mas ele só me marcou em uma publicação no show (não uma selfie, mas uma foto do palco maior do teatro, artística e sutil). Nossa primeira foto pública juntos foi tirada no final daquela semana (no píer de Santa Monica com a roda-gigante atrás). Ele havia cortado meu queixo, e meu cabelo estava voando em duas direções, mas eu estava feliz demais para remover a marcação nada lisonjeira. Ele aprenderia a confirmar todas as publicações de redes sociais comigo. Eu não queria parecer muito agressiva naqueles primeiros meses. Enquanto isso, eu rastreava tudo. A trajetória dos sentimentos dele por mim era um arco ascendente sólido que eu podia traçar e analisar no meu telefone.

Em um jantar em West Hollywood, logo depois, Weston começou a revelar detalhes pessoais, sobre o divórcio dos pais quando ele estava no ensino fundamental em Manhattan, uma piração e tanto na cabeça de um garoto de onze anos.

— Eles dividiam meu irmão mais novo e eu toda semana, às vezes dia sim, dia não, se um dos meus pais estivesse viajando. Já vi casais arranjarem divisões de guarda melhor para os cachorros. Durante um ano inteiro eu não sabia onde estava quando acordava, se na parte alta da cidade ou em Tribeca.

Ele selecionou outra ostra da dúzia que estava resfriada com gelo na mesa entre nós. Tentei mover algumas, fingindo comer, mas as ostras eram difíceis de esconder, tremendo em suas conchas, gordas e grossas, recusando-se a serem limpas em um guardanapo. Lambi o suco ao redor de cada uma, combinando um pouco do molho *mignonette* com um gole de vodca. Eu queria colocar a ostra inteira na boca e mastigá-la lentamente, mas não fiz isso.

Também queria dizer a Weston que minha família era ainda mais caótica do que a dele. Queria contar sobre meu pai, que ele estava morto e que, antes disso, era como se ele e minha mãe vivessem divorciados. Mas eu não podia. Quando nos conhecemos, eu havia descrito minha família como sendo do tipo nuclear intacta, que fazia viagens anuais para esquiar e comparecia a eventos beneficentes contra o câncer com sorrisos largos. Havia dito isso para parecer normal e equilibrada, para que ele pedisse meu telefone, mas estava começando a perceber que talvez fosse melhor ter dito a verdade.

— Quer sobremesa? — Weston perguntou antes de pedir a conta.

— Só você.

O sexo estava ficando cada vez melhor. Weston ia mais devagar e ouvia quando eu direcionava suas mãos (ou língua). Ele era capaz de melhorar. Eram as pequenas coisas também. Eu respeitava a limpeza que ele trazia para a experiência. Os lençóis eram sempre lavados no dia, com toalhas por perto. Eu havia me acostumado demais com meias duras e camas de solteiro nas fraternidades. Minha parte favorita, porém, era logo depois, quando eu sentia um pouco do cheiro de Weston. Eu parava um segundo para respirar seu cheiro, engolir tudo, antes de ir para o chuveiro.

Uma noite, depois do sexo, ele me puxou para perto para um beijo, seus lábios descendo até meu colar. Acariciou minha clavícula, tocando suavemente a pérola.

— Quem te deu isso?

— Meu pai — eu disse.

— Garotinha do papai? — brincou Weston.

— Deixa de ser nojento.

De repente, me senti desconfortável, exposta, apesar de termos passado a maior parte do nosso relacionamento nus nos lençóis dele. Minha mente se voltou do nada para uma arma, o enorme cofre no escritório do meu pai onde ele a guardava. Quem eu estava enganando? Eu não poderia contar a Weston a verdade real sobre minha família.

— Você tem sorte de ter ele. E a irmandade — disse Weston.

— Não são só meninas nuas e brigas de travesseiros — respondi.

— Não é por isso. É como se você tivesse uma segunda família. Sinto falta disso. L.A. pode ser solitária. Mais do que eu esperava.

— O que você estava esperando? — perguntei.

— Achei que iria conhecer mais pessoas, sairia mais. Não é nada parecido com o Instagram.

— Nada é. Nada disso é real — falei.

— Você posta o tempo todo. Tipo hoje. Gostei daquela foto na praia.

Eu ri.

— Levei uma hora me preparando. E na verdade foi tirada no verão passado.

Falei a verdade antes de me dar conta e me arrependi na hora. O objetivo era fazer as pessoas acreditarem na fantasia. Até mesmo minhas postagens "vulneráveis" eram encenadas e criadas para um fim específico.

Mudei de assunto.

— Vou adorar te dar um tour por alguns lugares legítimos de L.A.

— Seria ótimo. Eu gostaria de conhecer mais gente. Depois da faculdade, meus amigos se espalharam.

— Bom, agora eu estou aqui — eu disse.

— Eu sei — respondeu ele, penteando meu cabelo para trás antes de descer a mão.

†

No dia do baile de gala de Natal, Weston e eu nos encontramos antes no centro de recreação do campus. Era uma tarde de dezembro com um clima de vinte e seis graus, o tipo de dia em que os estudantes publicavam fotos de asfalto escaldante e palmeiras sem sombra, e as enviavam para os babacas que tinham deixado a Califórnia para estudar com hashtags como #TáComInveja.

Compartilhamos uma espreguiçadeira, a pressão da pele suada de Weston contra a minha. A piscina estava cheia de corpos semelhantes: bronzeados, magros e seminus. Em algum lugar, uma celebridade de meia-idade ocupava a própria cabana, e as mensagens se espalharam como um incêndio em Malibu, atraindo uma grande multidão para a piscina.

Weston pegou meu celular quando tentei transmitir a notícia, me instando a viver o momento. Ele era um hipócrita, porque, assim que o telefone dele fazia o menor zunido, eu sabia que ele olhava para baixo, mas não me importei. O simples fato de eu saber essas coisas sobre ele, de conseguir começar a prever até mesmo suas tendências hipócritas, me excitava. Eu me sentia zonza perto dele, de pernas bambas, o que em parte se devia ao fato de não ter comido nas últimas dez horas, mas mesmo assim. Era principalmente Weston.

Algumas irmãs da casa haviam chegado depois de ouvir as notícias sobre a celebridade, mantendo uma distância respeitável de Weston e de mim. Emily havia se acomodado em uma cadeira, um pouco mais perto do que eu gostaria, com uma garrafa de vinho barato ao lado. Deixei que ela ficasse, porque Weston ainda mantinha contato com seu irmão mais velho da fraternidade da universidade na costa leste. Ele saiu da piscina, recebendo olhadas de todas as garotas e de um número considerável de rapazes. Weston captou o olhar de Emily.

— Esta é a sua irmã mais nova? — perguntou, acenando com a cabeça para ela.

Estremeci quando notei a calcinha de biquíni larga de Emily e as marcas de vinho em seus lábios. Ela precisaria aperfeiçoar suas habilidades de beber durante o dia se não quisesse parecer a bêbada residente da casa. Se Camilla a pegasse em público com aquela aparência, eu seria repreendida. Já estava por um fio.

Eu estava prestes a fazer um comentário maldoso — totalmente merecido — para Emily, mas, antes de falar, sabia que Weston seria legal. E, de fato, ele se acomodou em seu assento sem dizer uma palavra rude.

— Meu Deus, eu poderia morrer assim.

A voz de Weston me tirou da inconsciência. Eu me aninhei mais perto dele.

Ele apontou para o sol escaldante diretamente acima.

— A Califórnia tem suas vantagens. Eu poderia me acostumar com isso.

Emily ofereceu sua garrafa, e fiquei surpresa quando Weston pegou dela e tomou a bebida barata. Ele se moveu para devolvê-la.

— Eu aceito um pouco — falei.

Pude sentir o gosto do que eu torcia para ser a saliva quente de Weston na borda. Recostei-me na espreguiçadeira e deixei meus músculos se fundirem com o plástico. Senti uma rara sensação de calma. Talvez eu pudesse fazer novos amigos em Los Angeles com Weston, aprender a participar de atividades de casais. Talvez eu pudesse, aos poucos, revelar mais e mais de mim para ele. Depois da insônia de setembro, foi bom adormecer em uma espreguiçadeira em plena luz do dia.

14

O baile de gala natalino tinha originalmente sido planejado para acontecer num lugar descolado de Santa Monica na Quarta Avenida, mas tanta gente recusou o convite virtual depois de ficar sabendo que não teria bebida que o Comitê de Decoração do Campus passou para o salão de baile da universidade. Imaginei que a maioria das garotas optaria por usar vermelho Papai Noel, então decidi ir de verde e achei um vestido que combinava com meus olhos.

Estacionei minha Mercedes na casa de Weston uma hora antes da festa. Seria a primeira vez que eu dormiria lá. Eu tinha três combinações de roupa preparadas para o dia seguinte e uma linha inteira de cosméticos guardada no meu nécessaire de maquiagem. No dia seguinte, teria que me lembrar de pôr o telefone para vibrar bem ao lado da minha cabeça para poder me aprontar antes de Weston acordar.

Ele me encontrou no meu carro para ajudar a subir minhas coisas. Parecia ter saído de uma passarela — fazia um tempo que eu não o via de terno completo.

— Você não devia ficar andando por aqui depois de escurecer — falou Weston, e pendurou minha bolsa de viagem no ombro. — Meu Deus, o que tem aqui?

— Só umas coisinhas — falei.

Além de roupas e produtos de higiene, eu tinha trazido um secador de cabelo, uma chapinha de cerâmica, dois pares de sapatos de salto e meus próprios cabides de madeira, só para garantir. Depois de deixar minha mala e pendurar minhas roupas no armário de Weston, ainda tivemos tempo para um drinque antes de sair, então preparei uma vodca-tônica para mim.

— Vai ser *open bar*? — perguntou Weston, se servindo de um uísque.

Girei o colar devagar no pescoço.

— Não.

— Prefiro bar pago, de todo jeito. As filas são mais curtas.

— Acho que não vai ter nada.

— Sem bar? Vamos para uma festa grega e não vai ter bebida? Que tipo de faculdade é essa?

Tentei defender nosso sistema grego.

— Teve algumas suspensões temporárias de festas por causa dos assassinatos.

— Teria sido um detalhe bacana de incluir quando você me convidou.

Ele puxou dois cantis monogramados de um armário.

— Você consegue colocar um desses na sua bolsa?

†

No trajeto até lá, chequei quem tinha confirmado presença na festa. Tammy e várias Pi Phis estariam lá. Todos os membros toscos de casas como Tri-Delta e Theta Chi apareceriam aos montes, já que não tinham nada melhor para fazer no fim de semana. E, claro, Stephanie devia ir.

Eu tinha acabado de postar um vídeo com a legenda *Festa com luzinhas hoje, piranhas* quando chegamos a um dos estacionamentos do campus.

Desci com Weston por um lance de escadas até o maior prédio que eu conseguia ver a distância. Passamos por hordas de perdedores não gregos de moletom da faculdade e chinelo, e comecei a me preocupar de estarmos indo para uma biblioteca ou salão de estudos quando vi três garotas enfiadas em vestidos vermelhos minúsculos.

— Estamos quase chegando — falei, e as segui por uma abertura em meio aos prédios.

Ao chegar, fiquei completamente envergonhada. O salão estava decorado com uma árvore de Natal triste e um monte de fita decorativa.

Tinha uma menorá enfiada nos fundos, numa mesa de canto, muito provavelmente onde estaria a bebida se fosse permitida. Weston puxou seu cantil em dois minutos.

Vi Amy e Mandy num canto com três meninas de uma casa rival, passando os próprios cantis. Mandy e eu não estávamos nos falando depois de eu jogar um OB nela por falar merda durante um reencontro de *Real Housewives*. Mas eu precisava apresentar Weston a algumas das outras garotas, senão ele acharia que eu estava na base do círculo social grego. Antes de começar a namorá-lo, eu só entrava no maior grupo de homens que conseguia encontrar para receber atenção imediata, mas naquele cenário isso não ia funcionar.

Uma mescla de inveja e intriga se abateu sobre o rosto das meninas ao verem Weston.

— Este é o Weston — apresentei.

— Muito prazer — disse Mandy, subindo a mão pelo braço dele.

— Então, cadê seu namorado, Mandy? — questionei.

Ela acenou para um grupo de membros Sigma Nu assinando um enorme pôster em memória de Tristan. Eu não conseguia ler nenhuma das mensagens, mas vi, perto do canto interior, um pinto jorrando.

Camilla chegou por trás de nós.

— Oi. Bebida alcóolica não é permitida. Vocês leram o aviso nos convites?

Mandy fechou relutante seu frasco e enfiou no sutiã, mas Weston se limitou a sorrir para Camilla e dar um longo gole de seu uísque.

— Teve um memorando sobre isso — começou ela, mas Weston deu as costas no meio da frase.

Grudei no braço dele, me sentindo imune à cadeia de comando idiota na sua presença. Nós dois estávamos acima disso. Weston e eu éramos tão lindos juntos. Eu quis que tivesse menos fita decorativa e mais espelhos no salão, para poder ver o par perfeito que fazíamos ao longo da noite. Aquele momento era bem melhor do que um filme e nós dois éramos mais gatos que os atores que só podiam torcer para um dia fazer nosso papel.

Weston e eu logo nos separamos por gênero. Relutante, deixei que ele se misturasse com o grupo de universitários, chamando-o quando um bando de machos próximo continha mais do que três caras com quem eu já havia transado. Pouco depois, ele se assentou com a galera da SAE.

Nesse ponto, umas doze Delta Gammas já tinham chegado. Emily viera com Ashley, que já estava bêbada. Emily devia ter assaltado o guarda-roupa de alguém, porque estava usando uma minissaia, em vez de suas peças pudicas de sempre.

— Uma salva de palmas para o Weston. Ele parece uma estátua grega — disse Ashley para mim.

— Tenta não babar — falei para ela, e saí do grupinho de garotas.

Eu tinha mais o que fazer do que ficar lá sentada olhando de boca aberta para meu próprio namorado.

Com Weston ocupado, saí em busca de Stephanie. Eu a vi com dois outros membros da KKG. Fiquei observando e esperando, tomando uma Coca diet. Em pouco tempo ela estava sozinha, olhando para a patética árvore de Natal. Fazia sentido que as pessoas estivessem mantendo distância: com certeza todos a cumprimentaram educadamente quando ela entrou, talvez tenham passado algum tempo com ela em ciclos de três minutos, mas ninguém queria puxar papo com uma paciente recente de um hospital psiquiátrico.

Segui a linha de visão de Stephanie enquanto ela se movia entre a multidão, sem perceber minha presença. Ela parou no estande de homenagem em frente a uma grande fotografia. Stephanie estava nessa foto em particular, ao lado de Jeremy, em uma festa da SAE com tema de faroeste, e a comparação lado a lado era bem extrema. Não tinha mais o *mega hair* no estilo concurso de miss e a pele bronzeada. Suas roupas caíam soltas sobre o corpo como alguém que passava fome além dos padrões de magreza de Los Angeles. Seus cabelos estavam fracos e cresciam em um tom castanho sem graça. Eu sabia que ela não era loira natural.

Stephanie passou para um retrato de Jeremy, ao lado de outro de Tristan. Ambos estavam vestidos de camisa social e gravata: as fotos da casa da fraternidade. Olhando para eles, pensei em Jeremy depois de ter cortado sua garganta, com o sangue encharcando o traje de Romeu. Vi Tristan naquele carpete manchado, com vinte e seis buracos no torso esculpido.

Parei ao lado de Stephanie.

— Eles eram tão bonitos.

Achei que ela fosse ficar assustada, mas ela nem se virou para me encarar.

— Oi, Stephanie — eu disse e me coloquei na frente dela, para que fosse forçada a se dirigir a mim.

Stephanie não desviou o olhar dos retratos.

A raiva tomou conta de mim, começando no estômago e subindo pela garganta.

— Ouvi dizer que mandaram você pra se tratar lá em Atascadero. Você ainda parece não estar bem — comentei, olhando fixamente para o cabelo dela.

— Vai se foder, Tiffany — disse ela em um sussurro.

Então ainda havia algum veneno nela.

— Eu só estava preocupada com você. Pelo menos você não é mais suspeita. Eles têm alguma pista sobre o assassino? — perguntei.

Ela mal balançou a cabeça. Eu estava planejando minha próxima provocação quando fiz contato visual com Weston. Ele havia se acomodado perto de um grupo de Sig Nus a poucos metros de mim. Inclinei a cabeça para que ele se aproximasse. Weston não precisava que eu apresentasse a garota.

— Stephanie, eu sou o Weston — disse ele. — Sinto muito.

Ele pegou a mão dela e a apertou por alguns segundos a mais do que eu gostaria. Deslizei a mão pelo peito de Weston, deixando-a enganchar no ombro dele. Stephanie não falou nada, mas seus olhos se arregalaram ao nos ver juntos.

— Essas fotos de vocês dois são muito lindas — continuou Weston, quebrando o silêncio e apontando para trás de Stephanie.

Era a primeira vez que eu o via sem estar perfeitamente à vontade, embora ele estivesse fingindo bem o suficiente.

— Eles eram demais juntos — falei. — O Jeremy deu um anel lindo pra ela no outono passado. Quase três quilates.

Stephanie olhou para baixo, para seu dedo nu. Segui seu olhar.

— Você não quer mais usar? — perguntei, inocentemente. — Dá pra entender.

Foi preciso mencionar seu anel para que as lágrimas finalmente escorressem.

— Ele pegou — disse Stephanie, enxugando a bochecha.

— O Jeremy?

— O assassino, sua vaca.

Stephanie falou em um sussurro rouco, como se o assassinato tivesse tirado sua voz também. Ela ainda lançava farpas, mas eu via que, àquela altura, era apenas um reflexo involuntário para ela, como o espasmo que Jeremy teve depois que já estava mortinho. Meu trabalho estava feito. Eu não tinha vencido apenas aquela rodada. Tinha vencido o jogo inteiro.

†

A música parou abruptamente às dez. Eu tinha esquecido que era para assistirmos ao vídeo de homenagem a Tristan e Jeremy, que era um tributo, não uma festa da vitória para mim e Weston. Passei pela mesa designada para a DG e peguei uma mesa de casais que estava se enchendo de outros pares das casas gregas mais populares. Eu tinha chamado Weston quando Emily tentou se juntar a nós.

— Só pode casal — falei. — Você vai desparear as cadeiras.

— Eu vou sentar com você — disse ela, desafiadora.

Ela tinha trazido o próprio cantil e deu um gole. Fiquei surpresa de uma certinha como Emily arriscar a ira passivo-agressiva de Camilla.

Weston chegou ao meu lado e eu estava confiante de que ele a tiraria de lá. Mas, em vez disso, ele passou por mim e voltou carregando uma cadeira acima da cabeça.

— A gente pode abrir espaço — disse. — Você vai querer sentar com a sua irmãzinha, né?

Franzi a testa para Emily.

— É, só achei que ela talvez ficasse mais à vontade com outras DGs solteiras — falei. — Não quero que se sinta mal de ficar segurando vela.

Emily se sentou na cadeira com um sorriso satisfeito, e pensei em esfregar a privada do banheiro comunitário com a escova de dente dela quando voltasse para a casa no dia seguinte. Weston acabou entre mim e Emily.

Camilla, que finalmente tinha desistido da patrulha do álcool, se aproximou da frente do salão e pegou um microfone.

— Para quem seguiu todas as regras, obrigada. Só queria dar outro lembrete para dirigirem em segurança para casa. Nem todo mundo respeitou a política de não beber.

A festa tinha sido incrivelmente chata até aquele momento. Era para ter mais música depois, mas eu não conseguia imaginar ninguém decidindo ficar muito mais para dançar em meio a papel-alumínio amassado e pôsteres deprimentes de universitários mortos.

— Hoje era uma noite para mostrar que nós, como membros gregos, não fazemos só festas em jogos universitários e bebemos cerveja em barril de ponta-cabeça, que temos o dever de manter a tradição e a honra. De celebrar aqueles que se foram.

Weston chegou mais perto de Emily e pôs um pouco da bebida do cantil dela no dele. Era sem dúvida coisa barata, provavelmente de garrafa de plástico.

Depois de mais uns minutos, Camilla saiu e as luzes diminuíram. Tocou a abertura de "What a Wonderful World", com uma parte da letra projetada num fundo granulado.

A apresentação de slides começou com algumas fotos recentes de Jeremy e Tristan. Batuquei na mesa, me perguntando quanto tempo ia demorar. Os dois se tornavam versões menores de seu eu universitário a cada novo slide. Um jovem adolescente desengonçado corria por um gramado verde retangular com uma bola de futebol americano. Eu vi o corpo esguio de Jeremy em formação, bem à beira de um estirão de crescimento. Houve um pirata no ensino fundamental, um dos olhos cobertos por um tapa-olho preto, o olho exposto um azul-claro que me disse que era Tristan. Conforme ficavam ainda mais jovens, passou a ser mais difícil discernir quem era quem. Vi um garoto de triciclo andando por uma rua de bairro, um bebê coberto de bolo colorido.

Aí apareceu um recém-nascido no projetor, enrolado num cobertor de algodão e de touquinha, seguido por um neném dormindo no braço de uma mulher xis. Vi a hemorragia de entranhas se espalhando embaixo das coxas de Tristan, o jato de sangue jorrando do pescoço de Jeremy.

Todas as mulheres do salão estavam soluçando. Me mexi na cadeira, desconfortável, torcendo para ninguém notar meus olhos secos, me perguntando se já, já teria que começar a fingir. Eu não entendia para que tudo isso. Por que meditar sobre a infância de alguém quando você o viu vomitando até as tripas num banheiro de fraternidade? Era tarde demais para alegarem inocência.

O silêncio havia se espalhado pelo salão pela primeira vez naquela noite. Me abaixando embaixo da mesa, peguei minha bolsa. Puxei um chiclete e ofereci um a Weston, que só balançou a cabeça. Todo mundo estava focado nas imagens à frente.

A música enfim parou, com uma transição estranha para "Good Riddance (Time of Your Life)", do Green Day. Voltei a me concentrar e vi algumas fotos de baile de formatura e de Jeremy se mudando para a casa da SAE com uma mala e um barril de cerveja gigante. Uma imagem de Tristan com uma pilha de garotas ao redor, pegando um peitinho discretamente, algo que Camilla não havia percebido. Me senti melhor.

O vídeo terminou com fotos de todas as turmas da Sigma Nu e da SAE na frente de suas respectivas casas. Quando as luzes voltaram a se acender, as pessoas continuaram em silêncio e não quiseram ir para a pista, se encaminhando diretamente à saída.

Eu tinha submetido Weston a uma enorme festa de funeral sem bebida alcóolica. Precisaria fazer uma variedade de truques sexuais desinibidos nele para salvar a noite.

— Pronta para ir? — perguntou Weston, antes de eu conseguir me ajustar à luz.

Fiz que sim.

No trajeto de volta, não havia muito a dizer.

— No que você está pensando? — perguntou Weston, quebrando um silêncio de cinco minutos.

Eu tinha visto um pôster do Carl's Jr. de frango frito e hambúrguer com bacon num pão macio de pretzel. Estava pensando em como seria gostoso pedir um e devorar sozinha atrás das janelas filmadas da minha Mercedes voltando do apartamento dele.

— Que estou muito feliz por você ter ido comigo — respondi.

Claro, eu não comeria hambúrguer nenhum no dia seguinte. Tinha chips de alga e blocos de tofu me esperando em casa. Havia achado em Weston o que estava buscando e não ia foder tudo ficando com celulite na bunda.

— Aquela menina Stephanie não parecia nada bem — comentou Weston. — Que pena.

— Ela meio que era ferrada desde o começo — falei, pronta para esquecer a festa de Natal.

Eu tinha conseguido o que queria exibindo Weston: para Stephanie, para minhas irmãs, para outras irmandades. Tinha ficado oficial.

Subindo à casa dele, o elevador parou no nono andar. Senti uma pontada de náusea. Queria que a noite acabasse.

E então aconteceu: meu pior pesadelo se materializou. A porta do elevador abriu, e Keith apareceu, com o cabelo desgrenhado e os olhos ardilosos. Abaixei a cabeça rápido, torcendo para ele não me ver, não me reconhecer do mês anterior.

— Camilla?

Na minha mente passou um pensamento em looping — *merda, merda, merda* —, e relutantemente levantei os olhos.

Ele estava confuso, incerto. Eu ia me fazer de boba, fingir uma inocência angelical que o fizesse questionar a própria realidade. Já tinha feito isso antes.

— Perdão? — falei, com doçura.

— Camilla? A gente se conheceu no Whiskey Bear. No feriado de Ação de Graças.

A expressão de Keith estava mudando, formando uma carranca, tensionando sua feição. Ele estava bravo. E sabia exatamente quem eu era. Weston que estava confuso, olhando entre mim e ele.

— Você! — cuspiu Keith, entrando no elevador e enfiando o dedo na minha cara.

Consegui fazer uma expressão indignada.

— Meu nome *não é* Camilla. E não sei quem você pensa que é, gritando comigo desse jeito.

— Você chutou a porra das minhas bolas! Eu precisei fazer exame de próstata por sua causa.

Me virei para Weston, de mãos levantadas. Meus olhos ficaram cheios de lágrimas.

— Ele está me assustando, Wes.

Weston finalmente interveio e empurrou Keith de volta para o corredor. Ele era maior e mais forte.

— Sai de perto dela, caralho.

— Você não...

— Se manda. — As palavras saíram como um rugido, e de repente eu quis foder com Weston no elevador naquele exato momento.

Keith tinha perdido. Ele cambaleou para trás. Claramente estava bêbado. Ia acordar amanhã e se perguntar se tinha sonhado tudo isso.

— Melhor tomar cuidado com essa aí — disse ele, apontando uma última vez e indo embora aos tropeços.

As portas do elevador se fecharam e Weston, o herói, virou para mim.

— Você está bem? — perguntou.

— Acho que sim. Obrigada por intervir.

— Que maluco — disse Weston.

— A cidade é cheia deles.

— Este *prédio* é cheio deles. Vou sair daqui.

Weston havia mencionado que estava querendo comprar um imóvel, uma casa em algum lugar perto de Century City, mais próximo do escritório dele. Eu tinha dito que era uma ótima ideia, um bom investimento. Ele estava falando sério, percebi, alegre.

Chegamos ao décimo quarto andar. Weston tirou o blazer e a gravata assim que entramos no apartamento. Foi até o bar e se serviu mais um drinque antes de eu conseguir tirar os saltos.

— Quer seu cantil de volta? — ofereci, abrindo o zíper da minha bolsa e puxando o frasco de prata.

Ele se virou para lavar na pia e me aproximei, pressionando o quadril em suas costas e fechando os braços em sua cintura.

Weston teve o bom senso de diminuir as luzes da cozinha antes de se virar. Ele se apertou contra mim, me encostando na bancada, para eu conseguir sentir que estava duro. Ele nunca tinha agido de forma tão agressiva.

Ele me levantou e me sentou na ponta da bancada, entre o bloco de facas e uma fileira de taças de vinho penduradas pela haste. Enquanto ele tirava a camisa, notei pela primeira vez uma tatuagem de ponta de flecha no interior do bíceps direito.

Me inclinei para trás o máximo que consegui, me apoiando nos armários de cima, enquanto Weston subia meu vestido pelas coxas e abria o zíper da calça. Puxei uma porta de armário para me estabilizar e ela abriu com tudo, quase o atingindo na cara. Ele foi para trás bem a tempo, mas seu cotovelo colidiu com a fileira de taças, fazendo-as se estilhaçar no azulejo.

O som do grito de Weston e de vidro quebrando me fez pegar o cabo da faca de açougueiro empoleirada ao meu lado. Eu a estava agarrando com força na frente do corpo, com o coração acelerado, antes de perceber o que tinha acontecido. Enquanto Weston se agachava no vidro, chutando cacos para o lado, pensei por um momento em como ele estava vulnerável com a cabeça inclinada para o lado e o pescoço exposto. Deslizei a faca de volta para o lugar antes de ele conseguir ver o que eu havia feito. Weston tinha se afastado da bancada, e aproveitei a oportunidade para pular para longe de qualquer utensílio de cozinha perigoso. Empurrei-o na ilha da cozinha.

— Sobe aí — mandei.

— Por quê? — perguntou ele, hesitante.

— Para eu poder te foder sem parar.

Ele se deitou de costas sem mais perguntas, e eu saltei ao lado dele. Foi só depois de eu me acomodar em cima e começar a cavalgar que notei gotículas vermelhas no braço dele, como gotas de chuva cor de rubi.

— Continua — disse ele, como se eu fosse deixar um pouco de sangue me deter.

Acelerei, empurrando meu quadril nele com mais força, enfiando as mãos no peito dele até o sentir gozar.

Quando acabou, andei na ponta dos pés entre os cacos de vidro que sujavam o chão. Parei para pegar a lingerie que tinha tirado durante o ato, e Weston achou que eu estivesse tentando limpar.

— Minha faxineira vem amanhã de manhã — disse ele. — Deixa aí.

Transamos mais uma vez, dessa vez no quarto de Weston. Ele ainda estava todo ousado, até na posição papai e mamãe na cama king-size, e fizemos com tanta força que ele me bateu na cabeceira algumas vezes.

No fim, ele desmaiou sem dar boa-noite. Estava todo jogado, nu, na abençoada despreocupação que deve vir de ser homem. Eu em geral gostava de colocar o conjunto de lingerie ou pelo menos a calcinha depois, para ajudar a combater os efeitos da gravidade. Mas, naquela noite, me acomodei ao lado dele pelada.

Foi um sono inquieto. Eu ficava pensando no encontro por um triz com Keith, no que aconteceria se Weston descobrisse a verdade. Enrolava as pernas nuas nos lençóis e aí os chutava para longe sem parar. Finalmente, me levantei, tomei um shot do uísque de Weston e voltei à cama. Fiquei fritando até me sentir apagar.

†

Acordei com um pouco de frio. Estendi os braços e, embaixo de mim, os lençóis da cama eram macios, como se eu estivesse deslizando de costas num lago raso. Era fresco, quase reconfortante, já que antes o quarto estava muito abafado, e me permiti curtir por alguns segundos. Eu ainda estava grogue, provavelmente da bebida. Aí, olhei meus braços. No quarto escuro, não dava para ver muita coisa, mas enxerguei os riscos enegrecidos. Eu estava coberta de algo que parecia tinta ou óleo, preto e espesso, até lentamente perceber o que era. Tateei meu peito, minhas pernas, em pânico. Eu estava encharcada de sangue.

Fiquei enjoada antes mesmo de me virar para o corpo à minha direita. Weston estava com o pescoço aberto de orelha a orelha. Devia ter sido horas antes, porque ele estava esvaziado. Peguei um pouco do sangue em torno de seu rosto, poças enchendo os travesseiros, e freneticamente tentei colocar de volta nele.

Era tudo um engano. Eu não me lembrava de nada. Não teria deixado isso acontecer, não tinha como; era completamente diferente das outras vezes, quando eu havia me lembrado de tudo, *saboreado*. Fui tomada por pânico e não tinha ideia do que fazer exceto tentar jogar o sangue de volta no corpo dele. Eu estava escavando freneticamente pela cama quando minha perna esquerda teve um espasmo. Depois foi a vez do meu estômago, se contorcendo e me fazendo desmaiar no colchão.

Acordei sobressaltada. Eu estava na cama, coberta por um líquido mais fino que não deixava faixas pretas pela cama. Era suor escorrendo pelo meu peito, pelas minhas costas, ensopando os lençóis. Eu me virei e Weston estava ao meu lado, intacto, com o pescoço sólido e forte, o peito subindo e descendo de leve, o braço enrolado embaixo de um travesseiro. Caí de costas.

Estabilizei minha respiração e me levantei. Precisei checar para me certificar de que as facas estavam todas no lugar na cozinha, passar os dedos por cada cabo na fenda correta de madeira.

Quando tive certeza de que tudo estava normal e intocado, achei a geladeira. Comecei com um pedaço de parmesão, cuja ponta afiada roí até virar uma maçaroca que se desfazia na minha mão, e cuspi na pia. Mas não parei. Me permiti cinco mastigadas para cada mordida que dava, depois cuspia os restos.

No ensino médio, eu vivia tendo pesadelos estranhos, nunca tão vívidos assim, mas quase. Aconteciam em noites em que eu estava me preparando para uma pesagem das líderes de torcida, muito provavelmente produto de um estômago vazio. Uma vez, ouvi os gritos de uma mulher aleatória sendo cortada em duas e acordei no silêncio. Desci para investigar e só achei mármore frio e espaço vazio.

Weston só tinha comida saudável em casa, nada em que eu realmente pudesse enfiar os dentes. Eu teria aceitado qualquer tipo de carne, mas a única coisa que ele tinha era peito de frango cru selado em sacos plásticos. Decidi por mais queijo e umas amêndoas. Acabei com uma pilha de comida mastigada na pia. Abri a torneira para cobrir o que eu tinha feito, mas não quis correr o risco de ligar o triturador e acordar Weston. Eu podia imaginá-lo entrando, me achando pelada e debruçada na bancada com o conteúdo semidigerido da geladeira dele.

Meus ouvidos tinham começado a zumbir, primeiro um zunido e depois uma batida contínua. Procurei no apartamento a fonte do barulho antes de perceber o que era. Era meu coração, batendo forte, apesar de parecer mais alto do que só isso. Fui até a janela do chão ao teto que dava para a cidade, com vista para os prédios, e me perguntei quantos homens havia em cada um. Era como se eu conseguisse ouvir o coração de todos os homens lá na rua, batendo no mesmo ritmo. O Wilshire era uma grande artéria pulsando lá embaixo.

15

A semana de provas finais chegou, e aos poucos as garotas começaram a sair da casa para as férias de inverno. A segurança na avenida das casas foi reduzida a dois guardas rechonchudos andando por aí em Segways. Falei para Weston que ficaria fora uma semana comemorando o feriado com minha família depois de ele anunciar que passaria o Natal na costa leste. Em vez disso, reservei uma estadia de sete dias num spa em Malibu. Até onde eu sabia, Pam e Todd estavam na Itália, provavelmente andando de Vespa com botas Uggs vermelhas combinando.

A irmandade tinha implementado toque de silêncio começando toda noite às nove. Emily e as outras nerds dominavam nossa sala de estar, nossa tela plana do andar de baixo era desconectada e o restante da casa tinha que ver programas de TV no laptop, com fone de ouvido. Camilla se certificava de que todas as regras fossem seguidas, pelo menos até ela sair para a viagem de caridade na periferia, que tinha planejado para ajudar a reformar casas em Detroit. Com alguma sorte, ia tomar um tiro.

Quando a casa ficou insuportavelmente quieta e eu só conseguia ouvir um leve ronco do fundo da minha barriga, me vi dirigindo para o galpão na Washington. Eu não estava treinando, mas em geral fazia uma rodada de abdominais e alguns exercícios pliométricos para ocupar o tempo e sentir uma queimação nas coxas e no *core*. Eu estava inquieta. O pesadelo que tivera na casa de Weston continuava achando um jeito de entrar na minha cabeça.

Todo mundo fazia idiotice com vinte e poucos anos. Cada garota tinha sua história: ménages durante um apagão bêbado, vídeos de sexo vazados. E havia as que escondiam hábitos piores do que esses, que passavam noites sozinhas comendo potes inteiros de sorvete enquanto faziam compras online usando calça de moletom até finalmente achar um namorado. O homem certo podia mudar tudo. Eu podia ficar satisfeita. Feliz.

†

Passei no escritório de Slade a caminho de Malibu. Levei uma cesta de frutas orgânicas para ele, sem saber o que mais um advogado poderia apreciar além de dinheiro, que eu já lhe fornecia em grande quantidade. Ele pareceu atordoado de me ver sem hora marcada. Alisou a gravata no peito e ajeitou o cabelo para trás em cada lado da cabeça. O cabelo era definitivamente sua pior característica. Fazia ele parecer mais um vendedor de carros usados do que um advogado que ganhava quinhentos dólares por hora.

— Tiffany. Não viajou para passar o feriado com sua mãe?

— Não — respondi. Não entrei em detalhes e, em vez disso, empurrei a cesta de frutas para ele. — Feliz Natal.

— Ah, não precisava.

— Eu sei.

Ele ficou ali segurando a cesta desajeitadamente até que a secretária a tirou de suas mãos e da vista.

— Então, como vão as coisas, Tiffany?

— Estou namorando.

Slade ergueu as sobrancelhas.

— Homem de sorte.

Ele começou a dizer algo mais, mas parou.

— Enfim, eu só queria trazer um presente como sinal de gratidão — eu disse. — Imagino que não vou marcar uma consulta tão cedo. Então acho que isso é uma espécie de despedida.

Esperei que ele dissesse alguma coisa.

— Adeus, Tiffany. — Ele hesitou antes das próximas palavras. — Tome cuidado.

Eu sorri.

— Vou ficar bem.

Eu queria acreditar nessas palavras. Queria acreditar que aquela seria a última vez que eu veria o interior da sala de Slade. Quando saí, apaguei o número do escritório dele do celular e disse a mim mesma que os assassinatos tinham acabado oficialmente.

☦

E então passei o Natal sozinha em Malibu. Depois do Ano-Novo e de vários dias de banhos de lama esfoliantes, massagens profundas e peelings químicos, voltei para a irmandade em um sedã com motorista, na esperança de fazer uma grande chegada. Estava postando uma foto da vista para o mar da minha suíte quando fui interrompida pelo som da divisória de vidro baixando, o motorista se virando no banco e me dizendo que toda a Hilgard estava isolada. Avistei uma ambulância estacionada a algumas casas da nossa.

Gorjeta nenhuma poderia me levar a menos de duas quadras de distância. Carreguei minha Louis Vuitton pela rua e subi os degraus da frente, passei pela sala comunitária e fui até a área de refeições, mas os quartos estavam todos vazios.

Não fazia sentido. Era véspera de um novo período letivo, e a entrada da garagem estava cheia de carros. Subi a escada, joguei minha bolsa no quarto e verifiquei os corredores. Nada.

— Oi? — chamei, e a única resposta que recebi foi um rangido acima da minha cabeça.

Segui o barulho até o final do corredor, até a varanda do quarto de Camilla, onde tinha uma escada apoiada na parede.

Subi e encontrei cinco DGs reclinadas em espreguiçadeiras no telhado, observando a rua lotada lá embaixo, com Coronas na mão. Mandy usava um binóculo e estava com uma perna na lateral da casa.

— Como você conseguiu passar? Ninguém consegue passar de carro pela Westholme — disse ela.

— Pedi para um carro me deixar algumas ruas pra lá, no bairro — expliquei. — Que merda está acontecendo?

Mandy apontou para duas ambulâncias e uma fileira de viaturas de polícia.

— É uma cena de crime ativa. Acabaram de carregar o corpo.

— Não sabemos se ele está morto — disse Amy.

— Colocaram uma lona em cima dele. Eu vi com isto. Aquele coitado está mais morto que um prego.

Era cedo demais no trimestre para uma intoxicação acidental por álcool, especialmente com todas as grandes festas ainda proibidas.

— Me dá isso. — Fiz sinal para Mandy.

Ela me entregou a cerveja.

— O *binóculo*.

A atividade estava toda concentrada na frente da Triangle. A fraternidade era amplamente ridicularizada por sua proximidade com as irmandades, bem como por seu status de membros da matemática e da engenharia.

— Algum nerd provavelmente se explodiu fazendo experiências científicas durante as férias — falei, mas o nó no meu estômago me dizia que não era um acidente. — Quando foi isso? — perguntei a Amy.

— Algumas horas atrás, talvez? Estávamos nos preparando para a liquidação de fim de ano da SKIMS no fim da manhã quando as ambulâncias começaram a apitar. Eles bloquearam tudo muito rápido, não deixaram a gente nem atravessar a fita amarela a pé. Viemos aqui para ver o que estava acontecendo.

— Acho que está bem óbvio o que aconteceu — disse Mandy. Ela passou a mão na frente da garganta. — O assassino grego atacou novamente.

Senti como se o reboco do teto tivesse cedido sob meus pés. Havia outro assassino à solta. Que tipo de esquisitão ia querer matar um membro de uma fraternidade de *engenharia*? Nossa faculdade contava com mais de vinte sociedades gregas e o assassino escolheu um garoto da fraternidade de ciências? Nada disso fazia sentido algum.

— Talvez cancelem o primeiro dia de aula — disse Amy.

— Quer ir no centro de recreação se cancelarem? — perguntou Mandy.

As meninas já tinham superado, mas eu ainda estava chocada. Analisei as consequências desse último acontecimento. Pelo menos eu tinha um álibi para o caso de os policiais passarem novamente pela nossa avenida para investigar. Eu estava a quilômetros de distância da cena do crime. Embora duvidasse que fossem sequer questionar casas como a Delta Gamma — garotas como nós nunca trocavam mais do que algumas palavras com os membros da Triangle, e os deixávamos propositalmente fora das atividades gregas.

Dei outra olhada pelo binóculo, mas os paramédicos já tinham ido embora e só havia policiais circulando por ali. Como aquilo fora feito? Uma incisão clínica na garganta, uma facada direta ou um tiro no peito? E quem havia feito? Será que havia outra cadela cruel por aí? Senti uma súbita pulsação entre as pernas. Devolvi o binóculo.

— Que outras notícias eu perdi no intervalo? — perguntei a Amy.

— Vejamos — disse ela, batendo uma unha turquesa no vidro da garrafa de cerveja. — A Julie fez plástica no seio no Natal.

— Está de brincadeira — eu disse. — Que tamanho?

— Taça C, de silicone. Eles subiram pelo umbigo, então não tem cicatriz. Ficou bem bonito.

Mais notícias ruins. Eu precisava me sentar e pensar nisso sozinha. O telhado parecia instável sob meus pés enquanto eu cambaleava de volta para a escada e descia.

Voltei ao meu quarto para me recompor. O assassinato não significava nada, disse a mim mesma. Los Angeles era uma cidade perigosa, pessoas morriam todos os dias por causa de acidentes bizarros.

Eu precisava de uma distração, uma liberação para deixar minha mente funcionar no piloto automático, então abri meu armário e passei os dedos por seda, cashmere e couro. Usei bem minha energia acumulada e comecei a organizar as peças, tirando as que já tinha vestido uma vez em encontros com Weston e colocando as mais novas na frente. Estava empacada sem saber se tinha usado um vestido Givenchy branco para sair com Weston para comer *tapas* quando o som de rodas de mala batendo na madeira do corredor anunciou que Emily tinha voltado do feriado.

— Como você conseguiu passar com seu carro? — perguntei, sem me dar ao trabalho de olhar para cima.

De repente, ri quando me lembrei de que Emily era pobre e não tinha nem uma bicicleta. Foi bom rir à custa dela — era a primeira vez que eu sorria o dia todo.

— O ônibus se recusou a me levar mais ao sul da Sunset. Tive que carregar isso por quase dois quilômetros.

Eu a ignorei e levei uma minissaia para a seção de roupas virgens.

— O que está acontecendo? Cadê todo mundo? Por que tem viaturas na rua? — ela perguntou.

Pelo menos eu poderia assustar Emily um pouco com as notícias. Eu me virei para encará-la.

— Alguém foi assassinado.

As palavras mal saíram da minha boca e ficaram presas na garganta. Observei a inclinação angular da mandíbula dela, a nitidez da clavícula sobre os ombros. Emily havia perdido uns sete quilos.

— Você está supermagra.

Tudo o que eu podia fazer era dizer o óbvio. Os cabides de roupas na minha mão caíram no chão.

— Teve um assassinato? Perto do campus?

— Como você emagreceu tanto?

— Quem morreu?

Tive que me sentar na cama, ignorando as perguntas dela. Toda a irmandade havia sido virada de cabeça para baixo em questão de semanas. Os lábios de Emily se curvaram em um O, mas eu não conseguia ouvir nada que saía de sua boca. A colcha em que eu estava sentada parecia estar deslizando para o chão, me levando junto.

— Quem morreu? — repetiu Emily.

— Um nerd da matemática da Triangle. Não é importante.

Eu não tomava um alprazolam desde o ano passado, quando Pam tentou reduzir o limite do meu cartão, mas fui imediatamente para o quarto de Julie para roubar alguns da mesa de cabeceira dela antes que as meninas voltassem do telhado.

Durante o jantar, em uma névoa de medicação, vi Julie de relance; ela havia chegado atrasada. Mesmo com a blusa tipo corpete de puta, não havia como negar: seus seios tinham *mesmo* sido feitos com bom gosto por um verdadeiro profissional com algum talento artístico. Uma vez sentada, ela fez questão de recusar a lasanha de legumes em troca de uma porção única de bife de soja com alto teor de proteína e sementes de linhaça.

— O corpo gasta muita energia depois de uma cirurgia. É essencial ingerir muitos nutrientes e proteínas.

— Você que é a especialista em cirurgia plástica — comentei em voz baixa.

— Sou cem por cento natural, Tiffany — respondeu Julie. — Fora os seios e os lábios.

Amy tinha feito brownies veganos para a sobremesa, mas eu não conseguia comer, não com os novos implantes de Julie me olhando daquele jeito. Subi com um quadradinho de brownie e me sentei à escrivaninha, amassando-o com um garfo, até que a comida se transformou em uma polpa marrom e encharcada.

— É a minha avó — disse Emily. Eu nem tinha percebido que ela estava no quarto comigo. Estava na cama dela, com um pijama que havia ficado largo em seu corpo e uma minigarrafa de vinho Barefoot na mão. — Ela está morrendo.

Achei que Emily fosse inteligente o suficiente para perceber que eu era a última pessoa com quem ela queria desabafar. Eu havia engolido o alprazolam com uma taça de vinho no jantar e mal conseguia evitar que meu queixo batesse no peito.

— Parece que não consigo segurar a comida — continuou ela. — Mas não é porque estou triste. Estou só cansada. A esta altura, sinto que vou ficar aliviada quando ela for embora. Isso é horrível?

Eu estava pronta para ir para a cama e fingir que o dia tinha sido mais um sonho.

— Olha pelo lado positivo — falei. — Eu bem que queria ter perdido uns bons quilos quando meu pai morreu.

Vi as chamas da fogueira que acendi no quintal na noite em que ele morreu, os gritos dos lulus-da-pomerânia de Pam enchendo o ar.

Olhei pela janela, esperando ver outra viatura, com a sirene ligada, vindo atrás de mim.

Mas só havia ruas vazias, fileiras de postes de iluminação espaçados uniformemente, brilhando contra a escuridão.

16

Em pouco tempo precisei deixar de lado as mudanças na dinâmica da irmandade em favor de outros aspectos práticos. Faltavam apenas duas semanas para o aniversário de Weston. O meu só chegaria em agosto, e era péssimo que o dele fosse tão pouco tempo depois de começarmos a namorar. Estávamos com mais de um mês de relacionamento, tempo suficiente para que eu precisasse fazer algo para comemorar, mas pouco para não poder ser extravagante demais, senão eu pareceria desesperada. O TikTok dedicava tutoriais inteiros a esse equilíbrio delicado.

Para aumentar ainda mais a pressão, Weston me informou durante o jantar que três de seus irmãos de fraternidade do leste o visitariam no fim de semana de seu aniversário.

Uma das minhas coisas favoritas em Weston (logo após suas maçãs do rosto esculpidas e seu físico que podia estar na *GQ*) era o fato de ele não ter muitos amigos. Ele ainda era novo em L.A. Eu sempre esquecia até ele soltar alguma bomba, tipo o fato de nunca ter ido ao Coachella.

Weston falava com frequência dos membros de sua fraternidade e de seus colegas da faculdade de administração, mas em Los Angeles só jogava golfe ocasionalmente com um grupinho de colegas. Não havia como eu ser superada por qualquer um desses caras.

Eu já tinha motivos suficientes para me estressar na irmandade. Essa nova complicação era a última coisa de que eu precisava. Queria que os velhos amigos de Weston ficassem na própria cidade. Tentei ser indiferente depois de seu anúncio no jantar. Tínhamos ocupado uma mesa minúscula de dois lugares que se estendia até a calçada, a apenas alguns metros do tráfego do Santa Monica Boulevard.

— Você não acabou de ver seus amigos? No Natal? — tive que gritar por causa do barulho de uma moto passando.

— Não, eles não moram mais em Manhattan; estão em San Francisco. São empreendedores. Estão equilibrando os pratinhos em vários projetos.

— Ah. Eles parecem ótimos.

A última frase de Weston me fez pensar em comida, os bifes sangrando na geladeira dele.

— Melhor pedirmos a conta — falei. — Tenho de estar na casa às dez.

— Dez?

— É dia de semana.

O assassinato na Triangle, no fim da rua, fez com que a avenida das casas entrasse de novo em lockdown. As vans de notícias estavam de volta, ocupando as vagas da rua e, de vez em quando, bloqueando a entrada da casa da irmandade. Os repórteres estavam se aproximando da verdade, de que os outros assassinatos gregos talvez não estivessem de fato ligados a esse. Fiquei por dentro de todas as informações, até mesmo as tediosas. Nas últimas semanas, um grupo de estudantes de química passou a carregar canivetes e a cortar páginas dos livros de ciências da biblioteca para sabotar os colegas. Irromperam brigas de faca nas salas de leitura à prova de som. Afinal, havia um submundo oculto e violento em todos os segmentos do campus, até mesmo nos círculos socialmente ineptos. Quando eu passava por pessoas nas ruas em tardes ainda claras, tinha uma ponta de suspeita nelas. Todos pareciam se perguntar de repente do que eram capazes. O fio que nos impedia de ceder totalmente aos impulsos animais estava afinando.

†

Dois dias antes do aniversário de Weston, todos os amigos desmarcaram com ele. A notícia o deixou muito chateado, mas eu fiquei em êxtase.

Com os amigos de Weston fora de cena, eu poderia planejar algo romântico para o aniversário dele. O que seria, eu não tinha a menor ideia. Decidi ousar e fazer algo grande, caro, algo que lembrasse a Weston que eu valia bem mais do que uma dezena de seus irmãos de fraternidade furões da Ivy League.

Preocupada com o aniversário de Weston, deixei outras coisas de fora. Minha preceptora havia passado o dia planejando meu horário de aulas para o próximo trimestre. Ela conseguira salvar minhas notas encontrando uma loira nerd para fazer as provas finais para mim. Também tive de lidar com outro aviso de suspensão da irmandade — dessa vez não tinha a ver com minhas notas, mas com horas de serviço faltantes. A notificação havia sido assinada por Camilla, com uma porra de um coração em cima do "i". Quase perdi meus horários de depilação e manicure/pedicure.

Disse a mim mesma que os lapsos recentes eram preocupações de uma namorada diligente em meio às obrigações da vida na irmandade, mas eu sabia por que minha cabeça estava toda confusa. No trajeto de carro para o salão de beleza naquele dia, vi um universitário sem camisa atravessando a rua, vestindo apenas um short de ginástica folgado, os músculos do tronco ondulando em um belo concerto, e minhas mãos apertaram o volante com tanta força que tive certeza de que ele se desconectaria com um estalo elétrico e me acertaria na testa.

Imaginei parar ao lado dele, abrir a janela e oferecer uma carona até seu apartamento ou república, depois desviar o curso, entrar no beco do restaurante mais próximo e enfiar uma lâmina em seu estômago, observando sua pele ceder ao metal afiado. Devaneios como esse eram o que me mantinham de pé durante os dias em que Weston estava trabalhando e eu me via dirigindo por ruas desertas. Quem mais pensava no que poderia fazer e se safar? Houve uma briga no meio de um laboratório de biologia, uma agressão a um guarda a do campus no dia anterior. Toda vez que eu via um garoto vulnerável na rua, repetia para mim mesma que Weston já era o bastante.

Emily havia começado a me distrair toda hora; sua magreza geral servia como um aborrecimento suficiente por si só. Ela havia começado a se exercitar pela primeira vez, só *depois* de perder todo o peso recente. Até tentou ir comigo em uma das minhas corridas, mas eu a avisei que ela não conseguiria acompanhar o ritmo. Mesmo assim, ela foi junto em uma tarde, e eu me preparei para deixá-la comendo poeira, contornando a ladeira íngreme de Hilgard. Eu estava praticando meus sprints, explosões curtas e intensas de força. Tinha muita energia reprimida que precisava ser liberada, mesmo que correr fosse um substituto fraco para o que eu realmente desejava.

Mas a energia que eu sentia escorrendo de mim evaporou rapidamente quando Emily me enfrentou na subida da colina na largada inicial. Acabei me distanciando dela, com o coração acelerado e as coxas queimando ao entrar na descida.

— Sou mais rápida do que eu pensava — disse ela quando diminuímos a velocidade para uma caminhada ofegante.

— Não tão rápida quanto eu — respondi.

— Por pouco.

Fiz uma careta para ela. Mas ela estava certa. Então só era preciso perder sete quilos. Quem poderia imaginar que seria fácil assim? Emily também sentia o cheiro, a vantagem que poderia finalmente ganhar sobre os brochas e os sextanistas das fraternidades vizinhas, a mudança no equilíbrio de poder. Ela estava chegando ao auge enquanto alguns dos irmãos de fraternidade já estavam ficando carecas e com barriga de cerveja.

Eu havia sentido isso pela primeira vez anos antes, quando era pré-adolescente e andava pelas ruas próximas ao píer: os gritos e as buzinas vindos tanto de latas-velhas quanto de carros de luxo. Houve apenas um breve período em que não entendi, talvez uns dois anos, antes de perceber o que significavam as cantadas e o que poderiam me trazer.

Estávamos quase chegando à casa da irmandade. Emily tinha ficado só de top esportivo. Suas palavras seguintes me fizeram parar de repente.

— Eu só quero correr até explodir. Você já teve essa sensação?

Emily também tinha a coceira, o desejo de liberar toda a tensão e ir à loucura. Eu me virei para encará-la.

— Talvez. Mas e depois, o que você faria, Emily?

— Como assim? — perguntou ela.

— Se você pudesse explodir, em quem seria? Até onde você iria?

Eu meio que esperava que ela compartilhasse uma fantasia violenta, que houvesse um fio de navalha que ela também pensasse em cruzar. Mas ela balançou a cabeça, confusa.

— É só uma expressão.

— Cuidado com o que você deseja — falei.

†

Depois que tirei minha roupa suada e tomei banho, encontrei Emily na cama, com um *cooler* de vinho na mão e um enorme cartão rosa que tinha espalhado glitter pela madeira e exalava um cheiro nojento de Juicy Couture.

— O que é isso? — perguntei.

— Um cartão de condolências das outras meninas.

— Sua avó finalmente morreu?

— Não. Ela caiu de novo.

A avó dela vinha arrastando a morte durante todo o ano letivo. Não era de admirar que Emily estivesse ficando irritada.

— Sinto muito — menti, lembrando que precisava de Emily do meu lado se quisesse reforçar minha legitimidade durante os eventos para novatas em março.

Coloquei a mão em seu ombro, mas não tinha mais nada a dizer, então minha mão ficou ali, como um peso morto sobre o corpo dela. Levantei o braço e fui até meu armário. Eu tinha um jantar com Weston em uma hora e ainda precisava me hidratar e me vestir.

Emily ficou me observando procurar entre os minivestidos separados por cores no meu armário. Escolhi algo no espectro entre o vermelho e o coral.

— Vai passar a noite na casa do Weston? — perguntou Emily.

— Provavelmente — respondi. — Por quê? Está planejando bater uma siririca hoje à noite ou algo assim?

— Qual é o seu problema? — disse ela.

Notei que a cartela de anticoncepcional havia caído da minha bolsa sobre a cômoda. De acordo com a fileira de brancas, devia ser segunda-feira. Olhei de novo no meu celular. Quinta. Peguei três.

— Tem que tomar tantas assim? — perguntou Emily.

— Tantas o quê?

— Pílulas.

— Tá tudo certo.

— Acho que não é exatamente assim que funciona.

— Se você é tão inteligente, por que está me perguntando?

— Qual é a sensação? — perguntou ela, enquanto eu pegava uma toalha.

— Das pílulas? São bem pequenas. Não preciso nem engolir com água.

— Não, da primeira vez.

— Foi uma droga. Como é pra ser.

Eu tinha dado aos treze anos em uma torre de salva-vidas em San Clemente, em cima de ripas de madeira tão afiadas que deixaram marcas na minha bunda. Eu me lembrava mais dessas marcas do que do ato em si.

Óbvio que Emily era inepta demais para perceber todas as nuances do emagrecimento recente. Mas a dinâmica da casa estava mudando. Ela não entendia por que Mandy vivia aparecendo lá, pedindo emprestado um secador de cabelo, quando provavelmente já tinha sete. Ela também estava de olho na competição.

Explicar a Emily o processo delicado e sujo de transar pela primeira vez levaria uma noite inteira, e eu ainda tinha que encontrar a calcinha fio dental apropriada para usar embaixo do vestido no encontro. Deslizei para a cama ao lado dela e dei uma explicação resumida.

— Se estiver analisando as possibilidades, a primeira vez tem que ser com alguém um pouco abaixo de você, porque você vai ser péssima. Então, como você é nota seis agora, começa encontrando um cinco.

— Eu sou seis? — perguntou Emily.

Ela era sete, mas eu não ia falar isso.

— Você era quatro quando era gorda — eu disse.

— Eu só quero tirar isso da frente. Talvez assim seja mais fácil.

Era fofo Emily achar que perder a virgindade resolveria as coisas, quando o sexo era um começo, nunca um fim. Pensei em como era a sensação de ainda ter apetite para um papai e mamãe, uma fome de sexo normal.

— Então, acho que a próxima pergunta é qual é o seu tipo. Bom moço ou *bad boy*?

Ela parou um momento para pensar.

— *Bad boy*.

Ela estava fodida.

Eu poderia dar ouro puro a Emily, mas não ia importar. Ela provavelmente se apaixonaria pelo primeiro oito que lhe desse alguma atenção. Ele a inauguraria para ganhar credibilidade nas ruas, a convenceria a fazer anal no segundo encontro e a largaria no meio da festa quando encontrasse uma KKG com um *mega hair* melhor e um peito maior.

— Só escuta o que estou dizendo: já transei com muitos caras — comecei, mas, assim que disse isso, percebi que a afirmação não tinha saído direito. Tentei novamente: — Hoje eu tenho um relacionamento sério e saudável baseado em intimidade física e emocional. Eu entendo dessas coisas. E sou sua irmã mais velha. Não toma nenhuma decisão sobre quem vai tirar a sua virgindade até confirmar comigo.

Mas eu sabia que Emily não daria ouvidos a nada do que eu dissesse. Esse era o problema das virgens. Emily precisaria aprender por conta própria, da maneira normal e mais difícil.

17

O que eu descobri sobre essa história de relacionamento: uma parte era uma bosta. Eu podia planejar a noite perfeita, passar fome por doze horas para minhas costelas despontarem do jeito certinho embaixo do *cropped*, e um passo em falso, um comentário descuidado podia estraçalhar a noite. Quando ultrapassamos a fase em que Weston e eu passávamos noventa por cento do nosso tempo fodendo direto, percebi que era um jogo com bem mais nuances. Manter um relacionamento estável não tinha nada a ver com sedução. Exigia outros conhecimentos, mais profundos e complexos. No fim, porém, eu iria adquiri-los e dominá-los.

No aniversário de Weston, acabei por surpreendê-lo com massagens de casal em Beverly Hills, o lugar que eu sempre frequentava depois de uma transa ruim ou uma briga de mulheres intensa. Depois fomos ao hotel Sunset Tower, onde eu tinha reservado uma suíte com quarto e sala para o fim de semana. Leva mais de uma hora para chegar lá — era uma noite de fim de janeiro que, para variar, combinava com a estação, e a chuva pesada fazia a Sunset Boulevard andar a passos de tartaruga.

†

Quando fizemos check-in, o quarto não era tão grande quanto eu imaginara com base no valor de quatro dígitos por noite. Também não havia champanhe e morango esperando na chegada, como eu tinha pedido. Enquanto Weston atendia um telefonema de aniversário no quarto, liguei para a recepção e pedi para acelerarem a coisa.

— Ei, gata — disse Weston, imediatamente com os lábios nos meus, depois de sair do quarto com o celular na mão.

Ele só me contou a notícia da ligação depois de transarmos no bar, e depois na cama. Esperou até eu estar jogada nua em cima do edredom, com o fio dental esticado em cima da cabeça dele, que estava com uma cara tonta. Foi só aí que ele mencionou, casualmente, como se fosse apenas uma pequena alteração dos nossos planos, que três dos membros de sua fraternidade que tinham cancelado com ele estavam só zoando. Era uma pegadinha elaborada; tinham comprado passagens e já haviam pousado no LAX. Era tudo uma grande surpresa, aparentemente pensada para acabar com meus planos cuidadosos.

A notícia me fez ficar tensa nos braços dele. Os amigos tinham se enfiado no que devia ser a *nossa* noite. Quando achei que não podia piorar, Weston completou que duas namoradas também estariam acompanhando os caras. Os cinco tinham alugado uma casa em Hollywood Hills.

— Mas eu já paguei esta suíte — falei.

— Foi bem aproveitada, na minha opinião. Eu te reembolso. Só me fala quanto.

Não era o que eu queria ouvir. Ele supor que fosse questão de dinheiro era uma puta ofensa.

— Eu queria uma coisa especial, só nós dois — eu disse, garantindo que não houvesse choramingo na minha voz.

Ele cedeu um pouco.

— Bom, a gente pode deixar rolar e ver onde está a fim de dormir quando a noite acabar. A opção está aberta.

Ele veio por trás de mim enquanto eu me vestia, e eu congelei.

— Obrigado pelo esforço, Tiff — falou. — Estou tão feliz que eles vêm. Você vai conhecer o Dean.

— Não vejo a hora.

Dean podia chupar meu pau imaginário, isso sim. A noite estava arruinada.

Dali em diante, foi uma tagarelice sem parar sobre a SAE e os caras — como se o anúncio deles tivesse aberto uma enxurrada de memórias perdidas sobre círculos de pegar no pinto e tapas na bunda. E Dean parecia o principal culpado. *Ele* era o único que Weston tinha se dado ao trabalho de mencionar individualmente várias vezes.

— Dean. Isso lá é um nome real? Parece o alter ego de um ator pornô — disse.

— Claro que é real — respondeu ele. — Qual o seu problema?

— A gente tem mesmo que ir até Hollywood Hills hoje?

— Eles queriam tomar uns drinques na casa, mas o hotel é mais perto da balada. Provavelmente faz mais sentido fazer o esquenta aqui. Vou mandar mensagem para eles.

Percebi que o encontro seria inevitável. Eu conseguiria me entender com os caras, mas não tinha ideia das garotas.

— Você disse que vinham mulheres também?

— Sim, só duas, com Harrison e Brad. O Dean sempre voa sozinho.

— O que elas curtem?

Ele pareceu entediado.

— Nem ideia. Não conheço elas.

Pelo menos eu não precisava competir com namoradas com status sênior.

— Preciso me arrumar — falei.

— Você já me parece ótima.

Baixei os olhos para meu vestidinho sem graça, que nem era de marca, e as rasteirinhas com que eu o havia combinado para um look Califórnia chique. Eu passara o dia congelando no clima incomumente gelado, e tinha caído mais sete graus com o pôr do sol.

— Tenho outro armário de roupas completo para sair à noite.

Eu também precisava de uma camada noturna de maquiagem, mas não queria chamar a atenção para o fato de que tinha várias formas de disfarce, que algumas noites exigiam aplicações repetidas de base e gloss. Não estávamos prontos para essas verdades.

Entrei no banheiro e selecionei uma blusa de paetê Dolce & Gabbana prateada clara para contrastar com meu bronzeado reluzente. Coloquei uma calça de couro sem calcinha por baixo, já que o material ficava tão colado na bunda que até a tira fina do meu fio dental apareceria. Combinei a roupa com um salto agulha doze e joias minimalistas. Quando saí, Weston circulou atrás de mim como um abutre sentindo cheiro de carniça, e sorriu.

— Vou pegar uma champa pra gente — falei. — Você precisa tomar um banho.

Eu tinha demorado sólidos quarenta e cinco minutos no banheiro, mesmo assim a equipe do hotel ainda não tinha entregado o champanhe. Liguei para a recepção, furiosa.

— Com quem eu preciso trepar aí para me atenderem direito?
— Com ninguém, senhora.

Alguns minutos depois, um mensageiro tocou a campainha trazendo toalhas, e nada de bebida.

— Que caralhos eu vou fazer com isso? — perguntei, jogando as toalhas de volta nele.

A sede de sangue reprimida me deu vontade de quebrar uma garrafa de champanhe na pele macia do pescoço dele e deixá-lo sangrar no carpete castanho-avermelhado brega. Mas eu estava de mãos vazias.

— *Champanhe* — falei. — Eu queria champanhe.
— Me mandaram trazer toalhas extras e xampu. Vou ver lá embaixo e já volto.
— Deixa, eu mesma vou. Você é burro pra caralho, sabia?

Olhei de relance para o banheiro. Weston ainda estava tomando banho. Eu tinha uns bons quinze minutos dele se aprumando na névoa da água.

Peguei a chave e fui para o corredor. O menino das toalhas já tinha saído numa quase corrida. Provavelmente nem íamos ter tempo de beber àquela altura, mas tinha virado uma questão de princípio. Eu estava inflamada, com raiva.

Desci de elevador até a recepção. Tinha um enxame de gente fugindo da chuva. Escorreguei num pedaço liso de porcelanato e quase caí de bunda.

Furei a fila e cravei os dedos na beirada do mármore sarapintado da recepção, indo direto ao ponto:

— É porque eu sou mulher que não consigo um serviço decente? — guinchei para a imbecil mais próxima usando blazer e crachá com o nome.

— Desculpe, nome, por favor.

— Tiffany Ames, porra.

Ela digitou furiosamente no computador de mesa.

— Alguém devia ter subido com o pedido. Mil perdões. Não sei por que aconteceu esse problema. Pode ser a chuva.

— Que diferença isso faz? Nós estamos do lado de dentro!

Algum babaca de jeans ajustado com barra dobrada estava atrás de mim, pairando na minha proximidade.

— Você tem dez segundos para resolver essa merda. Estou falando sério — falei.

O babaca atrás de mim de repente segurou meu antebraço.

— Me solta! — berrei, finalmente o encarando de frente.

Ele abriu os braços.

— Só achei que você precisava se acalmar um pouco.

— E eu só acho que você precisa cuidar da sua vida um pouco.

Olhei para ele com raiva. O cabelo castanho estava para cima num coque soltinho. Ele parecia ter acabado de vir do Intelligentsia.

Meus olhos viajaram um pouco para baixo. Saindo da pele interna do bíceps havia uma tatuagem de cabeça de flecha, da exata mesma cor, tamanho e localização da de Weston. Me deu um frio na barriga. Olhei de novo a roupa hipster, sem conseguir acreditar.

— Já resolvemos tudo, senhora — disse a mulher da recepção, fazendo um gesto para um homem que carregava um balde de champanhe.

— Obrigada — foi só o que consegui falar ao sair.

O braço do intruso estava abaixado, ele estava se virando. Eu já começava a me perguntar se tinha imaginado.

†

— Champanhe? — perguntei a Weston.

Ele tinha emergido da fumaça do banheiro, de banho tomado e arrumado, com calça de alfaiataria e uma camisa Hugo Boss desabotoada. Pegou o iPhone.

— Merda, o Dean e a galera chegaram. Não conseguiram fazer a recepção dar o número do quarto — disse ele, enquanto abotoava a camisa.

— Ah, jura? — perguntei, enjoada.

— Qual é o número? Pode dar uma olhada na porta?

— Claro — falei, com o temor enchendo meu corpo.

Toda uma faceta da história de Weston tinha emergido do mais puro nada, levando todo o oxigênio junto e me deixando ofegante. Eu estava presa numa suíte semiluxuosa com móveis baratos. Dei o número do quarto a Weston, me sentei no sofá e esperei, minha mente lutando contra o inevitável, me obrigando a acreditar que era só coincidência, um truque de rearranjo de cores e formas de tinta no braço de um desconhecido.

Houve uma batida. Ele entrou primeiro, ladeado por duas mulheres e com dois caras atrás. Ao me ver, um breve reconhecimento passou por seu rosto, substituído rapidamente por um sorriso de lábios fechados e uma mão estendida, aquela tatuagem voltando para me assombrar. Pus a mão na dele sem conseguir olhar para nada exceto aquela marca.

— Dean — disse ele.

— Tiffany.

18

Eu tinha abstraído de Dean temporariamente quando dei uma olhada nas garotas. Uma delas usava calça harém neon e um turbante de penas, enquanto a outra canalizava sua velhinha interior com uma túnica e coturnos que cortavam suas panturrilhas. Até os nomes delas eram estranhos: Lydia e Tabitha. Eu estava de couro justo, uma blusa com um decote enorme, e elas, em contradição com todos os princípios de emagrecimento do cânone da moda. Nem sequer faziam bronzeamento.

Lydia exibia uma tatuagem roxa de tatu no ombro. A tatuagem de Tabitha dizia apenas "Látex" em letra cursiva no antebraço. E eu deveria manter uma conversa com essas palhaças *boho*? Elas estavam usando óculos em um sábado à noite, pelo amor de Deus.

— Você podia ter me avisado — falei a Weston, passando entre ele e os outros quando ele se virou para reabastecer sua bebida.

Tínhamos decidido ficar na suíte, pelo menos por enquanto, e fazer um esquenta antes de ir para a balada.

— Avisado o quê?

— Sobre o código de vestimenta. Estou claramente deslocada.

— Você está ótima.

Eu estou mais do que ótima, quis dizer. Eu me referia ao fato de que os amigos dele eram membros de uma categoria de riqueza completamente oposta à nossa. Como ele pôde deixar esse detalhe de fora?

— Só relaxa e curte — disse ele.

Percebi que ele estava irritado, então mordi o lábio e me juntei ao grupo.

Harrison e Brad foram mais fáceis: eles falaram comigo em uma toada lenta que poderia ter sido dirigida a uma criança de três anos. Mas pelo menos prestavam atenção em mim, apreciavam meu corpo com um olhar ocasional. Dean evitava contato visual e se afastava.

Voltei para as meninas, que continuaram conversando, sem se preocupar em se virar na minha direção. Tentei formar um triângulo para me incluir na conversa, mas elas reposicionaram o corpo para longe de mim.

— Onde você comprou essa blusa? — perguntei a Lydia, a da calça ridícula.

— Foi costurada a mão por um tecelão local nos arredores de Portland — respondeu Lydia.

— Acreditamos que a moda é mais do que a grife que você usa — completou Tabitha. — É uma expressão da sua criatividade, da sua arte, do seu respeito pelo corpo e, por meio de suas escolhas sustentáveis, um reflexo do seu compromisso definitivo com a Terra.

Ela olhou para minha calça de couro, com as sobrancelhas erguidas.

— Espero que isso não seja couro.

— Tudo tem que morrer em algum momento, certo? — falei.

Virei meu copo de vodca com Red Bull em um gole longo. Eu havia pedido energético zero e sem açúcar (uma regra absoluta na irmandade), mas Lydia e Tabitha rapidamente me informaram que isso não era suficiente. Elas não podiam beber conservantes artificiais nem cafeína. O corpo delas era sagrado, zona livre de produtos químicos, mesmo nas noites de sábado.

— A maior parte disso não vai ser vomitada até o fim da noite, de qualquer jeito? — brinquei, ainda tentando me comportar da melhor maneira possível.

Dean estava do lado oposto da sala, de costas para mim.

— Bulimia não é piada — disse Lydia.

Depois de rejeitar todas as bebidas para misturar que o frigobar do hotel tinha a oferecer por motivos de saúde, Lydia e Tabitha optaram por vodca pura com gelo e levaram os drinques para a varanda para fumar um cigarro.

Fiquei lá dentro, já exausta. Weston me chamou para seu colo. Ele cheirava a uísque, o que mascarava o perfume da colônia e da loção pós-barba fresca.

— Vamos sair para o clube daqui a uns minutos — disse ele.
— Quando vocês quiserem.

Tentei fingir que era uma pessoa fácil. Que estava feliz e tranquila. Que não queria matar alguém.

Fiquei sabendo mais sobre Brad e Harrison, e as peças foram se encaixando. Todos eles tinham as próprias empresas, empreendimentos sustentados por heranças consideráveis. Eles empreendiam com aplicativos de tecnologia, todos de ponta, enquanto as meninas tinham seguido o caminho oposto e vendiam produtos disponíveis apenas na época do homem primitivo: cânhamo, geleias, cristais e miçangas. Eles iam de bicicleta para o trabalho, cultivavam as próprias frutas, andavam de ônibus voluntariamente. Pareciam fazer todo o possível para zombar da própria riqueza, e eu os odiava por isso. Não conseguia entender por que Weston também não os desprezava.

Quebrei meu limite de uma bebida e tomei duas vodcas com Red Bull no espaço de uma hora. Estava solta, trêmula, o que era melhor do que o pânico que eu sentia perto de Dean.

Às dez horas, fomos para o Colony, um clube que parecia um Hamptons da costa leste, embora o Pacífico estivesse a dezesseis quilômetros de distância. Os garçons, vestindo polos com gola, bermudas justas e cabelos com gel, brilhavam como manequins ensolarados enquanto a chuva continuava a cair. O lugar cheirava a L.A. do início dos anos 1980 ou talvez Miami — decorado como a capa de um livro de uma série adolescente horrível.

Nada daquilo fazia sentido: eu não conseguia entender aquela gente. Não tinha ideia de como Weston havia convivido com eles durante a faculdade, se eles tinham mudado ou se tinha sido o próprio Weston. Talvez eu não o conhecesse de fato.

Graças a Deus, tínhamos serviço VIP e a música eletrônica pulsante não me deixava falar, então me acomodei em uma cabine de plástico verde-mar e tentei não beber até cair. Procurei por rostos conhecidos, mas sabia que ninguém da galera das casas gregas estaria por perto. Ninguém da galera da moda de L.A. iria àquele lugar nem morto.

As meninas estavam em outra pausa para fumar, falando mal de L.A. — os suspeitos de sempre: poluição, trânsito, falta de cultura. Eu não queria ficar sozinha com os caras, então disse que ia ao banheiro e mergulhei na multidão. Estava desesperada a ponto de me juntar aos frequentadores da balada, o triste amálgama de vestidos colados e saltos de stripper que enchiam uma pista de dança de Hollywood.

Fui até a frente e me encostei no bar, abrindo os braços para bloquear um grupo de garotas que tentava se enfiar lá na frente, até que meu peito roçou o granito preto do balcão. Chamei a atenção do barman imediatamente. Ele era loiro e tinha corpo de nadador, e minha pulsação acelerou.

Então vi um rosto meio familiar ao meu lado, o primeiro da noite. Normalmente eu nunca olharia duas vezes para alguém como ele — vestido com uma camisa grande demais, que mesmo assim não conseguia esconder a protuberância da barriga, com botões em excesso abertos em cima. Foi preciso um segundo olhar para reconhecer que a roupa mal ajustada era de grife, que ele ostentava milhares de dólares pendendo sobre o corpo como uma lona.

Seu nome era Malcolm. Ele não era um membro de fraternidade, nem de longe, mas conseguia entrar na maioria das principais festas por meio de contatos. E todo mundo sabia que Malcolm curtia um estupro. Naquele momento, estava envolvido em um caso com uma KKG. Bebida adulterada. Ele podia fazer dessas, de tão rico que era. Em cinco anos, ou ia se queimar e se mudar para a casa de hóspedes dos pais, ou ia para a faculdade de direito e se tornaria juiz da Suprema Corte. Com esse tipo de homem, não dava para saber.

Malcolm me viu quando eu estava recebendo minha vodca com coca diet. Ele soltou um assobio baixo e inclinou a cabeça para ver minha bunda.

— Excelente escolha de roupa. O próximo drinque é por minha conta — disse ele.

Malcolm demonstrava uma confiança imerecida que me fez querer estar com ele sozinho e sem roupa só para poder rir do seu pau. As garotas o achavam charmoso por algum motivo. Eu não entendia.

— Vamos ver — respondi e decidi me juntar ao grupo, forçada pelo cretino ao meu lado a voltar para a companhia de merda.

— Não foi uma pergunta. Vou ficar aqui a noite toda e estou de olho em você — disse ele, quando voltei para a multidão.

De volta à nossa mesa particular, Harrison e Brad estavam flertando com garotas com minissaias de cinco centímetros, que pareciam strippers de folga. Senti uma pontada de ciúme, mas depois notei que Weston não estava por perto. Ele estava conversando com Dean. Eu não conseguia nem mesmo chamar sua atenção. Desisti e fiquei observando os dois. Eu me perguntava se Dean revelaria nosso encontro anterior, o que Weston acharia, se acreditaria nele, se realmente importaria o fato de eu estar brigando com dois zés-ninguém da recepção. Eu havia feito tudo isso por ele, para seu aniversário.

Eu nunca tinha visto Weston tão bêbado. E ele parecia tão feliz, tão mais jovem, com um sorriso inocente de cachorrinho que eu só conseguia arrancar dele com boquetes vigorosos.

Eu precisaria conversar com Dean a sós. Descobrir em que pé estávamos. Se é que isso era possível, com Weston agarrado a ele como um gêmeo perdido.

Virei minha bebida.

Tabitha e Lydia voltaram da área externa.

— Ela é de oc, a parte republicana de merda — ouvi Tabitha dizer.

Eu me irritei.

— Do que vocês estão falando? — perguntei.

— Da crise dos refugiados na Eritreia. Coisas que você provavelmente acharia chatas.

Eu não fazia ideia do que era a Eritreia, mas aquelas garotas podiam ir tomar no cu.

O rosto de Lydia estava vermelho como uma beterraba, um tom pior do que o branco muçarela do início da noite. A cor rosada podia ser por estar ao ar livre, na chuva, mas achei que fosse o álcool. Havia uma mordacidade fresca nelas — estavam ficando bêbadas.

— Como você conheceu o Brad? — perguntei a Tabitha, esperando que ela se descuidasse com os detalhes.

— Eu namoro o Harrison — disse ela, sem rodeios.

— Ah, é. Vocês vão muito em baladas? — perguntei.

— Na verdade não. A cena é diferente em SF. Os meninos disseram que este lugar é mais a cara do Weston.

— O que você sabe sobre o Weston?

— Não era eu que devia estar te perguntando isso? Você é a namorada dele.

— Você é uma babaca mesmo — falei, com a cabeça virada para longe dela, de modo que as palavras foram despejadas diretamente no alto-falante.

— Essa coisa de fraternidade é tão quinta série — comentou Lydia. — E as irmandades são ainda piores. Como você pode ser feminista se insiste em vestir todo mundo com as mesmas minissaias tamanho 34? A dinâmica de gênero de tudo isso é francamente repreensível.

— Isso significa ruim — disse Tabitha para mim.

Visualizei meu drinque se espatifando na bochecha dela.

— Onde fica o bar mais próximo? — interrompeu Lydia, deixando um copo vazio na mesa ao lado. — Já faz dez minutos e não vi nenhum garçom.

Olhei de volta para Weston. Ele ainda estava conversando com Dean. Era Dean que importava, Dean, aquele que havia me pegado desprevenida.

※

Mais dez minutos se passaram sem atendimento. Lydia e Tabitha acharam que seria divertido caminhar entre os camponeses de Los Angeles. Fui atrás, seguindo-as até o bar no andar de cima.

Tínhamos nos espremido até o barman quando Malcolm apareceu novamente.

— Vocês precisam de uma bebida — disse ele.

— Estamos bem — respondi.

— Eu insisto. Você já escapou uma vez.

O babaca não ia desistir. Malcolm pediu ao barman que preparasse algo simples: vodca com suco de *cranberry*. Eu tinha certeza de que isso violaria uma das regras hippies de Lydia e Tabitha, mas elas aceitaram a oferta.

Elas se afastaram de Malcolm, que havia entregado o dinheiro no bar. Ele se debruçou sobre as bebidas, segurando a carteira. Mas percebi que tinha algo mais em sua mão. Eu não tinha certeza do que era.

Foram apenas três segundos, e aí ele se virou para passar os copos para Lydia e Tabitha.

— Tim-tim — disse ele, me entregando o último drinque.

Não toquei.

Fiquei ali olhando para a bebida, Malcolm alheio a mim por aqueles poucos segundos, conversando com Lydia. Então ele se aproximou e me puxou pelo pulso. Lutei contra a vontade de quebrar seu nariz com meu punho.

— Vamos lá para a minha mesa conhecer uns amigos meus — disse ele.

Eu sabia que não havia ninguém esperando.

— Mais tarde — falei para ele, estalando meu pulso contra seu polegar e me soltando dele.

— Senta lá por um minuto. Para não ficar com calor demais — insistiu Malcolm.

Tabitha e Lydia já estavam indo atrás dele.

Comecei a dizer algo a elas, a dar algum tipo de aviso, mas parei. As duas tinham razão: eu não era de fazer amizade com mulheres. Elas estavam por conta própria naquela noite. Sabiam tudo sobre as notícias internacionais, mas não tinham lido as manchetes de crimes locais. O assassinato havia se tornado o mais novo esporte de L.A.

— Vou voltar pra mesa. Se cuidem, meninas.

Elas nem me ouviram.

Voltei para ver como estava Weston. Eu ia parar no canteiro mais próximo e derramar a bebida, mas não havia a vegetação habitual ao ar livre; era tudo luzes de neon e alumínio brilhante. Nossa mesa estava vazia.

Cadê você?, mandei em mensagem para Weston e me sentei sozinha, então recebi um emoji de carinha com festa como resposta. As coisas estavam se desintegrando rapidamente.

Percorri todos os cantos e recantos do clube, todos os lugares de onde o dinheiro deveria me manter longe.

Finalmente avistei os quatro no fundo, fumando charuto. Weston estava apoiado em Dean, praticamente grudado nele. Eu ainda estava segurando a bebida de Malcolm — ela estava derretendo, diluindo, e o frio queimava minha mão.

Eu os observei. Eu era a única mulher nos arredores, brilhando no meu top como um chamado de sereia, carne exposta e músculos tensos contra paetê e couro. Mesmo assim, ele nem me viu. De repente, agarrou a cabeça de Dean e tocou a testa na dele. Eu não conseguia ouvir o que os dois estavam dizendo. Uma chama se acendeu dentro de mim. Eu nem pensei.

— Weston! — gritei, como se tivesse acabado de avistá-lo.

— Oi, meu bem — disse ele, envergonhado, finalmente se afastando de Dean.

Deixei que um sorriso se esticasse no meu rosto. Empurrei a bebida para ele, com o copo pingando condensação, quase escorregando da minha mão.

— Eu te trouxe um drinque.

— Vodca com suco de cranberry? — questionou ele, torcendo o nariz.

— Esqueci que você prefere uísque — falei, sem convicção. — Mas deu muito trabalho conseguir isso e te achar. Você não respondeu às minhas mensagens.

Eu percebi que ele não queria a bebida, mas sabia que estava em apuros.

— Obrigado — disse ele, e tomou o drinque como um shot, arrancando o canudo e virando.

Um dos outros, Brad, começou uma conversinha comigo, mas meus olhos estavam apenas em Weston, percorrendo seu corpo, procurando sinais de fraqueza, tentando avaliar se meus instintos sobre Malcolm eram mesmo verdadeiros. Eu queria que a noite acabasse, e um aniversariante drogado era uma forma certeira de cancelar tudo. Mas Weston estava de volta com Dean — apoiado nele, sussurrando.

— Eles são próximos — explicou Brad para mim.
— Próximos quanto? — perguntei.
— Os dois eram uma instituição na fraternidade. Lendas.
— Isso foi há muito tempo.
— Essas coisas ficam pra sempre.

Pensei em como Weston havia presumido que eu era próxima de Emily. Eu não tinha nada parecido com isso com ninguém. Qual seria a sensação de poder compartilhar todos os segredos e pecados com uma pessoa?

†

Weston finalmente mostrou sinais de deterioração meia hora depois, quando caiu por cima de uma mesa lateral e quebrou três taças de martíni. Ele havia bebido pelo menos dez doses, então eu não tinha certeza se havia sido a bebida de Malcolm que havia acabado com ele. Dean se aproximou e falou suas primeiras palavras comigo desde que chegara ao clube.

— Vou chamar um Uber.

Estava na hora. Lydia e Tabitha haviam desaparecido, mas os outros caras não pareciam preocupados. A gente não devia tentar achar as meninas primeiro? — perguntei

— Vou mandar uma mensagem e elas podem encontrar a gente na casa — falou Brad.

— Mas todas as minhas coisas estão no hotel — eu disse.

— Você pode buscar de manhã — retrucou Dean.

E, assim, estava decidido. Eu nem tive a chance de preparar uma malinha para passar a noite. Simplesmente estava indo para lá por acaso, presa a Weston por uma corda frágil. Eu acordaria no dia seguinte de manhã com o rímel escorrendo como divisórias de pista pelo meu rosto, e teria que ir embora. Falei um "Até logo" silencioso para Lydia e Tabitha quando saímos da balada e sentimos o frio da noite. Os meninos e eu pegamos um Uber Black para o norte, atravessando a Avenida Highland e subindo as colinas.

A casa tinha um glamour antigo de Hollywood — quatro andares empilhados uns sobre os outros em ângulos estranhos. Segundo Brad, já havia sido propriedade de uma obscura estrela do cinema mudo. Marilyn Monroe trabalhara de babá para os proprietários, na época em que era Norma Jeane.

Nós nos acomodamos em um sofá de veludo preto no andar térreo, de frente para uma ampla sala de estar com janelas, o único espaço aberto abaixo de um conjunto de quartos claustrofóbicos empilhados uns sobre os outros como uma torre de Jenga. Os meninos ainda não estavam preocupados, embora nem Lydia nem Tabitha tivessem enviado mensagens havia mais de duas horas.

— Elas fazem isso — explicou Brad. — Dão gelo. Quando estão bravas ou algo assim.

Ele havia se tornado meu tradutor durante a noite, desde que Weston começara a desmaiar. Àquela altura, Weston mal conseguia se sentar; estava deslizando lentamente da *chaise* de veludo para a madeira dura.

— Hora do amorzinho — sussurrou ele, enquanto eu o puxava para cima.

Ele deve ter pensado que estávamos sozinhos, de tão bêbado que estava. Quando começou a babar, me senti um pouco mal por ter lhe dado aquela bebida.

— Acho que hoje não vai rolar — falei, e tentei levar Weston para o quarto.

Mas ele era pesado demais, e Dean teve de ajudar a arrastá-lo. Estávamos no mais em cima, o que exigia a subida de uma escada estreita e fechada. Weston ficava ricocheteando nas paredes. Ele teria caído para trás se Dean não estivesse firmemente plantado atrás dele.

— Onde fica o seu quarto? — perguntei a Dean.

— Estou logo abaixo de vocês — disse ele.

Os outros iam dormir em uma ala separada da casa.

— Que bom que você vai estar por perto — falei, com um sorriso. — Sabe, para o caso de acontecer alguma coisa.

— O Weston está bem — respondeu Dean. — Ele só precisa dormir.

Chegamos ao quarto e jogamos Weston na cama. Eu estava a centímetros de Dean, de joelhos sobre o colchão.

— Obrigada — falei, no meu registro mais alto e doce, arqueando um pouco as costas enquanto me arrastava para fora da cama. Dean não disse nada. — Podemos conversar um pouco sobre hoje mais cedo?

Dean nem sequer me deu uma resposta. Saiu e fechou a porta atrás de si.

Lutei contra a vontade de persegui-lo e tentei sufocar minha raiva crescente. Quem diabos ele pensava que era?

Eu me virei de costas e soltei um longo grito no travesseiro, depois outro e mais outro, até que minha voz ficou rouca e minha garganta ardeu.

Chutei a cama com tanta força que consegui acordar Weston. Ele tentou tirar minha calça, mas o calor da balada a havia colado nas minhas coxas, e seus puxões bêbados não foram nem de perto fortes o suficiente para mover o couro contra minha pele. Weston desistiu e entrou em um sono tão profundo que tive de rolar sobre ele e encostar o ouvido em seu peito para captar as batidas fracas do coração.

Fiquei em cima dele e me lembrei de Jeremy na mesma posição no Halloween. Tinha acontecido quase três meses antes. Parecia tão distante, mas, quando eu fechava os olhos, conseguia reproduzir cada passo daquela noite com a maior facilidade, lembrar a eletricidade no ar, a sensação de possibilidade. O metal frio da faca na minha mão, me guiando.

Acariciei os braços nus de Weston, levando as mãos até seu rosto. Me debrucei para lhe dar um longo beijo. Ele estava esparramado, indefeso. Me acomodei na dobra de seu braço e esperei que o barulho no andar de baixo diminuísse e desaparecesse, tempo suficiente para ouvir, através do fino piso de madeira abaixo de mim, Dean se acomodar. Respirei lentamente e tentei me acalmar. Disse a mim mesma que deveria adormecer também, dar a noite por encerrada, mas o sono não vinha. Mantive os ouvidos atentos, a mão no peito de Weston, contando as batidas de seu coração.

Quando a música parou, os passos se dispersaram e uma porta se abriu no andar de baixo, então me levantei da cama. Toquei Weston mais uma vez. Lembrei das últimas palavras que ele havia sussurrado em um momento de semiconsciência, sobre sexo de aniversário. Mas já passava da meia-noite. Seu dia havia terminado.

Parei no patamar da escada para olhar pelas janelas baixas e quadradas, ver as casas iluminadas nas colinas e ouvir o vento batendo contra o vidro. Havia voltado a chover. As árvores balançavam do lado de fora, fazendo sombras subirem e descerem pelas paredes.

Desci a escada. Passei pela porta de correr da sala de estar e dei a volta no pátio, verificando se havia um sistema de alarme. Nada soou. A casa era vintage chique, um local de festas onde dezenas podiam se estender pelo piso de madeira nas longas noites de fim de semana, descolada demais para sistemas de segurança. Lugares como esse atraíam o perigo — não com frequência, talvez uma vez a cada poucas décadas. Mas, quando vinha, a violência era profunda e brutal. Ruim nível família Manson, nível manchete de primeira página com respingos de sangue. Olhei para a ala dos fundos da casa, para a única luz ainda acesa. O quarto de Dean.

Estava na hora de termos uma conversinha.

19

Abri a porta do pátio e entrei de volta. A tempestade tinha piorado. Fiquei vendo as gotas pesadas de chuva salpicarem o chão da sala. Em uma hora, o cômodo ia estar uma zona completa. Quebrei um copo de uísque no piso de madeira. Sentia aquela falta de controle, a sensação frenética de não saber aonde a noite poderia me levar, em que eu poderia fincar os dentes. Eu precisava disso. Me dirigi à cozinha e fucei em gavetas até achar uma faca de desossar pontuda. Deslizei-a pela faixa do meu sutiã, bem apertado entre os peitos, e subi a escada.

Quando cheguei ao segundo patamar, encostei a testa na porta do quarto de Dean e apoiei o corpo todo nela, pressionando, para poder sentir a madeira fria na minha pele. Jurei que conseguia ouvir um coração batendo do outro lado. Pus a mão na maçaneta. Ele havia trancado.

Bati suavemente.

— Oi? — disse Dean, abrindo a porta, com um olhar de surpresa ao ver que eu estava sozinha na frente dele.

— Acho que a gente não teve chance de conversar no clube. Sobre o começo da noite. Preciso explicar...

— A gente conversa amanhã — disse ele, e tentou fechar a porta.

— Talvez não tenha como. Por que não aqui? Agora? Enquanto estamos sozinhos?

Passei a mão pelo batente da porta.

— Não tenho nada a dizer pra você, Tiffany.

— Você não me conhece. — Me inclinei de leve para a frente. — Me deixa entrar um segundo.

— Vai dormir.

E, com um movimento definitivo, ele balançou o braço e fez a porta voar. Sem pensar, estendi a perna direita, segurando o peso com a coxa e deixando bater no meu músculo.

Dei um grito, caindo para a frente e lutando contra a onda repentina de dor. Dean se abaixou para me ajudar a levantar, e eu aproveitei para mergulhar no quarto dele. Deixei-o me arrastar para o sofá ao lado da cama.

— Vou precisar sentar por um segundo — falei, mancando até lá. — Você me machucou mesmo.

— Desculpa — disse ele, relutante. — Mas você simplesmente enfiou a perna na porta.

— Não achei que você fosse bater na minha cara.

Massageei minha perna devagar e contei um minuto inteiro, deixando o desconforto de Dean crescer.

— Então, Brad e Harrison estão dormindo? — perguntei.

— Eles foram embora.

— Embora?

— Pegaram um carro de volta para o clube. A Lydia e a Tabitha não responderam nenhuma mensagem.

— Eles falaram pra não se preocupar com isso.

— Bom, agora estão preocupados.

Deixei isso pairar até o silêncio ser algo palpável, pesado. Aí, fui direta:

— Dean, há quanto tempo você conhece o Weston?

Ele suspirou, vendo que eu não ia a lugar nenhum.

— Tempo suficiente.

— Tempo suficiente pra quê?

— Você não vai desistir, né? Tá bom. Quer conhecer ele? Conhecer de verdade? Então aí vai uma curiosidade: ele tem o pior gosto do mundo pra mulher. Nunca escolheu alguém nem perto de valer a pena. Fica arrasado quando descobre a verdade toda vez, vira um desesperado inconsolável por algumas semanas. E aí se apaixona de novo quando outra loira arrogante cruza o caminho dele. Weston já te disse que está apaixonado por você? Já foi até esse ponto?

Ele olhou meu rosto e riu. Eu não podia esconder a verdade dele.

— Não, não disse. Talvez Weston esteja começando a aprender um pouco.

— Por quê, não sou bonita o suficiente?

— O que estou falando não tem nada a ver com aparência. É o oposto. Ele só vê o exterior. Não consegue nunca sentir o que tem embaixo do mega.

— Meu cabelo é de verdade, assim como tudo no meu corpo.

— Ah, eu vi o seu eu de verdade. Lá embaixo no lobby do hotel. Você é só uma porra de uma narcisista falsa e superficial.

Me inclinei na direção dele. Minha faca estava esperando, mas eu não conseguiria usar nem que quisesse, de tanto que estava tremendo de fúria.

— Você contou para o Weston sobre isso? Sobre o que aconteceu no lobby? — perguntei, por fim.

— Tiffany, não vou precisar.

Cheguei ainda mais perto, senti o cheiro de Gucci, o mesmo de Weston, um aroma levemente mais salgado misturado à pele de Dean. Tentei me acalmar. Estendi o braço para tocá-lo, para lamber o cheiro do meu dedo e ver se ele também tinha o mesmo gosto de Weston.

Dean deu um tapa na minha mão.

— Quer saber? Vou te dar um minuto pra se recompor, ficar de pé sozinha e se mandar daqui, caralho.

Então ele deu de costas para mim, como se fosse o diretor da escola dispensando uma aluna desobediente. Seria a última vez que ele me ignoraria.

— Preciso ir ao banheiro — falei.

A expressão de Dean me mostrou que ele me carregaria se precisasse.

— Logo depois eu vou embora. Prometo — completei.

Caminhei os poucos metros até um banheiro minúsculo entalhado num espaço vazio contra a parede do quarto. Tranquei a porta e bati no interruptor. Uma lâmpada sem lustre se acendeu. Senti seu calor e o sangue correu para o meu rosto. O teto era tão baixo que parecia estar cedendo. Me debrucei em cima da pia e joguei água fria nas bochechas, deixando quaisquer restos de maquiagem saírem. Senti meu coração e minha cabeça pulsando. Minha perna também pulsava — todos esses pontos de pressão parecendo que iam explodir.

Puxei a faca e apaguei a luz. Esperei meus olhos se ajustarem até conseguir ver o contorno desbotado do meu corpo no espelho. Aí tirei a blusa, deixando as lantejoulas arranharem meu peito e meus braços. Puxei a calça como se fosse uma segunda pele. Soltei os ganchos do sutiã e fiquei pelada, usando apenas meu colar, a luz batendo só nas curvas mais amplas do meu corpo. Peguei a faca e abri a porta para a escuridão não poder mais me esconder.

Dean ficou assustado. Eu estava com a faca atrás de mim e levei um segundo para perceber que foi minha nudez, não a arma, que o fez olhar para baixo, para o lado, para todo lado exceto meu corpo à espera.

— Tá, você está tendo uma noite difícil — disse ele. — Vamos só levar você de volta pro Weston.

— Ainda não estou pronta.

— Olha, não vai rolar. Você claramente bebeu demais.

— Você pode me servir um uísque?

Eu o tinha colocado na defensiva agora. Ele não ia simplesmente me dispensar.

— De jeito nenhum. Põe a roupa. Ou, olha, só vai embora, vai dormir. Eu posso te levar até lá. — E ele chegou mais perto, me olhando pela primeira vez, percebendo o que tinha atrás das minhas costas.

— Por que você está com uma faca?

Olhei de relance para ela, fingindo surpresa.

— Você vai se machucar, solta.

Na velocidade da luz, desviei do avanço dele e mirei a ponta afiada no meu pescoço.

— Não chega mais perto — alertei.

— Olha, eu sei que a sua existência é bem insossa, mas essa não é a resposta. Por favor, não vai dar uma de Valerie.

Me ericei.

— Quem é Valerie?

— Esquece. Só respira fundo e me dá a faca.

— Como elas eram?

— Acho que você está no meio de um surto. Só me dá a faca.

— As que vieram antes de mim, como elas eram?

— As namoradas do Weston? Eram que nem você. Quase. Loiras, magras, um pouco mais altas.

Aproximei mais a lâmina da minha pele, fingindo que era a garganta de Dean.

— Posso te contar um segredo, Dean? Você e o Weston parecem ter muitos, então vou dividir um com você. Eu nunca tive um propósito de verdade. Sempre fui o que se poderia chamar de meio *básica*. Sou boa em várias coisas, claro, e sou rica pra caralho, o que sempre ajuda, mas nunca tive uma paixão verdadeira por nada. Até agora. Sabe como é perceber qual é o seu chamado, o que você deveria fazer?

— Sexo não é exatamente um chamado — disse Dean.

— Você acha que estou tentando te seduzir? É por isso que você acha que eu estou pelada? — Dei risada e afastei a faca do meu pescoço. — Estou pelada porque não quero derramar sangue na minha roupa toda.

Esperei uns segundos para as palavras serem absorvidas, para poder ver o reconhecimento total no rosto dele antes de atacar.

Eu tinha me matado de fome nos últimos meses namorando Weston. Mas tudo voltou — uma onda de instinto selvagem.

Mirei e atingi o pescoço de Dean, a faca entrando limpa. Quando o sangue borbulhou, quente e forte, nós dois soubemos que ele não tinha chance. Caí em cima dele enquanto uma fúria maníaca crescia em mim, meu corpo tensionando, me tornando impenetrável. Eu já não sentia a dor na perna. Não sentia nada, só o desejo temerário de matar. Dean gritou — e eu gritei junto.

†

Eu estava de volta nas sombras do clube. Malcolm estava lá, rindo de mim, com os dentes manchados de cigarro reluzindo amarelos.

Estava enfiando comprimidos neon pela minha garganta abaixo, até eu virar uma bola na pista. Depois estava no quarto de Dean, esfaqueando-o, até não haver mais carne para furar, só uma ferida aberta, intestinos vazando como os escombros ensopados de um navio virado. O rugido encheu meus ouvidos: bateria, música e então a explosão de um incêndio florestal. Eu sentia a fumaça vindo das colinas. O fogo estava chegando.

Acordei queimando de febre, com a cabeça latejando. Estava enrolada em lençóis pretos, nua. Analisei meus arredores. Weston estava quente ao meu lado, roncando. Vi os ângulos estranhos da luz de início da manhã contra a janela, a encosta a distância, e percebi que estava de volta ao nosso quarto no último andar da mansão alugada. Será que a última parte da noite tinha sido um sonho?

A bateria do meu pesadelo, no fim, eram batidas na porta. Elas continuaram frenéticas, altas. Então houve um barulho de algo quebrando e um sopro de vento. Tinha gente em nosso quarto, berrando. Brad e Harrison.

A primeira onda de náusea bateu enquanto eles sacudiam Weston para acordar, gritando o nome de Dean. Ouvi mencionarem uma ambulância. Rolei para fora da cama e quase vomitei no piso de madeira ao lado. Precisei me arrastar de quatro, nua, até o banheiro.

A noite passada podia ter sido um sonho, mas eu sabia que não era. Estava tudo voltando. Eu tinha retornado à cama de Weston, nua e molhada, depois de tomar banho. Depois de esfaquear Dean, esfaqueá-lo sem parar até não ter sobrado nada do peito dele. Quando não tinha mais nada dele para arruinar, eu havia lambido um pouco da bagunça, engolido o sangue quente dele.

Depois da morte, um entendimento doentio tinha me tomado, a memória das consequências dos assassinatos anteriores: os interrogatórios, a espera, as visitas ao advogado.

E naquele momento: a reação de Weston quando acordasse com a notícia. Vomitei.

Eu tinha limpado tudo o que tocara no quarto de Dean, incluindo a faca que deixei fincada nele. Tinha voltado do chuveiro, ainda frenética, até me decidir pela ampla escolha de guloseimas lá embaixo, os frascos de Vicodin e Zolpidem. Tinha contado, ainda pelada: três comprimidos engolidos com uma dose pesada de Glenlivet. Aí tinha ido para a cama com Weston, pronta para dar descarga nas consequências.

Eu havia me aberto ao apagamento completo — e ele veio. Mal conseguia mover meu corpo fora os espasmos incontroláveis da náusea. Eu tinha me estragado totalmente.

A polícia chegou com as ambulâncias, e Weston foi interrogado enquanto eu continuava vomitando. Não parava de sair. Coisas que eu não me lembrava de ter comido subiam até ficar só a queimação clara do álcool batendo na água da privada. Perdi todo o processo de levarem Dean. Eu teria gostado de ver como o colocaram numa maca.

A polícia fez eu me enrolar num cobertor antes de me interrogar. Queriam falar de mais coisas, não só de Dean. Lydia e Tabitha continuavam sumidas. Desaparecidas oficialmente. Brad e Harrison não as tinham encontrado. Haviam voltado da busca de manhã cedo e notado a porta do pátio totalmente aberta. Subido para ver Weston e visto o sangue escorrendo por baixo da porta do quarto de Dean.

Eu não tinha muito a dizer. Mal conseguia contar quantos policiais tinha no quarto, mal conseguia decifrar o que estavam me perguntando. Sugeriram que talvez eu tivesse sido drogada no clube, e eu concordei. Eu queria que o interrogatório acabasse. Aí vi Weston chorando num canto, encurvado, e teria preferido enfrentar mais cinco horas com os investigadores a me sentar ao lado dele, ver o rosto dele contorcido daquele jeito.

Estava escuro de novo quando finalmente consegui vestir de novo as roupas do dia anterior. Eu tinha me recusado a ir para o hospital, mal permitindo que os paramédicos checassem meus sinais vitais. Estava desorientada, aérea, fraca. Uma pessoa completamente diferente da assassina apta e hábil que matara Dean. Eu tinha feito minha melhor atuação até ali. Com a ajuda de Slade, esperava que fosse suficiente.

Depois que os investigadores enfim foram embora, não havia muito a dizer, e fomos instruídos a voltar à casa de Weston, já que a alugada era uma cena de crime. Weston ficou basicamente em coma naquela noite, balançando devagar na cama.

— Não é real — sussurrou ele. — Não aconteceu. Aconteceu?

— Não — respondi, e aproveitei o momento para me sentar ao lado de Weston. Me apoiei no corpo dele, que estava congelando. — É tudo um sonho — falei, acariciando seu cabelo.

O que mais eu poderia dizer? Esse assassinato teria consequências. Por que eu não podia ter matado um perdedor aleatório no bar? No entanto, como nos assassinatos anteriores, eu não me arrependia. Tinha feito aquilo por Weston. Seria impossível para ele entender. Mas eu podia consertar. Ele podia superar.

Dois dias após a morte de Dean, levei Weston de carro ao LAX. O velório seria na costa leste. Era a primeira vez que eu levava alguém ao aeroporto.

A cada farol vermelho, eu procurava no rosto de Weston qualquer consciência, qualquer suspeita.

Chegamos ao terminal dele.

— Pegou tudo? — perguntei.

Weston fez que sim. Não tinha me falado mais de cinco frases desde aquela manhã.

— Acho que te vejo daqui a alguns dias, então. Só me manda mensagem pra eu saber quando te buscar — falei.

Me virei para destrancar a porta do carro, e Weston segurou meu pulso.

— Espera — disse ele, com tanta violência que temi o pior.

Dizem que os mentirosos nunca olham nos olhos, então me forcei a levantar a cabeça e olhar direto nos olhos azul-acinzentados dele, esperando. Finalmente, ele me agarrou num abraço tão forte e desesperado que doeu.

— Não me abandona — pediu ele.

Ele me puxou, apertou o punho no meu cabelo até eu ter medo de ele o arrancar da minha cabeça. Enfim se inclinou para trás.

— Eu te amo — disse.

— Eu também — falei.

Então observei Weston desaparecer na fila de segurança do aeroporto. Os ombros amplos e a cintura fina. Eu queria tudo. Contornei o terminal com o carro e parei numa rua vazia saindo da Avenida International. Escolhi um avião qualquer começando a subida e fingi que era o de Weston, vi-o disparar para o céu, suas palavras aconchegadas na minha memória, seguras. Ele estava me deixando, só por um tempo, mas depois voltaria para seu lugar. Ele era meu.

20

— Tem certeza de que quer ir nessa direção? — perguntou o motorista do Uber. Estávamos passando por barracas improvisadas, tijolos grafitados, arames farpados e lama. — Você está bem longe do Arts District.

Eu sabia disso. Tínhamos cruzado a Skid Row fazia poucos minutos, passando por cervejarias artesanais e cafeterias orgânicas, contornando a periferia de Los Angeles.

Weston já estava viajando havia uma semana. Nesse meio-tempo, tinha havido mais três assassinatos misteriosos. Avenida Mariposa. Abbot Kinney. Robertson Boulevard. Uma atriz de aparência inocente em seu estúdio pobretão, um barman num beco dos fundos e um investidor de meia-idade em seu Lexus. Eu me perguntava quantos mais como eu existiam por aí, em nossas caçadas separadas por Los Angeles. Se, à noite, passávamos de carro uns pelos outros.

— Continua — falei para o loiro, me inclinando à frente no meu banco, com o rosto a centímetros da cabeça dele.

Eu sentia o cheiro de seu xampu, o aroma limpo do pós-barba.

Sete dias foi o tempo que levara para o assassinato de Dean parar de marinar no meu organismo, para a memória daquela noite esfriar e me deixar faminta por mais. Eu estava pronta de novo.

Tabitha e Lydia tinham aparecido dois dias depois da morte de Dean, logo após eu deixar Weston no aeroporto. Foram achadas na calçada da Sunset Boulevard perto da rampa de acesso 101. Não conseguiam lembrar nenhum detalhe claro, só que alguém charmoso e lisonjeiro tinha oferecido drinques. A descrição desse pretendente borrado e irresistível sem nome nunca combinaria com o seboso do Malcolm. E, se um dia ele fosse implicado, dava para apostar que tinha dinheiro mais do que suficiente para resolver. Nesse sentido pelo menos, ele era como eu.

Surgiu uma narrativa, incentivada pela equipe jurídica de Slade, de que alguém que estava nos observando no clube havia drogado as meninas e depois nos seguido até Hollywood Hills. Fui levada para ser interrogada de novo, mas Slade estava presente todas as vezes depois daquela primeira manhã, quando eu mal falava coisa com coisa.

Eu tinha me fodido muito com uísque e analgésicos. Parecia frágil, confusa. Nem precisei fingir. Eu já havia descoberto minha defesa, a personagem que precisava adotar para esses interrogatórios: a namorada de menos de cinquenta quilos drogada contra a vontade, confusa, fraca, apenas outra versão de Tabitha e Lydia com cabelo e roupas melhores. Assim que os policiais pararam de me chamar para a delegacia, porém, eu sabia que tinha de me fortalecer.

No início da noite, eu havia estacionado meu Mercedes na Sétima Avenida com a Wilshire e seguido para o leste a pé até encontrar um motorista de Uber em um Prius estacionado ao lado da multidão de uma cantina mexicana após o expediente. Ele me perguntou se eu era a Melanie, e eu sorri e fiz que sim com a cabeça. Eu nem tinha levado o celular.

Pedi para ele para ignorar o destino indicado em seu aplicativo e o direcionei pela Avenida Industrial até os limites da cidade. Foram necessárias duas frases para convencê-lo a estacionar. Ele tremia de frio, lutando com minha saia, subindo-a pelas minhas coxas de um jeito tão desesperado e desajeitado que me senti estranhamente atraída por ele, quase protetora. Eu o impedi quando ele tentou tirar minha calcinha. Puxei-o para a calçada e pedi que fechasse os olhos enquanto eu apalpava a fivela de seu cinto. Eu me certifiquei de que ele estava relaxado, sorrindo, antes de cortar sua garganta.

Foi bom ter um assassinato fora do radar dessa vez, uma morte limpa como um negócio impessoal, sem pontas soltas. Eu nem precisaria visitar Slade depois.

Eu estava ficando cansada dos telefonemas dele, de suas preocupações. Suas advertências de que eu estava me colocando em perigo. Voando muito perto do sol. Ele não entendia que era isso que os deuses faziam, que eu não era mais uma mera mortal.

Na minha última visita, Slade fechou a porta de aço de seu escritório e me conduziu de sua gigantesca mesa de mármore para as poltronas de couro ao lado da janela, de modo que ficamos de frente um para o outro, com os joelhos quase batendo.

— Estou um pouco preocupado com as coincidências nesses casos — começou.

— Azar — respondi. — Eu nasci com isso. Meu pai também tinha.

— Você precisa ser mais cuidadosa, Tiffany. Está se colocando em situações perigosas. Sair na mesma noite em que o Tristan foi assassinado. Estar na mesma casa que o Jeremy.

— E daí?

— Pode chegar um momento em que os detetives proponham que é mais do que coincidência, mesmo que nós dois saibamos que isso é ridículo.

Eu tive professores que me disseram as mesmas coisas durante todo o ensino médio, que eu não conseguiria trapacear daquela vez, que eu não poderia pedir a minha tutorazinha nerd que fizesse meus exames de admissão por mim ou fazer umas merdas para eu conseguir passar em uma entrevista. E, de fato, de vez em quando eu era pega e eles ficavam em êxtase enquanto escreviam em suas fichas cor-de-rosa frágeis e me enviavam para a diretoria, me informando que a justiça seria feita rapidamente. E o que acontecia depois disso tudo? Nada. Um telefonema do escritório do meu pai e nunca mais eu ouvia falar do assunto.

— Acho bom você começar a pensar no seu namorado — disse Slade.

Ignorei sua expressão preocupada e fiquei olhando pela janela, para as ruas de Century City, todos os carros reluzentes lá embaixo, dirigidos por homens reluzentes, esperando e prontos.

— Você sabe que Weston é suspeito. Você disse que gosta dele.

— E gosto.

— É melhor pensar nisso da próxima vez que se encontrar em mais uma posição comprometedora.

Então eu seria mais cuidadosa. Afiaria minha arte e calcularia cada morte. Eu tinha a cidade inteira para me esconder. Havia tomado minha decisão — eu teria Weston. E teria meus assassinatos quando ele não estivesse. Quem disse que as mulheres não podiam ter tudo?

†

A irmandade não deu a mínima para o motorista de Uber morto quando a notícia foi divulgada; estavam mais encantadas com outro assassinato recente, que havia ocorrido em Malibu, nos penhascos. Uma aspirante a atriz, vestida apenas com areia quando foi encontrada. Era melhor do que qualquer um dos reality shows da Bravo. Morte e sexo a apenas oito quilômetros de distância, onde elas podiam conferir a cena do crime e depois se bronzear.

Ashley e Julie estavam assistindo a um comunicado de imprensa do chefe de polícia em seus celulares quando voltei de Century City. Ouvi palavras como "lei e ordem", "vigilância" e "justiça". Era o mesmo discurso que tínhamos ouvido no outono, depois dos primeiros assassinatos na avenida das fraternidades. Só que a violência havia se espalhado, sendo transmitida para toda a cidade. Boa sorte para tentar conter o calor do que quer que estivesse se acendendo.

As meninas estavam no andar de baixo se preparando para algum tipo de evento semicasual com jeans apertados e moletons da universidade jogados sobre os ombros nus. Provavelmente um luau ou um jogo de basquete. Eu não acompanhava as atividades da irmandade desde que começara a namorar Weston. E não pisava em uma fraternidade desde que matara Jeremy.

— Aonde vocês estão indo? — perguntei.

— No Parem os Esfaqueamentos — disse Ashley. — Vários grupos de estudantes estão fazendo uma vigília no meio do pátio principal.

Eu não tinha ouvido falar do evento. Sabia que a página da Wikipédia da faculdade ficava sendo continuamente editada para "Universidade dos Los Angelenos Estrangulados".

As meninas tinham ido para a cozinha, onde Emily estava enchendo garrafas de água com vodca e colocando energéticos em uma mochila. Ouvi partes da conversa.

— Aqui não é mais seguro.

— Estou querendo me transferir. San Diego.

— Lá também é ruim. Muito perto da fronteira. Santa Barbara é o melhor lugar. As festas são melhores, de qualquer forma.

— Tem o triplo do número de assassinatos só dezesseis quilômetros ao sul daqui — interrompeu Emily, fechando o zíper da mochila. — Isso acontece todo dia. Só estamos ouvindo falar porque é no Westside.

— Essa é a questão principal — disse Julie. — Tem celebridades que moram neste bairro. Celebridades de primeira linha. Esse tipo de coisa não deveria acontecer aqui.

Camilla se materializou atrás da geladeira como um duende mágico.

— Quando eu estava trabalhando como voluntária em Detroit, conheci um menino de cinco anos que tinha sido baleado. Duas vezes — contou ela. — Mas ele encara tudo de um jeito incrível.

Camilla se fazia de corajosa, mas o que se dizia na casa era que até ela estava tentando se transferir. A vantagem era que nossa unidade havia descartado todos os requisitos de voluntariado para o semestre da primavera. O Conselho Pan-Helênico estava desesperado para evitar que os estudantes fossem embora. Tínhamos perdido três quartos de nossos novos candidatos, todos os desajustados tristes que eu sabia que não resistiriam a um trote de verdade.

Naquela noite, sozinha na cama, pensei em Weston, em suas palavras antes de partir para o funeral de Dean. Eu tinha tantos motivos para estar feliz. Mas não podia ficar totalmente satisfeita, não com os interrogatórios e a máscara que tinha de colocar todos os dias para meu advogado e para a polícia, para a irmandade e, principalmente, para Weston.

✝

Então ele voltou, mais leve e mais pesado ao mesmo tempo. Weston mal falou no caminho do aeroporto para casa, e eu temia que ele estivesse preso em algum tipo de torpor, mas, quando chegamos ao seu apartamento, ele tirou uma garrafa de champanhe da adega. Anunciou que era o primeiro dia do resto de sua vida. Eu estava dentro.

Para meu alívio, Weston nem mencionou Dean naquela noite. Em vez disso, falou que planejava se desfazer de seu apartamento e pedir demissão. Disse que estava pronto para grandes mudanças. Isso me preocupou um pouco.

Fizemos um sexo rápido e prático depois de acabar com todo o champanhe. Nos minutos que antecederam seu sono, Weston me perguntou coisas aleatórias: sobre meu dia, o que eu faria depois da formatura, como estava minha colega de quarto.

— Emily não está mais gorda.

— Que bom pra ela.

Weston brincou com meu cabelo por um tempo, mas não dormiu. Ele me perguntava coisas estranhas.

— Se você pudesse voltar no tempo pra qualquer lugar, pra onde você iria, e que época?

Eu não sabia se era uma armadilha.

— Pra onde você iria? — devolvi.

— Irlanda medieval.

— Acho que seria legal — respondi. — Eu também.

— Acho que você não iria gostar desse tipo de coisa — disse ele, olhando para meu sutiã transparente e minha calcinha fio dental de seda.

Dei de ombros. Eu não podia compartilhar o que realmente estava na minha mente, o que consumia meus pensamentos durante o café da manhã, durante os treinos, nos meus trajetos pela cidade. Eu me alimentava das notícias, das mortes causadas por minhas mãos e até mesmo por aquelas causadas por outros assassinos sem nome em toda a cidade.

Eu esperava que meus assassinatos recebessem mais cobertura, mas Dean já era notícia velha e o Uber loiro que eu havia massacrado no centro da cidade também estava fora das manchetes. As mulheres sempre ganhavam mais atenção da imprensa. Todos gostavam de imaginá-las mortas, o que estavam vestindo, o que não estavam vestindo, se o vestido tinha subido, a blusa abaixado, os peitos saído para fora do sutiã. Homens mortos não tinham como competir com esse tipo de coisa. Eu nunca teria a glória conquistada por quem quer que estivesse esfaqueando mulheres jovens e macias.

†

Na quarta-feira, cheguei em casa e encontrei rosas encostadas na porta do meu quarto. Um buquê de duas dúzias, de um escarlate profundo, tão exuberante e cheio que eu poderia comê-las. Peguei e fui até a cozinha atrás de um vaso. Finalmente Weston estava fazendo as coisas que acompanhavam o "Eu te amo". Inserindo um pouco mais de romance no cenário em vez de me perguntar sobre viagens no tempo teóricas.

Eu estava cortando as hastes sobre a pia da cozinha quando Mandy apareceu atrás de mim.

— O que você está fazendo?

— O que parece?

— Você está cortando para a Em?

— Do que está falando?

— Você nem olhou o bilhete?

Eu não tinha visto. Peguei um pequeno retângulo de papel, um cartão marfim simples com um bilhete digitado: *Para Emily, a* DG *mais bonitinha.*

— Ela não é *tão* bonita assim — eu disse.

— Alguém discorda — falou Mandy.

— Isso aqui não é só um incentivo das meninas pra ela continuar magra? Um gesto de pena por causa da avó que está morrendo?

— Não fomos nós que mandamos — disse Mandy. — Veio de um admirador secreto. Então vou pegar as flores de volta.

— Eu entrego pra ela — falei, agarrando as hastes.

Esperei até que Mandy saísse da cozinha e reli o bilhete. Em seguida, amassei-o e arranquei as pétalas de todos os vinte e quatro caules. Lavei os restos no ralo e deixei o triturador de lixo rugir.

21

Na semana seguinte, recebi duas boas notícias. O pedido de transferência de Camilla havia sido aprovado e ela estava indo para Utah. Um dia, cheguei em casa e encontrei Amy e Mandy montando uma rede-cadeira fofa no quarto dela. Deixei que elas ficassem com o antigo quarto da Camilla. Era um vale-tudo, sem regras, e eu adorei.

A segunda vitória foi que Weston finalmente cumpriu sua promessa de se mudar do condomínio para uma casa de três quartos em estilo espanhol em Mar Vista. Teríamos mais privacidade, e eu não precisaria me preocupar com a possibilidade de Keith me ver no saguão e dar um chiliquinho de novo. E comprar a primeira casa própria nessa economia era um sinal promissor que apontava para o aumento do patrimônio de Weston. Ele estava se sentindo melhor, finalmente.

Eu lhe disse que ajudaria a coordenar a mobília. Ele precisaria de um sofá mais comprido e de dois pufes. Teria um quarto extra inteiro que eu esperava preencher com alguns dos meus equipamentos de ginástica. Imaginei se poderia comprar uma bicicleta Peloton para usar em um dos quartos e dar como um presente de aniversário atrasado.

No dia seguinte, Weston me levou para dar uma olhada no local depois do trabalho. A vizinhança era bem cuidada, embora eu tenha notado os triciclos e os caminhões de plástico espalhados por aproximadamente metade dos gramados dos vizinhos. Quando o vento soprava na direção certa, eu podia ouvir ao longe os gritos estrangulados de uma criança pequena.

Deixando o caos doméstico de lado, a casa valia totalmente o preço pedido de dois milhões de dólares. A cozinha tinha sido recentemente reformada com bancadas de granito e iluminação embutida. No quarto principal cabiam facilmente três carros, e o quintal era grande e bem cuidado. Não havia piscina, mas os antigos proprietários tinham construído uma cabana ao ar livre, um bar e uma fogueira. Eu poderia me acostumar com isso. Talvez começasse a passar fins de semana inteiros aqui.

— Gostou? —perguntou Weston.

Ele já tinha um uísque na mão, embora eu tivesse trazido champanhe.

Envolvi meu braço em torno de sua cintura, senti a firmeza da lateral de seu corpo e passei meus dedos por sua barriga. Eu me sentia enraizada, não apenas por tê-lo ali, mas pelo solo embaixo dos meus pés. Teríamos o lugar inteiro para preencher.

— Amei.

Tomamos duas garrafas de champanhe no jantar — embora eu mal tenha bebido duas taças — e nos acomodamos no sofá para uma maratona na HBO. Weston acariciou meu cabelo durante o terceiro episódio, e eu aproveitei a deixa para me virar e ficar de frente para ele. Ele tinha um cheiro bom, aquele cheiro de homem do qual eu sentia falta quando ele não estava. O formigamento de alguns dias de barba por fazer em sua bochecha. Mas ele não retribuiu o beijo.

— Depois da série — falou ele, apontando para a tela plana.

Foi a primeira vez que Weston recusou sexo.

Uma hora depois, nos arrumamos para ir para a cama. Eu tinha tirado a maquiagem dos olhos. Lentamente, estava tirando mais e mais do meu rosto a cada noite, entrando na intimidade, e procurando um lugar na nova casa para esconder meus lenços de maquiagem e cobertura quando vi frascos de comprimidos no armário do banheiro de Weston, mais do que eu lembrava. Li os rótulos conhecidos. Haviam tentado me receitar algumas dessas coisas quando meu pai morreu.

Pensei que Weston já estivesse dormindo quando voltei para a cama, mas ele segurou minha mão. Estava duro, só o suficiente para que funcionasse, e me lembrei de quando começamos a namorar, de como seu desejo era forte e inconfundível. Eu queria aquele Weston de volta, aquele que estava pronto para me atacar, que observava cada detalhe do meu corpo como um prisioneiro faminto. Mesmo quando eu estava por cima, ele devolvia minhas investidas embaixo de mim, depois me virava e acabava comigo, não importava quantos uísques tivesse tomado.

Eu me perguntava quanto tempo levava para superar algo como o assassinato de um melhor amigo. Meus pensamentos foram interrompidos quando a cama começou a tremer. Um dos livros de Weston caiu da cômoda com um estrépito. Ele se sentou sobressaltado ao meu lado.

— O que é isso? — perguntou.

Eu bocejei, pronta para dormir.

— Seu primeiro terremoto.

†

No dia seguinte, me atualizei dos boletins de crimes locais. Nada demais, apenas um estupro à moda antiga, mas tinha acontecido em Bel Air, bem perto dos portões da Sunset, então as pessoas estavam em alvoroço.

Eu estava assistindo às reportagens no tablet de Amy na sala comunitária quando Emily desceu a escada, segurando um ramo de crisântemos.

— Você tem pegado as minhas flores?

Olhei em volta. Ela estava falando comigo. Alguém deve ter me denunciado.

— Por que eu faria isso?

— A Mandy disse que chegaram três entregas para mim, e eu só recebi uma!

Todas as meninas estavam olhando para mim agora.

— Olha, com certeza foi só um erro de comunicação ou algo assim — disse Amy, se colocando entre nós. — Você já descobriu quem é o Romeu, afinal?

Emily sorriu, acalmando-se.

— Ainda não. Estamos trocando mensagens na internet.

— Parece amor verdadeiro — comentei. — Ele provavelmente deve ter uma família de quatro filhos ou ser uma garota de doze anos.

— Vai se foder, Tiffany! — devolveu Emily.

Pulei do meu assento, pronta para arrancar as flores da mão dela e usar para bater em sua cabeça, mas Amy me bloqueou, e Emily correu de volta para a escada.

— Seja legal — disse Amy. — A avó dela já era.

☦

Deixei Weston no aeroporto de Los Angeles na semana seguinte. Ele estava partindo de novo, dessa vez para uma conferência em Omaha. Ele havia protestado, dizendo que poderia facilmente pegar um carro, mas eu insisti em levá-lo. Fazia dias que não o via. Um temor se instalava em mim toda vez que ele mandava uma mensagem dizendo que ainda estava no escritório, que estava cansado demais para sair.

— Trouxe tudo? — perguntei, quando encostei minha Mercedes no Terminal 7, o mesmo onde Weston havia dito pela primeira vez que me amava, logo após eu ter cortado a garganta de Dean.

— De qualquer forma, é tarde demais se eu não tiver trazido.

Observei a mandíbula esculpida de Weston, as veias se esticando contra a pele bronzeada de seu pescoço. Ele estava mais lindo do que nunca, mesmo que seu olhar tivesse ficado vazio.

Eu o abracei, fechei os lábios e introduzi a língua em sua boca. Ele estava fumando, eu conseguia sentir o gosto. Ele nem tentava mais esconder. Eu o via sentado no sofá da casa dele, com o cigarro na mão, sem ligar para nada. Ele era jovem e masculino, ainda na idade em que se largar só o deixava mais gato, fatal como James Dean. Seu beijo não tinha a emoção do dia em que ele disse que me amava pela primeira vez. Eu queria isso de volta, mesmo que tivesse surgido de uma dor desesperada e frenética.

Weston se afastou.

— É melhor eu ir.

Weston retirou sua mala preta compacta do meu porta-malas e se dissolveu na multidão de viajantes.

No caminho de volta do aeroporto, olhei para cada homem solitário com menos de trinta anos na rua. Estava cedo, cedo demais para matar. Meu quarto estava vazio quando voltei, e me lembrei de que Emily havia mencionado a visita à sua avó no hospital.

Tranquei a porta do meu quarto e abri o cofre. Eu havia acumulado uma pequena coleção de itens nas últimas semanas: um anel de turma de faculdade, um relógio e algumas carteiras bacanas, tudo das minhas vítimas. No entanto, não tinha nada de Dean. Era um dos meus maiores arrependimentos.

Toquei cada objeto de valor antes de me decidir pelo anel de diamante de Stephanie, minha lembrança mais preciosa. Coloquei-o no dedo e esperei pela sensação de calma que normalmente sentia quando o usava. Como ela não veio, tirei o anel e o coloquei na boca, rodando-o, sentindo as fendas com a língua.

Eu deveria ter passado um dia produtivo aplicando uma máscara e hidratando profundamente meu cabelo, postando alguns vídeos. Deveria ter feito um brainstorming de possíveis combinações de cores monocromáticas para a nova casa de Weston, como uma namorada dedicada.

Em vez disso, fiquei deitada na cama a maior parte do dia, observando o sol se pôr lentamente, sem nem me preocupar em checar meu celular para ver se havia atualizações. Quando a noite chegou, vesti um jeans escuro e uma regata preta justa. Puxei um moletom preto sobre a cabeça e me certifiquei de que estava com minhas luvas. Prendi o cabelo para trás e saí pela janela do quarto.

Levei cerca de vinte minutos em um bar lotado em East Hollywood para encontrar o cara certo. Era loiro como sempre, um pouco mais magro do que o normal. Esperei para captar sua atenção e continuei olhando antes de desviar os olhos para a saída. Ele já estava atrás de mim quando levantei da cadeira, pronto para me seguir no escuro.

Abri a barriga do loiro em um beco estreito atrás de uma loja de tapetes abandonada. Eu havia subestimado a rapidez com que começa a feder quando se rasga os intestinos de alguém com uma lâmina longa. Só tive tempo de arrancar o medalhão de são Cristóvão de prata pendurado em seu pescoço antes que o cheiro me dominasse.

Voltei para a irmandade em transe, com o colar da minha vítima na mão, e estava quase chegando ao meu cofre quando tropecei e caí com força no chão. Eu havia tropeçado em Emily. Ela estava de volta, sentada no meio do chão, entre nossas camas. Segurava um buquê de flores frescas como se fosse um bebê. Uma garrafa de rum estava a seus pés.

— O que você está fazendo no escuro, no chão? — perguntei, colocando o medalhão no bolso da calça jeans, verificando se havia algum sangue que pudesse ter passado batido. Tinha sido uma morte limpa, e eu havia deixado as luvas no carro, mesmo assim fiquei preocupada. — Você não ia dormir aqui hoje.

— Ela morreu.

Congelei na última palavra.

— Ah. Sua avó. Sinto muito.

— Obrigada — murmurou ela.

— Quer conversar?

— Não.

Quando meus olhos se ajustaram à escuridão, pude ver a dor estampada no rosto de Emily — não apenas angústia, mas fome. Peguei alguns comprimidos de oxicodona na minha cômoda e comecei a dizer a Emily para tomar um a cada poucas horas, mas ela engoliu os dois a seco.

— De nada — disse a ela.

— A quem eu deveria agradecer?

— A *mim*.

Ela riu.

— Você nunca deu a mínima pra ela nem pra mim. Não vem fingir que está se importando agora.

— Eu sei muito sobre você. E sinto muito pela sua avó, sim.
— Qual é o nome dela?
— De quem?
— Da minha avó.
— Pergunta capciosa. Você não chama ela pelo primeiro nome.

Emily tomou um gole de sua garrafa de rum. Eu nunca a tinha visto assim. Ela estava sendo totalmente cruel.

— Você deixou seu celular.
— Oi? — eu disse.
— Seu celular está na cômoda. Você passou a noite toda fora sem ele.
— Estou em um detox tecnológico. — Olhei para sua garrafa de bebida. — E você deveria tentar um detox de verdade.

Emily apenas riu.

— Talvez você tenha razão.

✝

No dia seguinte, a casa fez uma reunião para lidar com a situação de Emily. Depois do sermão dela, eu queria cair fora, mas acabei presa lá. Emily tinha saído para cuidar dos preparativos do funeral. Na ausência de Camilla, Mandy conduziu a reunião.

— Meninas, a Emily ficou órfã agora. Órfã de verdade. E ela é pobre. As coisas estão ruins. Deveríamos fazer alguma coisa especial pra ela.

— O que ela gosta de fazer, Tiffany? — perguntou Amy.

Dei de ombros.

— Ela basicamente fica na casa da avó todo fim de semana.

— Ela começou a sair para festas nos últimos dois meses, depois que ficou magra — disse Ashley. — Ela adora rum Captain Morgan e vídeos de gatos. E o que mais? Ela é muito boa em matemática.

— Talvez a gente devesse pensar em doar algum dinheiro para as despesas do funeral — sugeriu Mandy.

— As roupas dela são péssimas — falei. — Podemos oferecer uma transformação, um look novo.

— É uma boa ideia — disse Amy. — Gostei.
— Porra, lógico que é uma boa ideia — falei.

Eu precisava sair da casa logo. Eu ia para a casa de Weston.

Eu já tinha feito a mala para passar a noite. Estava prestes a subir a escada e pegá-la quando vi o ramo de orquídeas brancas em uma cadeira de jantar vazia. Dei uma olhada no cartão, com uma caligrafia preta em um papel de carta branco puro, endereçado a Emily. Dessa vez estava assinado. *Malcolm.*

22

Emily passou a semana toda fora. Aproveitei a oportunidade para trocar o cofre do meu quarto. Meu armário não era seguro o suficiente, não com a coleção que eu havia acumulado nas últimas semanas. Mandei colocar um novo cofre de titânio embaixo da minha cama, que depois parafusei na parede. Pedi a três funcionários que o instalassem em uma tarde de segunda-feira, quando as outras meninas estavam em aula.

O cofre se tornara impossível de ser visto e só podia ser acessado deslizando por baixo do espaço de sessenta centímetros sob a cama. Naquela noite, adormeci enrolada no meu edredom, segura com a ideia de que todas as minhas lembranças estavam debaixo de mim.

Eu havia planejado ficar na casa de Weston na semana seguinte. Não queria ver Emily e aquela expressão de dor e raiva em seu rosto. Eu não tirava mais sarro dela, mas também não conseguia reunir forças para fingir que me importava. E daí que a avó dela tinha morrido? Eu havia perdido um pai, e meu único desgosto era ainda ter uma mãe e uma irmã. Pensei no meu padrasto. A morte não era nada: era muito pior quando você ganhava familiares.

Mas Weston mal tinha voltado de sua viagem de negócios quando teve que partir novamente. Dessa vez, para Boston. Ele ainda não confiava em mim para me dar as chaves, então eu teria que ficar na casa da irmandade.

Weston me disse que eu não precisaria deixá-lo no aeroporto, que ele partiria ao amanhecer, e não no voo noturno habitual. Fiquei secretamente aliviada. O LAX era um pesadelo na hora do rush e, como eu já havia assassinado alguém nas proximidades, não poderia matar na área de novo. Eu estava tentando espaçar os assassinatos geograficamente, seguindo as instruções de Slade para não dar na vista.

Eu havia dito a Weston para me ligar quando chegasse naquela tarde. Ele enfim ligou por volta das cinco e meia, bem depois de eu ter me exercitado e hidratado a pele duas vezes com manteiga de karité e autobronzeador. Eu estava tirando meu cochilo de fim de tarde no quarto. Os cochilos eram necessários nos dias em que ele não estava. Eu ficava acordada a noite toda. O sol lançava um raio de luz forte sobre minha cama quando o celular vibrou.

Weston não tinha muito a dizer.

— A classe executiva foi uma piada. Me colocaram bem atrás de um bebê. Um voo de seis horas ouvindo os sons de um humano do tamanho de um roedor berrando é um tipo único de horror.

— Você não vai perguntar sobre o meu dia? — questionei.

— Claro. — Ele suspirou. — O que você fez?

Minhas façanhas semanais não pareciam tão interessantes quando eu removia os assassinatos do meu inventário de atividades. Percebi que o sentimento de orgulho que eu queria compartilhar vinha do jovem de vinte anos que eu havia matado na praia na noite passada. As coisas que eu *podia* compartilhar não pareciam grande coisa em comparação.

— Aula de spinning. Depois encontrei uma *clutch* bizarramente linda.

— Que bom pra você.

— Olha, eu estou livre pra sair no domingo à noite quando você voltar.

— Vamos ver. Vou vir direto de uma reunião. Desembarco às dez da noite. Estou muito cansado. Acho que é o jet lag.

Era verdade que Weston não dormia muito. Algumas noites, as raras em que eu dormia na casa dele, eu acordava e sentia a cama tremer. Primeiro pensei que fosse outro terremoto. Depois, quando descobri que vinha de Weston, pensei que ele estivesse se masturbando. A verdade era ainda mais desconfortável. Ouvi um som de engasgo e percebi que ele estava chorando.

Isso aconteceu mais de uma vez. Eu ficava ali deitada, sem correr o risco de me mexer para não revelar que estava acordada, e ouvia seu choro. *Você é homem,* eu queria dizer. *Você tem cheiro de couro e um corpo que parece pedra. Por que está se permitindo fazer isso?* Eu esperava os sons se dissiparem até ouvir seus gritos suaves se transformarem em roncos esfarrapados. Então podia finalmente rolar e dormir um pouco.

Outras vezes, Weston ficava com raiva, quando estava entre o quinto e o sexto uísque. Era uma emoção com a qual eu podia lidar, algo que eu entendia.

— Se eu descobrisse quem matou Dean, se ficasse sozinho com o cara que fez isso, iria grampear as bolas dele na testa.

— De que isso adiantaria? — eu perguntava.

— Não estou brincando. Eu faria isso.

Eu tentava mudar de assunto, encontrar algo para ver na Netflix.

— Você acha que ele sofreu? — Weston perguntava nos jantares, enquanto eu tentava saborear um prato de sashimi muito caro e perfeito.

— Por que você iria pensar em coisas assim agora?

Não importava se eu estava usando um vestido decotado ou se estava em cima dele com uma calcinha fio dental. Não havia nada que eu pudesse fazer, nenhuma roupa curta que eu pudesse usar para influenciar seu raciocínio quando ele estava preso em um desses estados de espírito.

— Você acha que o Dean sofreu? — repetia ele.

Estava obcecado em recriar aqueles momentos finais. Eu queria contar a verdade: *Se quer mesmo uma resposta, sim. Ele sofreu.*

Vi Dean no chão, com a traqueia aberta, incapaz de emitir qualquer som, a dor escapando por seus olhos.

— Então a gente se encontra no domingo, se você não estiver muito cansado? — lembrei a Weston, pegando uma faca na gaveta da escrivaninha e me acomodando de volta na cama. — Vamos sair. Em Westwood. Como a gente fazia antes.

Weston provavelmente também estava na cama, acomodado em um edredom engomado, olhando para alguma vista suficientemente boa da linha do horizonte de Boston, tomando uma cerveja e pensando que eu estava retocando as unhas, sem sair quando o sol parasse de traçar seu caminho vermelho pelas ruas.

Eu queria que ele voltasse a ser como antes. Quanto tempo levaria para que as coisas voltassem ao normal, para que tudo se acalmasse?

— Sim, vamos fazer isso — disse ele.

— Pensei mais sobre o que você disse há algumas semanas. A época que eu escolheria se pudesse ir a qualquer lugar, a qualquer tempo.

— Sério?

— Eu ficaria aqui mesmo, perto do mar, dos estúdios — falei. — Nos anos 1920. Ouro e art déco, champanhe.

— Isso, sim, parece com você. — Sua voz estava distante. — Estou voltando pro hotel agora; tenho que desligar.

— Você não está no seu quarto?

— Não. E estou sem motorista nesta viagem. Tive que alugar um carro. O sol está nos meus olhos. Eu provavelmente não deveria estar no telefone.

— Sim, está bem forte agora — falei, percebendo o erro dele um segundo depois. Inclinei a cabeça para a janela. — Onde você está hospedado mesmo? — Perguntei.

— No Hyatt. Tosco.

— Ok. Se cuida. Te vejo em breve. — Eu mal consegui pronunciar as palavras.

Levantei e fui até a janela. O sol estava quase se pondo, enviando seus últimos raios letais pela sala. Weston havia dito que estava em Boston, mas aqui estávamos nós, compartilhando o mesmo pôr do sol.

Tentei me acalmar segurando o anel de Stephanie na palma da mão, mas nem isso deu certo. Coloquei-o na boca, deixando a língua correr sobre as pontas irregulares. Nada.

Então Ashley entrou, vestida com uma blusa barata da H&M e um short jeans cortado.

— A Emily vem amanhã pegar umas roupas pro funeral. Preciso dar uma olhada no armário dela.

Apontei para trás de mim, para o minúsculo guarda-roupa dela, sem conseguir falar. Ela abriu a porta deslizante do armário.

— Ela pode pegar uma bolsa emprestada?

— Claro — concordei, atordoada.

— Achei que você estaria na casa do Weston. Então, pra onde ele foi agora? Costa leste?

— Aqui — respondi, com uma fúria crescendo dentro de mim. O sol havia se transformado em escuridão. — Ele está bem aqui.

†

Observei o céu passar de cinza para preto. Esperei que o aperto no meu estômago diminuísse, mas ele só piorou. Meu corpo estava endurecendo, os músculos se esforçando contra o peso do ar. Era a sensação que eu tinha logo antes de uma morte.

A surpresa inicial de que Weston havia mentido sobre sua localização desapareceu, e a pergunta sobre *por que* ele precisava que eu pensasse que ele estava em Boston tomou conta de mim.

Só havia uma resposta. Todo o choro e a histeria não eram apenas por causa de Dean. Não se tratava apenas de um melhor amigo morto. Era outra mulher. Mulheres, talvez. Era a única razão para ele fingir que estava fora do estado a trabalho.

Me vi no espelho de corpo inteiro do meu armário. O peso tinha começado a voltar, os músculos tinham chegado para substituir os ângulos agudos que ligavam minhas coxas à pelve. Eu queria dar um soco no meu reflexo, mas preferi destruir mais um dos arranjos de flores de Emily. Joguei as hastes rasgadas no lixo.

Vesti uma calça jeans preta e uma regata. Peguei a faca com a qual havia esfaqueado Tristan e a coloquei no bolso traseiro direito. Achei que a arma seria adequada.

Dirigi minha Mercedes até a casa de Weston, o lugar que eu havia ajudado a decorar, onde achei que finalmente havia marcado meu território. Voei por ruas secundárias sonolentas, cruzando ao sul do Santa Monica Boulevard. Na minha mente passavam imagens das vadias que Weston receberia. Eu queria pegá-los em flagrante. Esperava que estivessem transando bem na ilha de granito da cozinha. Eu encharcaria o lugar com o sangue deles e depois colocaria fogo em tudo.

Me aproximei da casa, desligando os faróis quando estava a alguns quarteirões de distância. E, de fato, Weston estava lá. As luzes estavam acesas na frente da casa, com as persianas mal fechadas. Minhas mãos se apertaram no couro do volante.

Estacionei. Tirei a faca da calça jeans, sem me preocupar em mantê-la escondida. Não me importava se as pessoas vissem, não me importava com o que aconteceria depois. Eu só precisaria entrar na casa, passar pela porta da frente e surpreender quem a abrisse. Nada de fingimentos inocentes, nada de perder tempo para fazer perguntas, para descobrir o motivo. Eu não precisava de respostas.

A grama estava úmida sob meus pés. Eu me acomodei ao lado da janela lateral, de frente para a grande extensão da sala de estar. Weston estava sentado no sofá modular que havíamos escolhido juntos. Sozinho. Algo não estava certo. A TV estava ligada. Ele estava usando uma camiseta rasgada da faculdade e a calça de flanela que eu havia escondido no fundo do armário porque o fazia parecer um homem de meia-idade. Era um dos poucos erros em seu guarda-roupa. Talvez ele fosse chamar uma prostituta e por isso não precisava se preocupar com o que estava vestindo. Ele não parecia ser esse tipo, mas os homens podem ser muito filhos da puta.

Eu precisava ver o quarto. Dei a volta na casa e fui até a janela dele. Ele realmente deveria ter instalado o sistema de segurança que eu havia sugerido.

Não tinha ninguém no quarto. A cama estava desfeita do lado de Weston, e o quarto estava cheio de bagunça. Nada disso fazia sentido. Meus instintos estavam errados.

Voltei para a frente da casa e me acomodei nos arbustos perto do portão lateral, de modo que pudesse observar Weston sem ser detectada. Fiquei olhando para a nuca dele, esperando uma campainha, o som de um carro, um telefonema. Alguma coisa. Qualquer coisa.

Eu me movi para as sombras quando ele se levantou para fazer pipoca. Depois ele foi ao banheiro de hóspedes e voltou sem a calça de flanela, com um pingo na parte da frente da cueca. Eu o vi se esparramar de pernas abertas de volta no sofá. Vi tudo isso na iluminação requintada da sala de estar.

Uma náusea lenta se apoderou de mim à medida que a hora passava e percebi que ninguém chegaria. Ele estava sozinho. Mais uma hora se foi, um especial da Segunda Guerra Mundial, um programa sobre motocicletas. Eu havia passado a maior parte da noite observando-o pela janela.

Minha raiva se transformou em outra coisa, algo muito pior. Tentei dizer a mim mesma que era bom, que ele não ia ter uma orgia encharcada de gonorreia com uma prostituta, mas eu sabia que isso seria melhor do que a verdade. Eu queria tirar da cabeça a cena que acabara de presenciar, o quadro de Weston jogado de qualquer jeito no sofá, preferindo comer bobagem sozinho e assistir a programas de carros em vez de ficar comigo. Percebi que não teria me importado tanto se ele tivesse um cardápio completo de amantes. Se ele as comesse na cama ou literalmente as empalasse e comesse. O verdadeiro segredo que ele estava escondendo de mim era muito pior do que traição ou assassinato.

Eu ainda não tinha me dado ao trabalho de abaixar a faca e mal conseguia sentir minha mão, estava com muita cãibra por ficar agachada lá fora no escuro. Eu esperava ainda ter algum motivo para usar a arma. Mas não havia nenhum. Minhas costas estavam doloridas, minhas pernas, dormentes. Encostei a testa no vidro frio da janela. Weston estava a um metro e meio de distância. Ele não se mexia havia uma hora. Devia ter pegado no sono.

Eu tinha de ir embora. Levantei devagar, com os músculos tensos, e atravessei o gramado de volta para o meu carro, acelerando o passo. Então escorreguei na grama molhada, caindo de lado com força.

Minhas mãos voaram para baixo e eu rolei para desviar da lâmina embaixo de mim. Aterrissei bem ao lado da faca, mal sentindo o corte de sua ponta no meu polegar. Coloquei a mão na boca e engoli o sangue. Atordoada, continuei no chão. Fiquei lá sentada no gramado da frente da casa de Weston, sangrando, quase empalada pela minha própria faca.

Minha memória voltou, como um corte no meu cérebro, para meu pai e sua .357, praticando com ele no terreno livre sobre os penhascos atrás de nossa casa. As vezes que íamos atirar com aquela arma eram as poucas em que nós dois passávamos um tempo sozinhos, em que ele conversava comigo como uma pessoa.

Enquanto recarregava, ele disse um dia, do nada:

— Eu nunca amei a sua mãe. Isso é bom, no fim das contas.

A declaração não tinha vindo totalmente do nada. Ele havia passado a semana em casa, e os gritos noturnos tinham sido particularmente ruins, acompanhados de vidros quebrados, o som de carne sendo atingida por mãos. Eu colocava música nos fones de ouvido e pegava no sono ao som de um pop meloso toda noite.

Ele me examinou antes de me entregar a arma, com o cano para baixo.

— Você também não parece ser do tipo romântico. Você é que nem eu.

Eu me lembro de ter zombado da afirmação, observando sua pele curtida, as manchas da idade e o nariz torto. *Não sou nada parecida com você*, pensei. *Vou me casar com o capitão do time de futebol americano. Vamos ter tudo juntos e ele vai lamber o chão que eu pisar. Não vou cometer seus erros idiotas. Vou ter tudo em uma maldita bandeja de prata.*

Uma fina linha de sangue desceu pelo meu polegar e escorreu pelo pulso. Arranquei um pedaço da minha regata e enrolei na mão. Eu tinha que voltar para o carro. Quando finalmente entrei na Mercedes, senti o volante escorregadio e vi sangue espalhado pelo couro.

Eu tinha minha resposta. Estava na hora de ir embora. Segui para o leste pela 10. Escolhi um bar lotado nos arredores de Hollywood, fora dos limites endinheirados dos arranha-céus de luxo.

Encontrei alguém adequado imediatamente, um rapaz que poderia me distrair de Weston por um breve momento. Ele parecia precisar de alguém que o salvasse.

Quando estávamos sozinhos lá fora, no escuro, deixei que suas mãos passassem pelo meu corpo, por baixo do moletom. Deixei que ele me beijasse nas sombras do lado de fora, deixei que passasse a língua na minha boca, detectando notas de frutas cítricas e creme, um sabor mais suave que o de Weston. Nossos lábios finalmente se separaram, ele respirou fundo e eu enfiei a faca em sua garganta. Com as duas mãos, eu rasguei o pescoço na vertical. Era um movimento familiar, uma técnica que eu havia aperfeiçoado por completo.

Só que, depois, me senti mal. Suja. Eu queria me livrar de toda a superfície que havíamos compartilhado, então arranquei sua língua e cortei seus lábios, jogando os restos gelatinosos em uma lixeira.

Eu estava sufocando, não conseguia respirar. Percebi que estava chorando, e isso me deixou mais nervosa que o rastro de sangue que eu havia deixado para trás, o sangue que havia se entranhado nas minhas roupas, deixando tudo ainda mais preto.

Eu me acalmei e caminhei os três quilômetros de volta até o meu carro estacionado, com a cabeça atordoada, meus pensamentos voltados para Weston. Ele havia mentido para mim, eu nem sabia quantas vezes, e, no entanto, era eu que me sentia culpada.

Culpa. Será que era isso? Seria aquele beijo rápido que eu havia dado no garoto antes de arrancar os lábios dele? Poderia ser traição se eu apunhalasse alguém ao som do nome de Weston, se eu pensasse nele o tempo todo?

Não, era outra coisa. A palavra tremulou na minha mente, finalmente não mais fora de alcance. A coisa que me levara a vigiar uma janela por quatro horas, que me levara a percorrer a cidade durante toda a noite. Exatamente o que meu pai havia alertado.

Eu estava apaixonada.

23

Dois dias depois, passei na casa de Weston após ele supostamente voltar da viagem de trabalho. Ele tinha um presente de Boston me esperando na bancada da cozinha: um globo de neve com uma cidade minúscula dentro, embrulhado em papel fino numa sacola de *duty-free* de aeroporto.

— Ainda está nevando lá — disse ele ao me entregar.

Olhei e senti vontade de estilhaçar o negócio contra a parede.

— Você está bem? — perguntou ele.

— Ótima. Como foi a sua viagem?

— Um tédio. Estou feliz por ter voltado.

— Ah, é? — perguntei.

Senti esperança ao ouvir essas palavras dele, por mais ridículo que fosse. Alternava entre raiva e desespero. *Só me diz o que eu posso fazer*, eu queria insistir. *Me diz do que você precisa para esquecer Dean, para voltar para mim. Para me olhar como antes.* Sacudi a bola de cristal e observei a neve caindo em flocos minúsculos e infindos.

Pedimos *delivery* para o jantar. *Moo-shu* de frango. Nenhum dos dois mencionou as últimas noites, o que realmente tínhamos feito.

Weston agora passava o tempo todo lendo. Enchia sua biblioteca de livros: compilações, história, biografias. Tentei ler alguns trechos para entender o que ele andava pensando, seus interesses atuais, mas todo título na mesa de centro parecia ter mais de quatrocentas páginas, longo demais para eu passar os olhos atrás de pistas. Não tinha como ele querer terminar todos.

Os resumos que encontrei na internet não me disseram nada de útil. As pessoas e os lugares todos se borravam e viravam só um: não havia histórias de amor nos livros que eu puxava da estante dele, mas principalmente descrições de vales, morros, irmãos, traição de família e masculinidade. Folheei alguns, tentando começar pelo que tinha a lombada mais fina, mas eram todos sobre homens: homens tediosos, perdidos, cercados.

Eu tinha passado a sair muito. Toda noite que não estava com Weston e até algumas que passava com ele, aquelas noites em que ele desmaiava no sofá às dez.

Aprendi a nunca me arriscar. Eu tinha tentado desafiar o destino algumas vezes, brincar com alguns dos garotos antes da morte. Mas essa merda não dava certo para quem era mulher. Eu não podia me dar ao luxo de esperar um segundo a mais.

Aprendi do jeito mais difícil num bar sombrio e deserto numa noite de terça. Eu estava me demorando, tentando estrangular um jovem barman com a gravata dele em vez do esfaqueamento de sempre, até a mão esquerda dele de repente se libertar e ele me dar um soco na garganta, tirando meu fôlego. Eu o chutei, e ele me jogou contra o espelho com tanta força que estilhaçou. Consegui dar um soco na têmpora dele, forte o bastante para ele cambalear e me dar tempo de achar minha faca e acabar com ele.

Dali em diante, fui mais esperta. O elemento surpresa era minha arma secreta, minha vantagem sobre músculo e peso. Não tinha vergonha de chutar o homem bem nas bolas toda vez, não havia chance de eu esperar que ele caísse dobrado; facada nenhuma era demais.

Meu pai tinha me dito algo parecido uma noite quando saí de uniforme de líder de torcida para um encontro pré-jogo. Em geral, ele nunca falava nada nas raras noites em que estava em casa. Mas tinha parado na minha frente na sala, olhado minhas roupas e perguntado:

— Você sabe como chutar a virilha de um filho da mãe?

— Lógico — respondi.

Ele sorriu.

— E se alguém te agarrar? — perguntou ele, de repente segurando minha cintura com força.

Me encolhi, quase em pânico. Ele nunca encostava em mim.

— Não resista assim. Fique calma, entenda onde está o polegar dele e puxe ali rápido e num movimento macio. Tenta.

Torci meu punho contra o polegar dele, de início de forma um pouco espasmódica, mas funcionou.

Meu pai me ensinou a escapar. Ele tinha habilidades surpreendentes como essa, truques que me mostrava mesmo quando eu não queria ouvir, mesmo quando eu achava que eu não estava nem aí.

†

Era verdade que os homens tinham vantagem sobre mim, mas eu tinha ganhado meus próprios músculos no mês anterior. E eu era rápida. Estava na melhor forma.

— Caramba — comentou Ashley um dia quando eu estava indo para o chuveiro de top esportivo e short de ciclista, com uma toalha jogada por cima do ombro. — Você ficou tipo a Britney Spears em 1999. Onde cacete você arrumou essa barriga trincada?

Tinha começado a cantarolar. Me sentia tão tensa que podia estourar, tão elétrica que o dedo de alguém talvez levasse um choque se me tocasse. Fodia com Weston nas poucas noites que passava lá. Passava uma perna por cima dele no sofá, agarrava com força o pescoço dele e sentava com tudo, a ponto de acidentalmente bater a cabeça na dele. Muitas vezes ele não chegava lá, e tudo bem por mim, porque significava que eu podia ir no meu próprio ritmo. Depois de eu mesma gozar, saía de cima dele. Aí ia ao banheiro, jogava água fria na cara e tentava desacelerar meus batimentos cardíacos.

Eu estava percebendo algo poderoso. A violência tomando a cidade, as manchetes crescentes: eu era parte de tudo. Vivia no crepúsculo vermelho-sangue desses crimes, mesmo depois de escurecer, quando eu estava sozinha e a cidade, em silêncio.

†

Emily voltou na semana seguinte e fingiu que nada tinha acontecido. A negação não era problema nenhum para mim. Ela tinha voltado ao álcool, com o cantil na mão. Todo mundo notava que, às cinco da tarde, quase sempre ela estava bebaça. O que tinha começado como uma experimentação normal da faculdade estava virando abuso de substâncias total. Ela estava quase ficando pior que a *Acabadashley*. Estava a um surto de ganhar o próprio apelido.

Março chegou, e mais um trimestre acabava. Uma tarde, encontrei cinco DGs sentadas de pernas cruzadas no chão do meu banheiro, com Emily no meio como em um sacrifício. Meu olhar foi para minha cama, mas todo mundo estava do lado de Emily do quarto. Não tinha como conseguirem notar o que estaria embaixo da cama, sob as tábuas do piso. Ainda assim, me senti nua, vulnerável, com elas tão perto do meu estoque escondido.

— Dá para vocês irem pra outro quarto? — falei.
— Não — respondeu Emily.
— Oi?
— Nós vamos ficar aqui. Senta ou vai embora.

Eu me sentei relutante, apoiando as costas na minha cama.
— Tiffany — disse Amy. — Transar, casar, matar.
— Matar — respondi na hora.
— Não, sua idiota. Eu tenho que falar os nomes primeiro.

Ela listou concorrentes do *The Bachelor*. Eu não tinha visto nada da nova temporada. Então Julie me deu os novos candidatos a entrar na SAE, mas eu não tinha ido a nenhuma das últimas festas de fraternidade. Não sabia responder.

— O que tá acontecendo, Tiff?
— Nada. — Eu precisaria de uma desculpa. — Andei ocupada este ano, me preparando pra me formar. Tenho coisas mais importantes na cabeça.
— Tipo o Weston?

Abriu um buraco no meu estômago. Eu o tinha deixado desmaiado na noite anterior, uísque numa das mãos, livro na outra.
— Relacionamentos tomam muito tempo. Dão trabalho.

— Se você está querendo dizer que vou ter que perder *The Bachelor*, vou ficar solteira — disse Amy.

Todo mundo riu.

As garotas só foram embora depois da meia-noite. Emily estava louquíssima quando todo mundo finalmente se mandou e foi dormir.

Subi na cama e tentei ler um dos romances que tinha pegado da biblioteca de Weston. Não consegui passar da segunda página.

— Já leu este livro? — perguntei a Emily, mostrando a capa.

Ela parou e focou os olhos no título.

— Sim, no último ano do ensino médio. É bem famoso.

— E?

— Todo mundo morre no fim.

Dei mais uma olhada e joguei em cima da mesa de cabeceira.

†

Todas as meninas ainda estavam fazendo coisas bacanas por Emily, escrevendo cartões e assando cookies sem glúten. Eu ignorei o surto anterior dela e deixei que pegasse algumas roupas minhas emprestadas — de outra estação, claro, os looks que tinha usado duas vezes com Weston, e, por mais que me doesse, algumas peças que já não cabiam na minha coxa e bunda.

Emily estava provando uma das minhas saias, admirando a fenda alta na perna.

— Acho que eu talvez use no meu encontro com Malcolm na quinta.

Era a primeira vez que ela o mencionava. Eu nunca tinha contado para ela que vi o nome dele no cartão que viera com as orquídeas. Eu tinha esquecido completamente de Malcolm nas semanas seguintes à mentira de Weston. Como eles tinham se conectado na internet eu não conseguia entender, mas não me importava a ponto de perguntar. Ainda assim, pensei na noite no clube, como tinha sido fácil ele conquistar Lydia e Tabitha. Emily seria um alvo ainda mais fácil.

— Por que você está a fim do Malcolm? — perguntei a ela.

— Olha todas essas flores.

Ela fez um gesto para a estufa do seu lado do quarto. Tinha se recusado a jogar fora qualquer um dos arranjos, então a metade tinha morrido, espalhando pétalas secas pela cômoda dela.

— Fala a verdade: você não está interessada nele. Só está interessada pelo fato de ele estar interessado em você.

— Qual a diferença?

— Vamos ser sinceras: você não é um dez nem aqui nem na China, mas, em termos de beleza, ele fica muito abaixo. Isso devia ser motivo de preocupação.

— Ele parece legal.

— Achei que você tivesse dito que queria um *bad boy*.

Emily deu de ombros.

— E eu não ligo pra aparência.

Dei risada. Então ela havia caído nessa armadilha.

— Você entende que homens feios e gordos também podem ser filhos da puta, né? Espero que você não ache: "Ah, ele tem barriga de chope e cabelo ruim, vai ficar muito grato de eu deixar meter em mim".

Emily estava balançando a cabeça.

— Qual é o seu problema?

— Só estou avisando: o Malcolm não é um cara bacana. E não é o tipo de *bad boy* que você está procurando.

— Parece que você está com inveja.

— Não fica se achando.

Eu tinha feito minha obrigação de irmã mais velha. Meu dever estava cumprido.

— Não se mete na minha vida — disse Emily.

— Pode deixar — falei. — Aprende do jeito difícil.

†

Weston estava com um livro mais grosso na mesa de cabeceira, esfarrapado e amarelado da primeira vez que ele lera no ensino médio, com dois homens na capa, trançados num abraço fatal.

— Parece tedioso — comentei.

— Nem um pouco.

Fui embora cedo da casa dele naquela noite. Ele tinha uma reunião na manhã seguinte em Burbank, ou foi o que disse. Fui forçada a admitir que, na metade do tempo, não tinha ideia do que ele estava fazendo ou pensando de verdade, se havia um muro de silêncio irracional ou avenidas intrincadas de atividade correndo em seu cérebro.

Eu tinha planejado ir a Hollywood, mas os dias de semana caçando sozinha andavam devagar. Ninguém que valesse a pena matar se achava num bar numa quinta às oito da noite.

Então eu estava de volta à casa da irmandade sem nada para fazer. As meninas estavam se aprontando para uma festa na Pike. Houve um momento em que eu teria ido com elas. Ainda no ano passado eu tinha passado o calendário letivo inteiro sem perder nenhuma.

As coisas estavam diferentes. Para começar, não podíamos divulgar nenhuma das festas. Não podíamos postar uma única foto. Não podíamos convidar ninguém de fora do sistema grego para as fraternidades, e o número total de pessoas tinha que ser menor que cinquenta. Isso só tornava tudo mais secreto e insano, segundo os relatos de Ashley. Não havia mais temas, não porque fossem contra a política, mas só porque ninguém queria fingir que essas festas eram qualquer coisa que não beber e foder sem pensar em nada. Sem documentar, não tinha mais importância. Sem regras, sem limites.

Ashley pediu minha chapinha emprestada enquanto fazia um esquenta. Estava fedendo a maconha e Smirnoff.

— Você vem hoje?

Considerei a oferta. A alternativa seria ficar sentada sozinha no meu quarto, vendo as flores de Emily murcharem, esperando uma mensagem de Weston.

— Acho que vou, sim — respondi.

— Caralho, era brincadeira. Bom, um brinde a isso. Vodca? — Ela fez um movimento para a maçaneta ao lado dela.

— Champanhe.

— Espero que goste de Roget.

Eu não punha os pés numa fraternidade desde o fim de Jeremy no Halloween. Queria testemunhar de novo a ferocidade de uma festa. Não usava algo vulgar fazia semanas. Decidi por um minivestido Versace vermelho. Fui tomar banho.

Quando voltei ao meu quarto, encontrei Emily sentada na cama se olhando no espelho do armário. Tinha algo estranho. Comecei a analisar as linhas de seu vestido. Chique, bem ajustado, de marca. Obviamente era meu, mas não do grupo que eu tinha permitido que ela pegasse. Ela ficou de pé e eu percebi o que havia de errado. Emily estava com o vestido Dior branco e preto que eu tinha usado na noite em que assassinei Tristan. A pele dela era um tom entre as duas cores contrastantes, e o vestido agarrava as curvas pontudas que ela tinha criado com uma dieta líquida de álcool.

Procurei sangue no vestido, no peito dela, pelo corpo, apesar de saber que não acharia. Eu não estava usando quando abri Tristan; o vestido já tinha sido jogado em cima da cama dele quando achei a faca. Mas eu só via um vermelho vivo e berrante.

— Tira o vestido. — As palavras saíram num sussurro.

— Estava no chão do seu armário. Você não usa faz meses.

— Você não vai usar isso na festa. Tira.

— Eu não vou na festa da fraternidade. Tenho um encontro com o Malcolm, lembra?

— Tira.

Emily não se mexeu.

— Não serve mais em você, de um jeito ou de outro.

Levantei o braço, fechei a mão num punho e bati na cômoda dela, quebrando um dos vasos de flores.

— Por que você não pode me deixar ficar com isto? Você tem tudo! — Emily fez um gesto pelo quarto. — Por que não pode simplesmente dizer: "Divirta-se"? Por que precisa estragar tudo pra todo mundo? Entende o tanto que as pessoas te odeiam?

— O vestido não é seu. Me dá. Não me faz repetir.

Emily não se deixou deter.

— Qual é o seu plano, Tiffany? Em quem você vai descontar o seu veneno depois de se formar? Quando não for mais a vaca-chefe? Suas palhaçadas de menina mimada não vão funcionar no mundo real. Quase não funcionam mais aqui.

— E quem você pensa que é? Pelo menos eu tenho namorado.

— Tem mesmo?

Percebi o olhar sabe-tudo dela, e um buraco se abriu no meu estômago. Emily continuou:

— Me escuta uma vez pelo menos: eu vou ficar com o vestido, vou sair e você pode fazer sei lá que merdas bizarras faz a noite toda sozinha. Pois é, acha que eu não percebo que você sai quase toda noite? Eu não me meto na sua vida. Não se mete na minha!

Ela nem esperou uma resposta. Ouvi o barulho desengonçado de seus saltos descendo a escada e a batida da porta da frente.

— Seu velório — sussurrei.

Fiquei paralisada por um segundo até Ashley entrar com uma garrafa de Malibu.

— A briguinha acabou? É hora da festa.

†

Eu não tinha perdido nada, percebi rápido depois de chegar à festa da casa Pike. Me vi imediatamente lá em cima, já que as proibições tinham sugado o dinheiro para pagar um DJ. Sem tema, sem DJ, sem multidão, todo mundo enchia um copo grande de plástico e se mandava para um quarto. Amy e Ashley tinham se juntado a mim, mas rapidamente saíram, cada uma com um cara do segundo ano. Sobrei com Jimmy, estudante de economia do terceiro ano, vindo de Ventura, que não tinha nada exceto bebidas de excelente qualidade e uma BMW. Era bom o suficiente para um dia.

— Cadê sua colega de quarto? — perguntou ele.

— Foi tomar decisões péssimas.

— Parece incrível.

Talvez eu estivesse errada sobre a noite no clube no aniversário de Weston. As bebidas, o desaparecimento de Tabitha e Lydia. Tinha predadores em todo canto. Estava toda manhã nas notícias. Talvez Malcolm não tivesse nada a ver com tudo isso.

— Você não tem namorado? — perguntou Jimmy, começando a me servir um copo de vodca Tito's.

— Nada de vodca. Quero uísque, o mais caro que você tiver. E, sim, tenho namorado.

— Então por que está aqui?

— Não é traição ir numa festa, sentar e conversar — falei.

Ou estripar você no fim da noite depois que você desmaiar.

— Claro. Mas você não foi em nenhuma festa da Pike este ano. Eu lembraria. Não estamos aqui fazendo cookies. A gente festeja e fode. Você está solitária ou algo do tipo?

A pergunta dele me abalou um pouco, e respondi com sinceridade.

— Acho que sim.

Ele segurou minha nuca, esfregou meus ombros, massageou a parte de trás do meu couro cabeludo. Foi gostoso, eu não lembrava da última vez que Weston tinha me tocado assim. Fechei os olhos. Aí senti minha cabeça mergulhando. Percebi o que estava acontecendo quando a mão dele apertou mais forte meu cabelo e ele pressionou minha cabeça em seu colo. Percebi, mesmo com o jeans, que ele estava de pau duro.

Me levantei com um solavanco.

— Para, Jeremy.

Eu devia saber que isso ia acontecer numa fraternidade.

— Ei, eu estava recebendo todos os sinais. E é Jimmy.

— Quê?

— Meu nome é Jimmy.

Procurei minha bolsa. Tinha sido idiota vir numa festa, para começo de conversa. Eu não podia assassinar Jimmy de todo jeito; tinha cinquenta pessoas apinhadas feito sardinha nos quartos e corredores do andar de cima.

— Quer ver uma coisa legal? — perguntou Jimmy.

— Seu pinto não merece ser descrito assim.
— Não, outra coisa.

Ele estendeu a mão para uma das prateleiras do alto, onde a maioria dos membros guardava a melhor maconha. Puxou um bauzinho de madeira e abriu, revelando um revólver.

— É um .44.

Isso chamou minha atenção.

Ele passou o copo vermelho para a mão esquerda e equilibrou a arma na outra.

— Que tal?
— Pra que serve?
— Proteção. Esses assassinatos, essa merda, não vão acontecer aqui, não nesta casa. Todos nós temos armas.
— Nós?
— Os irmãos. Tem uma arma em cada quarto.

Meu coração disparou.

— Você já atirou alguma vez? — perguntei.
— Está de brincadeira? Lógico que já.

Ele apontou o revólver para a janela, depois para o pôster de uma Playmate, fingiu explodir cada um. Aí se virou para mim. A mão dele estava fechada no gatilho enquanto ele apontou o cano diretamente para minha cabeça.

— Não faz isso — falei.
— Não precisa se assustar — disse ele, e riu. — O negócio não está carregado. Eu não sou idiota.

Mantive os olhos nele, o corpo paralisado, até ele enfim abaixar a arma.

— Viu? — continuou, abrindo a câmara e segurando de cabeça para baixo. Duas balas pularam na cama dele. — Porra, foi mal.

Me levantei para ir embora.

— O Trent deve ter recarregado ou algo assim.
— Bom te conhecer.

Derrubei minha bebida no chão e saí pela porta do quarto antes de ele ter guardado a arma de volta na caixa.

Corri até em casa, pensando em cada membro da Pike com uma arma carregada. Era questão de tempo. Aquela cidade estava prestes a explodir.

24

Quando voltei à casa da irmandade, achei Emily bloqueando a porta do nosso quarto, enrolada no chão, só de sutiã e calcinha, e soube que tinha razão sobre Malcolm, sobre tudo. Mal sabia ela que tinha sorte de estar viva, de ser depositada de volta na casa e não largada ao lado de um viaduto.

Ainda assim, eu sabia como era aquela primeira noite em que você chegava em casa sem ter certeza do que tinha acontecido horas antes. Cada menina da irmandade tinha a própria versão da mesma história, a própria manhã seguinte com que lidar. Eu me lembrei daquela primeira semana como caloura. Eu tinha conhecido um Malcolm, precisado voltar a pé com as roupas da noite anterior, me perguntando se o sangue acumulado entre minhas pernas escorreria para as coxas antes de eu chegar ao quarto da faculdade. Era coisa típica do primeiro ano. Você ficava mais esperta e seguia em frente.

Me sentei na cama de frente para Emily.

— Sabe, aconteceu a mesma coisa comigo.

O corpo dela, nas sombras, se mexeu de leve, mas ela não falou por um minuto.

— Foi o Malcolm? — perguntou ela, enfim.

— Não, outra pessoa. Não lembro mais o nome dele. Você também vai esquecer.

— Acho que não. E não finge que você é igual a mim. Nós não temos nada em comum.

— Eu só estava tentando ajudar — falei.

— Nada disso ajuda, se você estiver realmente tentando ser legal. Mas não estou mais nem aí. Eu sei a verdade sobre você.

Senti um frio na barriga.

— E que verdade seria essa?

— Você é uma puta de uma falsa. Eu entendi isso há muito tempo.

†

Emily passou a noite toda no chão do nosso quarto. Eu não queria ver como ela estaria à luz da manhã, então passei a noite no antigo quarto de Mandy e Amy. Nunca mais vi meu vestido Dior, mas não achava que fosse querer o que tivesse sobrado dele.

Eu podia ter ficado com Weston, mas queria estar por perto, só para o caso de Emily botar na cabeça que queria fuçar no quarto sem supervisão, caçar nas minhas coisas. Passei mentalmente o inventário: eu tinha uma faca enfiada numa cômoda, um pouco de corda no fundo do armário e um alicate grande atrás do espelho. Claro, nenhuma das armas tinha sido usada, então eram impossíveis de rastrear. Eu saía à noite com tanta frequência que era conveniente ter extras por perto para não ter que sair para comprar.

Eu entrava no meu quarto algumas vezes a cada dia quando tinha certeza de que Emily estava no banheiro, para pegar minhas roupas e olhar rápido embaixo da cama. Ficar longe do meu cofre estava me matando, mas eu não conseguia habitar o mesmo cômodo de Emily.

Depois de quatro dias, voltei para o quarto e encontrei Emily vestida com uma calça de moletom falsificada e um blusão da faculdade. Mandy estava conversando com ela, dando tapinhas nas costas.

— Te amo, miga — disse Mandy.

Emily passou por mim em silêncio.

— Ela não quer te ver — falou Mandy.

— É, porque eu falei a verdade sobre o Malcolm. Ela devia ter me escutado. — Pausei. — O que aconteceu?

— O que você acha?

Mandy espalhou a notícia com mais detalhes naquela noite, quando as meninas estavam reunidas na sala de estar depois de Emily sair cambaleando para a cama.

— Ela quer denunciar — explicou Mandy. — Arrastar a casa toda pra isso.

— Sabe, será que é necessário mesmo? — perguntou Ashley. — A gente já mal pode fazer festa. Tecnicamente ela não se lembra de nada, então como sabe? Todas as fraternidades estão banindo o Malcolm. Ele nunca mais vai pisar numa festa.

— O que a Emily precisa é de uma comédia romântica — disse Mandy. — E sorvete.

†

Na noite seguinte, Weston foi até a casa para me levar para jantar. A gente não se via fazia uma semana. Ele chegou de Porsche quinze minutos adiantado, e eu não estava nem perto de estar pronta.

— Pode me dar uns minutos? — pedi, quando ele ligou da entrada.

— Sabe, eu nunca vi o seu quarto.

Parecia impossível. Ele tinha me pegado em casa dezenas de vezes, mas era verdade. Ele nunca tinha subido.

Falei para ele que tudo bem, para subir por um segundo, mas não gostei de vê-lo entrar na casa da irmandade, atravessar meu quarto e se sentar na cama, bem em cima do meu cofre. Weston não devia estar em meio a todo aquele branco e espelhos.

Claramente, ele também achava.

— Você vai ficar pronta logo? — perguntou.

— Vou.

— Esse livro é meu? — disse ele, olhando para a mesa de cabeceira.

— Ah, é. Você me deixou pegar emprestado.

— Deixei?

— Lógico. Não lembra? Você tinha bebido.

Era tão fácil meter uma mentira dessas. A memória lamacenta dele era o único álibi de que eu precisava.

— O que achou até agora? — perguntou ele.

— O que eu achei do quê?

— Do livro.

— Interessante.

Fui até o banheiro para terminar de passar chapinha no cabelo. Quando voltei, Emily estava do lado dela do quarto, na cama, de frente para Weston, os dois com as mãos no colo.

— Vai melhorar? — perguntou Emily.

— Não sei — respondeu Weston.

Senti um buraco no estômago. Eles estavam falando de mim? Conversavam quando eu não estava? Eu me lembrei de quando tinha observado Weston e Dean, as testas suadas se tocando no clube. Como se eu estivesse a um milhão de anos-luz de distância.

Entrei no quarto.

— Vamos, Weston.

Ele sacudiu a cabeça, como se saindo de um sonho.

— Estou ligando o carro.

— O que você estava falando pra ele? — questionei a Emily.

— Ele está sentindo falta de alguma coisa.

— Quem? — perguntei.

— O Weston. Está perdido.

— Obrigada pela dica, Emily. Que tal se preocupar com a sua própria vida? Bebe mais um pouco.

— Não estou mais bebendo. — Emily fez um gesto para o Gatorade verde-limão que segurava.

— Meio tarde pra sobriedade, né?

— É minha primeira semana.

— Como você se sente? — perguntei.

Emily soltou o Gatorade e se acomodou na cama.

— Como se tivesse sido atropelada.

Ela olhou para o teto.

— Você acha que o Malcolm um dia vai ser punido? — quis saber ela.

— Ele é bem rico — respondi.

— É. Então de jeito nenhum. Foi o que eu achei.

Dei de ombros. Era verdade. O que mais havia a dizer?

25

Na noite seguinte, fui a um bar novo, em uma parte cafona de Hollywood, ao sul do Sunset. Disse a mim mesma que era necessário, que eu tinha que visitar uma parte diferente da cidade a cada vez por segurança, para não ser reconhecida. Era só uma coincidência o fato de ser um dos locais mais frequentados por Malcolm.

Peguei o ônibus e observei as ruas ficarem mais sujas à medida que mais e mais corpos se aglomeravam nos bancos acarpetados com uma crosta de sujeira. Éramos três pessoas quando começamos o trajeto em Westwood. Quando o ônibus chegou à Cahuenga Boulevard, só havia lugar em pé. Seria melhor descer algumas paradas antes e caminhar o resto do caminho.

Dei uma olhada em uma placa de alerta na janela. SE VIR ALGO, DENUNCIE! Todos ao redor estavam atentos, desconfiados. Passei o dedo pela faca que estava sob o cós da minha calça jeans e me perguntei se ele estaria lá.

Quando cheguei à boate, pedi um refrigerante com vodca em um bar com glitter no balcão. O local era todo decorado em dourado — cortinas, tampos de mesa e porta-retratos dourados sem fotos. Eu ainda estava tomando meu primeiro drinque quando vi Malcolm. Ele estava vestido com uma camisa prateada que parecia escamas de peixe. Imaginei que seu cheiro também fosse igual, cheiro de sardinha e carne macia e estragada.

Ele me viu minutos mais tarde, depois que me acomodei atrás dele, longe o suficiente para que pensasse que tinha me achado, que era ele quem estava caçando naquela noite.

— Tiffany — disse ele, orgulhoso de si mesmo.

Fingi estar lisonjeada por ele saber meu nome, o tempo todo pensando: *Isso não vai dar certo. Como alguém como ele poderia pensar que eu estaria minimamente interessada?*

Malcolm estava acostumado a conseguir o que queria. E sabia ser gentil quando estava a fim, mandando flores, bilhetes bonitos. Mas aquela era uma de suas noites de crueldade; já dava para perceber. Ele pegou minha vodca com refrigerante e colocou sobre o balcão, ainda pela metade, e depois pôs uma nova bebida na minha mão. Ordenou que eu bebesse. Encostei meu copo no dele e bebi tudo em dois goles fortes. O gosto era metálico, meio estranho.

— Ufs — falei. — Subiu direto pra cabeça.

— Isso mostra que está funcionando — respondeu ele, com a língua deslizando por apenas um segundo sobre os dentes da frente.

— Preciso fazer xixi. Volto já.

Ele agarrou meu braço de repente, antes de relaxar o aperto e me soltar.

— Vê se volta logo. Vou te esperar.

Fui até o banheiro e encontrei a última cabine pintada de dourado. Não me preocupei em mascarar educadamente o som que fiz quando pressionei o dedo indicador na parte de trás da língua, o respingo contra a lateral do vaso sanitário. Eu precisava ter certeza de que tinha vomitado cada grama da bebida mortal dele. Quando terminei, procurei minha faca e a levei do elástico da cintura para o bolso interno da minha jaqueta de couro.

Quando saí da cabine, a moça na pia estava tão perto que poderia ter sido minha sombra. Ela me entregou uma toalhinha para limpar o rímel que havia se acumulado nos cantos dos meus olhos. Pôs uma bala de hortelã na minha mão. Eu chupei com força e depois quebrei em pedacinhos.

— Aí está você — disse Malcolm quando retornei.

Ele pegou minha mão e me deu um giro forçado, observando meu corpo. Fingi estar desequilibrada, como ele esperava.

— Quer dar um passeio de carro ao luar? — perguntou.

Ele encostou a mão na parte inferior das minhas costas antes que eu pudesse responder, e deixei que ele me empurrasse pela multidão até a saída.

— O carro está lá atrás.

Ele abriu a porta do passageiro de seu Lamborghini preto e me ajudou a entrar. Todos esses gestos, que poderiam ser interpretados como cavalheirismo por uma garota ingênua, eram apenas garantias de que ele estava no controle da situação. Ele teria me amarrado como um fantoche se pudesse.

Ele bateu a porta e assumiu seu lugar ao volante. Notei que precisou puxar o assento para alcançar o pedal do acelerador, com a barriga dobrada na parte de baixo do volante.

— Pra onde a gente vai? — perguntei.

— Surpresa.

Ele acelerou em um impulso surpreendente e começou a atravessar as duas pistas da Sunset.

— Eu já vi você em festas — disse Malcolm. — Sinto que já te conheço. Em que ano você está?

— Quinto ano.

— Quase saindo daqui. Eu também.

Eu me inclinei contra o encosto de cabeça para não ter que ver aquela barriga, espremida nas linhas angulares do interior do carro. Malcolm interpretou como cansaço.

— Você parece cansada. Pode descansar.

Eu tinha luvas enfiadas dentro da jaqueta de couro e coloquei minhas mãos nelas.

— O que aconteceu com aqueles vestidos minúsculos do ano passado?

— Esta roupa é um pouco mais sutil.

— Você está parecendo uma sapatão. Sem ofensa.

Lá estava: aquela crueldade. Olhei para meus jeans Levi's escuro, minha camiseta preta com gola V da Calvin Klein. Eu gostava de me vestir assim. Podia me movimentar com liberdade, perdendo apenas para quando não estava usando nada.

Pensei em quando me aproximei de Dean naquela noite, nua e brilhando, um pouco bêbada.

— Eu entendo — Malcolm continuou. — Você engordou uns quilos entre os períodos escolares. Não pode mais usar aqueles microvestidos.

Ele não tinha olho para detalhes. Não conseguia ver os músculos escondidos sob o tecido, não notou meu corpo se contrair enquanto eu mordia a lateral da bochecha.

Malcolm estava dirigindo para o norte, em direção às colinas. Perto de onde eu havia matado Dean, só que mais ao leste. Passamos por um bairro pacato e percebi que ele estava me levando para o Griffith Park. Ele pegou a rota turística, logo abaixo da placa, com casas ao alcance da voz. Estava fazendo tudo errado.

— Quer parar aqui? — perguntei. — Que tal a gente ir mais longe? Tem uma estrada secundária que dá direto em um dos portões dos fundos. É isolado. Romântico.

Ele olhou para mim, sem dúvida furioso por eu ainda estar consciente. Eu não conseguia me conter. Não queria que ele estragasse tudo escolhendo um local movimentado.

— Eu sempre faço caminhadas perto do Canyon — contei. — Tem menos gente. É perto.

— Ei, que tal você calar a boca e me deixar dirigir?

— Ok, eu posso fazer isso.

Levantei as mãos, impotente, confusa. Como se eu não estivesse acostumada a palavras severas, como se não tivesse sido criada com gritos de homens. Voltei a me acomodar no encosto de couro.

Mas Malcolm seguiu minha instrução, saindo da rua mais movimentada e indo ligeiramente para o leste, na escuridão das estradas sem iluminação.

Ele estava ficando nervoso. Eu ouvia o rangido do couro quando ele apertava o volante. Que bom. Deixei que seus sentimentos me excitassem, já que seu corpo flácido com certeza não o faria. Eu sabia que ele queria que eu ficasse quieta, mas eu não estava pronta para deixá-lo escapar tão facilmente.

— Tem uma onça-parda circulando por aqui — comentei. — Ela atravessou seis faixas de estrada.

— Acho que não vamos ter que nos preocupar com ela esta noite.

Eu queria que Malcolm pensasse que ainda estava no controle.

— Você acabou ferrando com a minha colega de quarto — falei para ele.

— Quem?

— A Emily.

— Ah, ela. Na verdade eu não fiz nada. Não sei qual é o problema dela. Não tem senso de humor. Eu só estava brincando.

Malcolm se virou para mim e apertou minha coxa.

— Você gosta de brincar, né? — perguntou.

Olhei em volta. Finalmente havíamos nos afastado da torre brilhante de casas nas colinas.

Malcolm estava sorrindo, apertando minha perna com força, tentando ganhar coragem. Eu conseguia ler seu rosto tão facilmente.

— Eu mal toquei na Emily. O que você acha que eu vou fazer com você?

Dei de ombros.

— Você está assustada?

— Extremamente.

— Você é muito burra de vir aqui comigo. Claro que é, olha a sua cara. Você cometeu um grande erro. O talão de cheques do papai não vai te livrar dessa.

— Meu pai morreu — afirmei categoricamente.

Malcolm tentou se virar. Ele ainda estava nervoso, mas estava começando a sentir aquela onda de raiva. Eu também sentia.

Chegamos aos portões de três metros de altura instalados em um vale inclinado de arbustos que guardavam a entrada do parque. Suas portas só seriam reabertas ao nascer do sol.

Continuei a me conter, fingindo medo. Eu tinha chegado tão longe, suprimido meus impulsos no momento certo. Me perguntava se poderia fazer tudo o que queria com Malcolm sem tirar a roupa dele. Eu não queria ver nada de sua barriga polpuda e de seus pelos.

Esperei até ele parar o carro. Quando Malcolm soltou o cinto de segurança e começou a tatear o cinto da calça, achei que era um momento tão bom quanto qualquer outro. Eu não queria abusar da sorte. Qualquer garota sã e indefesa, por mais idiota e alheia que fosse, fugiria naquele momento, então abri a porta e corri, mas não muito rápido, em direção ao interior do parque.

— Que porra você acha que está fazendo? — perguntou ele. — Aonde pensa que está indo?

— Sai de perto de mim — gritei, sem muita convicção.

Parei no portão, como se não tivesse certeza de que conseguiria passar por cima dele. Aproveitei o tempo para ajustar minhas luvas. Tinha que fingir que não sabia exatamente o que estava prestes a acontecer. Talvez eu devesse tropeçar, ficar de quatro por um segundo para que ele me alcançasse.

Me levantei e comecei a escalar o portão, intencionalmente desleixada, como se eu não conseguisse saltar por cima da parte final. Mesmo indo o mais devagar possível, desmontei com facilidade no leito de terra abaixo antes mesmo que Malcolm tivesse escalado o topo. Sua camisa espalhafatosa ficou presa na parte de cima do portão. Ele rasgou o tecido, escorregou e caiu de costas na terra. Não se levantou por alguns segundos, e tive que ir ver se ele ainda estava consciente.

Um cara como ele deveria ter usado uma arma. Para minha sorte, éramos apenas nós dois e minha lâmina. Olhando para ele curvado, tossindo o maço de cigarros que havia fumado no clube, decidi que devia ser a primeira vez dele com uma vítima consciente.

— Cadê você, sua vaca? — gritou ele, cambaleando para se levantar.

— Aqui — ofereci, andando para trás, devagar e com cuidado, em direção a uma bela clareira aberta no meio do parque.

Puxei a faca, treinando o corte limpo que faria em seu estômago, logo abaixo da dobra de gordura. Ele correu até mim como um animal imundo.

O mais incrível foi que até o final, bem no fim, depois de eu ter conduzido Malcolm por oitocentos metros para dentro do parque, o desarmado, destruído as duas rótulas dos joelhos e rasgado suas calças, deixando-o nu, foi só nos últimos momentos, deitado de costas, que ele finalmente percebeu que não havia vencido.

26

Na manhã seguinte, eu estava tão animada que comprei miniaturas da Sephora para toda a casa. Era fácil ser benevolente, compartilhar minha riqueza, quando eu tinha tudo. Eu não me sentia tão bem fazia semanas. Sempre ficava melhor no dia seguinte a uma morte.

Dei a Ashley o Clinique e o Yves Saint Laurent, o melhor de todos, então ela se ofereceu para me preparar o café da manhã em troca. Eu me acomodei na cabeceira da mesa na sala de jantar. O antigo lugar de Camilla.

Ashley me serviu um prato de ovos pochê em uma torrada com espinafre de acompanhamento. Não tinha bacon, mas eu podia lidar com isso. Comecei a comer.

A notícia chegou mais cedo do que eu esperava, trazida por Amy em seu iPad.

— Outro assassinato. Desta vez um cara jovem — anunciou ela, casualmente, até que começou a ler os detalhes.

Em seguida, ela largou a torrada de abacate.

— Puta merda — disse ela, e começou a ler o relatório policial em voz alta.

Não era mais um assassinato comum.

Espetei o ovo no meu prato com o garfo, deixando a gema derramar sobre o pão e encharcá-lo. Dei uma mordida.

Alguém fazendo uma trilha havia encontrado o corpo. Ou sentido o cheiro dele, para ser mais precisa. As descrições eram gráficas, e alguns dos detalhes surpreenderam até a mim mesma quando articulados em termos clínicos brutos.

— Dizem que ele pode ter estado consciente enquanto era torturado — contou Amy, terminando de ler a reportagem.

— Impossível — disse Mandy, apontando para seu celular. — Ninguém consegue ficar acordado, muito menos vivo, enquanto tem o pênis e as bolas enfiados na garganta. Uma vez, sem querer, dei um chute nas bolas do Dan durante as preliminares, e ele ficou inconsciente por uns dez segundos.

Ashley acrescentou:

— O TMZ está dizendo que tecnicamente foram os coiotes que mataram ele.

Todas as garotas estavam fixadas nos celulares, encontrando o próprio acréscimo sórdido à história, batendo furiosamente os dedos nas telas. Todos os principais jornais e tabloides haviam noticiado o fato em questão de horas. Finalmente uma morte digna de atenção nacional.

As meninas estavam paralisadas com os vários relatos, todos os cenários possíveis de tortura. Tive de morder o lábio; queria dizer a elas que não precisavam disputar teorias, decidir se ele havia sido estuprado, esfaqueado ou estrangulado. Eu havia feito todas essas coisas durante a noite.

Fiquei imaginando quanto tempo levaria para identificarem Malcolm. Embora eu tivesse cortado a maior parte de seu corpo, tomei o cuidado de deixar seu rosto praticamente intacto. Tive de quebrar a mandíbula para abrir a boca dele o suficiente, mas tomei o cuidado de não fazer muito mais em seu rosto. Eu queria que os pais vissem o que eu havia feito com o pequeno príncipe deles. Queria que tivessem que confirmar o pedaço de carne que restou.

Terminei meus ovos e Ashley pegou meu prato. Eu tinha um dia de trabalho pela frente. A automanutenção havia ficado em segundo plano no mês anterior. Eu tinha começado a consolidar todos os meus esforços cosméticos em apenas um dia por semana. Primeiro, dirigi até Brentwood para ir à manicure. Eu havia rachado a lateral da unha do polegar e quebrado duas unhas na noite passada. Elas precisavam ser mantidas curtas, sem acrílico, mas isso não significava que não pudessem ser femininas. Optei por um esmalte em gel lilás, algo suave para a primavera que se aproximava.

Em seguida, fiz depilação com cera. Tinha começado um rodízio de spas em Westside. Não queria chamar muita atenção para as várias marcas e hematomas que não paravam de aparecer nas minhas coxas e canelas.

A esteticista de uma pequena clínica na Sawtelle me fez tirar a calça e ficar de quatro sobre a mesa, e pensei na noite anterior, quando Malcolm estava de joelhos. Logo antes de perder a última parte de sua dignidade e começar a implorar.

Ele havia falado demais, ainda achando que eu poderia soltá-lo por causa do dinheiro dos pais, sem entender que o patrimônio líquido da minha família era maior e que o fato de ele achar que o dinheiro poderia ser um atrativo só me deixava mais irritada. Desviei facilmente de sua tentativa de agarrar meu tornozelo na escuridão do parque. Bati com força na lateral da cabeça dele e o joguei de costas, ignorando seus gritos.

— Dá pra se acalmar? Preciso me concentrar — falei.

— O que você vai fazer?

Esse foi o momento em que o terror se instalou, e aquele olhar fez tudo valer a pena.

Arranquei sua calça e abri suas pernas. Eu não havia previsto o crescimento de pelos que estavam enterrados lá embaixo — eles se estendiam até a metade das malditas pernas. Tive que arrancar alguns deles com um canivete só para poder encontrar aquele pênis triste.

Àquela altura, seus gritos se tornaram guturais, gorgolejantes, como se ele estivesse engolindo sangue.

— Tenho que ser delicada aqui. Você precisa ficar quieto.

Ele havia se acalmado por apenas um momento, até que mostrei o bisturi. Aí ele gritou até o fim.

Eu estava de barriga para cima, terminando o procedimento, com o cheiro de cera quente fazendo meu nariz formigar. A esteticista falou pela primeira vez em uma hora.

— Você é resistente para dor.

— Para ficar bonita, tem que ser — respondi, enquanto me curvava para colocar minha calcinha de volta.

Uma vela próxima exalava um aroma de tangerina e rosa. Vi sangue na minha calcinha, gotículas subindo à superfície da minha pele.

†

Quando retornei à casa da DG, todas sabiam que o cadáver era de Malcolm. Eu não estava acompanhando as notícias durante minhas tarefas. Sem querer, deixara meu celular no quarto de novo. A última vez que eu tinha visto minhas redes sociais tinha sido no início da tarde, quando "Estudante morto" aparecera no meu *feed* como *trending topic*. A notícia já tinha obtido doze mil visualizações.

— Como você não ficou sabendo disso? — perguntou Mandy. — Está explodindo nas redes sociais. Tem até uma hashtag agora.

Olhei para o celular dela e vi a hashtag: #comeuoprópriopau.

— Deixei meu celular no quarto — expliquei.

Ela me olhou como se eu tivesse acabado de admitir que havia comido um cachorro.

— Como você pôde fazer uma coisa dessas?

É claro que não fora um acidente. Eu não podia levar meu celular quando saía na maioria das noites; não podia arriscar o rastreador GPS, qualquer chance de vigilância que pudesse ser acionada em um segundo por investigadores querendo confirmar meu suposto álibi. Celulares nunca mentiam.

No início, sair sem meu iPhone me aterrorizava. Eu me sentia despida, mais nua do que nas centenas de vezes em que estivera realmente sem roupa. Apenas um ano antes, deixar meu telefone no quarto ao lado teria sido incompreensível: a possibilidade de mensagens perdidas, telas atualizadas.

Então algo começou a mudar naquelas noites em que eu saía sozinha. Comecei a captar o som dos batimentos cardíacos, meu ritmo interno, e tentei ouvi-lo, ler esses sinais em vez das notificações na tela do celular. Sentia a corrente sob a pele, o pulso do sangue correndo do meu centro para as extremidades mais distantes. O calor. Gostava de não haver nenhuma indicação de onde eu estava, nenhum *pin* no mapa que me colocasse em determinado lugar. Sem identidade, sem celular, a pé e sozinha na cidade, eu não era ninguém. Eu poderia estar em qualquer lugar, em todo lugar.

†

Naquela noite, as meninas se reuniram na sala de estar para discutir os últimos acontecimentos. Era apenas uma repetição de tudo o que havia acontecido, todos os detalhes sórdidos, mas com o nome de Malcolm incluído, seu corpo preenchendo as linhas gerais que elas haviam pintado no início do dia, quando ele era uma vítima anônima.

— Aposto que ele estava usando uma daquelas blusas chamativas prateadas, douradas ou algo assim.

— Você acha que foi um cara de fraternidade que fez isso?

— Talvez um sequestro que deu errado? A família dele era muito rica.

— Tem um culto em Laurel Canyon. Eles se autodenominam os novos Masons.

— Mansons, idiota.

Fomos para a sala de jantar para comer a comida forrageira que Julie havia pegado no mercado do fazendeiro, uma merda que literalmente esquilos comeriam em um banco de ponto de ônibus. Eu precisaria sair para ir ao supermercado sozinha mais tarde.

— Ouvi dizer que o irmão mais novo odiava ele. Provavelmente queria sua parte da herança.

As meninas estavam em êxtase. Todas, menos Emily. Ela havia chegado para o jantar mais tarde. Seus olhos estavam claros. Eu percebi que ela não estava bêbada. Seus olhos me sondavam, com preocupação estampada no rosto.

Engoli minha garfada cheia de espaguete de abóbora, uma imitação mole de macarrão. Sorri e dei uma piscadinha para ela.

Seu rosto se enrugou, e ela deslizou a cadeira da mesa tão rápido que parecia um truque de mágica. Subiu a escada antes que eu pudesse dizer uma palavra.

Decidi visitar Weston no trabalho no dia seguinte. Assim como ele nunca tinha ido ao meu quarto, percebi que nunca tinha visto seu escritório. Durante todo o nosso namoro, o mais próximo que eu chegara tinha sido ouvir o gemido que ele soltava toda vez que passávamos pelo cruzamento Santa Monica-Wilshire perto do prédio comercial.

Eu estava com saudade. Ele não ligava havia dias. Tudo o que eu tinha recebido eram algumas mensagens perdidas. Mas não deixei que isso me desencorajasse nem que diminuísse meu ótimo humor após o assassinato de Malcolm. Decidi que faria uma surpresa para Weston, levando um almoço. Encontrei seu endereço em um de seus antigos cartões de visita. Consegui escanear o QR code do cartão e jogar o endereço diretamente no Google Maps. O prédio era grande, um complexo corporativo de luxo padrão em Century City.

Localizei o andar de Weston — o sétimo — e me preparei para encontrá-lo. Foi muito mais fácil do que eu esperava. Não havia recepcionista nem uma mesa alta e rodeada por vasos de plantas onde eu devesse me anunciar. A planta do andar era aberta, e o esquema de cores poderia ser descrito como transparente. Era tudo de vidro. Cada um tinha um pequeno pedaço, fechados em pequenas caixas quadradas e transparentes. Examinei uma linha de seis cápsulas e vi Weston na quinta. Acho que eu estava esperando um pouco mais de mogno, um toque de esmeralda da cor do dinheiro, os chefões enclausurados na fumaça do charuto.

O escritório de Weston era grande, se é que se podia considerar aquilo um escritório. Não havia muita coisa além da mesa e uma tela plana montada no alto de uma das paredes de vidro, com fios de cabos errantes à mostra.

— O que você está fazendo aqui? — perguntou ele, depois de eu ter suportado uma caminhada dolorosamente longa sob seu olhar.

— Estava tentando te surpreender. — Peguei minha bolsa. — Trouxe sanduíche.

Eu também ia te fazer um boquete embaixo da mesa, quis acrescentar. Olhei em volta. Um nerd em uma copiadora e duas vacas perto do tanque de água viraram a cabeça, como se não estivessem olhando para as duas pessoas mais bonitas do escritório.

— Modelo de escritório aberto. Supostamente promove a sinergia e todas essas besteiras.

Qual era o sentido de seu suposto poder se ele não podia aproveitar nada?

Weston não quis comer o sanduíche, então fiquei olhando para o meu, incapaz de comer algo tão grande sob o olhar dele e das duas dúzias de pessoas com acesso aberto, todas olhando lá para dentro.

— Eu te disse que odiava este lugar — disse ele.

— Você vai embora já, já? — perguntei.

— Vou tomar um drinque com uns caras depois do trabalho. Mas encontro você lá em casa — falou Weston.

Eu sabia o que isso significava. Queria pegá-lo antes que ele já tivesse tomado pelo menos três drinques.

— Bom, vejo você mais tarde, então.

†

Passei o resto da noite me masturbando na cama, pontuando cada orgasmo com uma olhada na hashtag de Malcolm. A história ainda estava nos *trending topics*, quinze milhões agora.

Dirigi até a casa de Weston um pouco depois das dez. Não perdi tempo; subi em cima dele no sofá, com um vestido de seda que ia até o chão.

Eu havia me encharcado com perfume J'Adore, mas não tive nenhuma reação. Ele não ficava duro.

— Desculpa, não sei o que está acontecendo — disse Weston, mas não me pareceu um pedido de desculpas.

— É porque você bebeu demais. De novo.

— Pois é, mãe.

— Isto aqui é bom?

Passei a mão entre suas pernas.

— Não.

Saí de cima dele e me servi de um copo de uísque. Olhei para mim mesma no espelho do bar. Eu teria que sair novamente aquela noite, engolir os olhares famintos de estranhos até encontrar uma vítima que pudesse engolir inteira. Eu me sentiria melhor depois. Sempre me sentia. Nunca havia traído Weston. Em vez disso, compartilhava o último suspiro de cada vítima, seu sangue quente em vez de esperma. Pensando naquele momento especial, esvaziei meu copo em um só gole e o enchi novamente. Eu estava servindo um terceiro copo quando Weston pegou a garrafa da minha mão.

— Meu Deus. Vai devagar.

— Que foi? Está preocupado de eu não deixar o suficiente para você?

Olhamos um para o outro. Então tentei novamente, voltando para cima dele, sem me importar se meus joelhos pressionavam sua barriga. Empurrei seus ombros contra o sofá. Encostei meus lábios nos dele, quase um beijo. Mordi seu lábio inferior. Provar Weston costumava ser tão bom quanto matar. Eu queria isso de volta.

— Tudo bem, vamos pra cama — disse ele.

Não se tratava mais de sexo.

— Não vou dormir. Quero que você acorde! — gritei. — Olha pra mim! Sente alguma coisa!

O uísque havia inundado minhas veias, me deixando solta e poderosa. Meu bom humor estava arruinado. Eu queria uma liberação rápida, forte e um pouco dolorosa.

— Não consigo — falou Weston, contorcendo-se para longe de mim.

— Você consegue sentir isto? — perguntei e dei um tapa de mão aberta na cara dele o mais forte que pude.

Houve um estalo e sua cabeça foi jogada para trás.

Eu havia batido em Weston sem pensar. Era a primeira vez que fazia isso com ele, que o machucava da mesma forma que já havia feito tantas vezes antes, com tantos outros caras. Foi tão fácil quanto soltar um suspiro longo e profundo. Isso me aterrorizou. Tentei fingir que não era nada.

— Não vai ficar roxo — comecei a dizer, mas Weston estava se levantando, me empurrando para longe.

Caí no piso de madeira dura e agarrei seu tornozelo.

— Espera, Weston.

Ele chutou meu braço. Eu o agarrei de novo, e dessa vez seu pé bateu com força no meu ombro. Ele nem parou para ver como eu estava.

— Vai pra casa, porra! — gritou ele.

Então bateu a porta do quarto, e eu a ouvi se trancar.

Eu me sentei no chão e esfreguei o ombro. Weston havia estragado a noite toda. Minha raiva voltou, estável e forte.

Eu poderia entrar aí se quisesse, quase gritei. Weston não poderia me impedir de entrar se eu realmente quisesse.

27

Ashley estava ao telefone bloqueando a escada quando voltei para casa naquela noite. Tentei passar por ela. Minha noite já havia sido arruinada. Eu estava só ímpeto, sem freios.

— Tiffany, a Emily está agindo de um jeito muito estranho.

— Não estou nem aí.

— Tem alguma coisa errada com ela.

— Não dou a mínima.

— Ela me disse pra ficar de olho em você. Dar um alerta ou algo assim se você voltasse pra casa. A gente achava que você iria dormir na casa do Weston.

Ashley tinha conseguido chamar minha atenção. Pensei na faca de açougueiro que guardava debaixo dos suéteres de cashmere na gaveta de baixo da minha cômoda. Será que Emily estava vasculhando minhas coisas feito um porco farejador?

— Eu me viro com ela — falei. — Com certeza não é nada.

Ashley me olhou de um jeito engraçado.

— Por que ela está tão surtada?

Pensei rápido.

— Ela pegou minha blusa Givenchy emprestada sem pedir.

— Que vadiazinha.

Abri a porta do meu quarto com cuidado para que Emily não ouvisse, não se virasse do armário. Sua escassa quantidade de roupas estava fora dos cabides, jogada sobre a cama, e ela estava freneticamente enfiando itens na mala de rodinhas surrada.

Esperei até estar bem atrás dela.

— Vai a algum lugar? — questionei.

Sua cabeça se virou para mim, e vi medo por trás dos olhos lacrimejantes e arregalados.

— Não quis te assustar — menti.

Bloqueei a porta e a empurrei com força, de modo que ela se fechou com um clique.

— Você ainda não respondeu à minha pergunta. Aonde você vai?

— Preciso de um tempo pra pensar — respondeu ela.

— Sobre o quê?

— Sobre tudo. Vou passar uma semana ou mais fora. Eu volto.

Essa última frase realmente revelou tudo.

— Pra onde? — perguntei.

— Quê?

— Pra onde você vai? Sua avó morreu. Todas as suas amigas estão aqui nesta casa.

Emily colocou um suéter no chão.

— Só quero cair fora de Los Angeles.

— Por quê?

Ela se afastou de mim e começou a andar de um lado para o outro, como um animal enjaulado, encurralado e subitamente perigoso.

— Ah, puxa, sei lá. Porque a minha família mais próxima está morta. Porque todo dia aparece mais uma notícia de assassinato no meu celular. Porque eu não consigo parar de beber. Porque eu fui no meu primeiro encontro e acordei ensanguentada. Porque minha colega de quarto...

Ela parou.

— O quê? Termina sua frase. Sua colega de quarto o quê?

Emily se moveu em direção à porta. Eu a agarrei pelo braço e a puxei para perto, tão perto que consegui reconhecer o cheiro de vinho barato.

Coloquei uma mecha de cabelo cacheado atrás da orelha dela e me abaixei.

— Irmãs são pra sempre. Você e eu estamos unidas agora.

— Não vou contar, se é com isso que você está preocupada.

— Por quê? — perguntei, subitamente curiosa.

Não adiantava fingir que eu não entendia o que ela estava dizendo, que ela não sabia. Emily nunca foi burra, só ingênua.

— Contar sobre o Malcolm só piorou as coisas pra mim.

Eu ri, entendendo.

— Bem, se tiver a possibilidade de que provas desagradáveis sejam rastreadas até mim, lembre-se: este quarto é tanto seu quanto meu. E sou eu quem tem um advogado.

Emily estremeceu.

De repente, fiquei séria.

— Quer vir comigo uma noite?

Emily se afastou e me olhou nos olhos, desafiadora.

— Você tem que parar.

— Por quê? — Fiz uma careta. — Porque eu vou ser pega?

— Porque você não vai — disse ela, com a voz vacilante. — Acho que eu sabia o tempo todo.

Peguei seu rosto com as duas mãos e aproximei sua testa da minha, imitando a proximidade que eu me lembrava de ter visto entre Weston e Dean naquela noite no clube.

— Olha nos meus olhos e me diz que não queria que o Malcolm morresse na manhã seguinte. Olha nos meus olhos e me diz que não imaginou isso. Que a sua boceta não pulsou quando você recebeu a notícia, que não sentiu alguma coisa poderosa e real nas reportagens. Aquele formigamento que você sentiu, aquele que te assustou, foi felicidade. Foi satisfação. — Examinei seu rosto. — Fala sério, estou te vendo.

Emily balançou a cabeça e tentou se afastar.

— Você queria ser vista. Ser popular. Ter um pouco do que eu tenho. Não mente.

Ela sussurrou:

— Eu não queria que o Malcolm morresse.

Mas sua voz estava cheia de dúvidas, afiada como uma navalha. Ela passaria o resto da vida tentando descobrir quem realmente era e do que era capaz.

— Vai ser o nosso segredinho — falei.

Minhas mãos ainda estavam em seu cabelo. Desci os dedos até seu pescoço e a trouxe para mais perto de mim. Sem pensar, beijei-a nos lábios, sua boca ainda meio aberta de surpresa. Senti o gosto do vinho que ela estava tomando e percebi que havia também um pouco de vodca misturada em sua língua.

Em seguida, senti a lâmina de uma faca contra minha garganta e percebi que Emily havia, de fato, encontrado o caminho para o meu esconderijo secreto. Ela segurava uma faca de chef pequena que eu havia escondido na gaveta de meias. Eu devia a ela um pouco de respeito, quase orgulho.

— Não sou nada parecida com você — sussurrou ela. — Eu vou embora desta casa. Pra sempre. E aí nunca mais vou pensar em você.

— Tenta. Você já provou o que eu disse. Vai me esfaquear agora? Acha que estou com medo?

Eu ri, e Emily me empurrou para longe, com a faca apontada à sua frente. Ela a segurava com firmeza, com controle. Eu não conseguiria simplesmente arrancá-la de sua mão, como se vê os assassinos fazendo com as loiras burras nos filmes de terror.

Ela se voltou para a mala e a fechou com o zíper, com uma manga ainda solta em uma das extremidades, seu triste acúmulo do ano passado todo enfiado em uma única bagagem. Ela pendurou uma mochila no ombro e puxou a alça da mala, com a faca na mão direita ainda apontada à frente. O que as outras meninas pensariam ao vê-la sair daquele jeito, tão repentinamente, com uma faca e uma mala velha?

Decidi não a impedir. Emily já havia sido silenciada depois de acusar Malcolm. Ninguém acreditaria nela, não sem dinheiro ou conexões para apoiar suas alegações. Além disso, percebi pela primeira vez que queria que outra pessoa soubesse, que também carregasse meu segredo, que lesse as futuras notícias e pensasse em mim, que imaginasse a faca na minha mão, o sangue no meu rosto.

— Adeus, Emily.

Naquela noite, enviei a Weston pelo menos uma dúzia de mensagens. Deixei até um recado na caixa postal, curto, mas suplicante. Sem resposta. Eu estava sozinha. Durante o dia, sem nada para fazer, fiquei em casa, esperando que meu telefone vibrasse na cama, para receber atualizações do mundo exterior. Publiquei fotos de dois anos atrás apenas para manter a presença nas redes sociais. Fingi que era normal que meu namorado estivesse me abandonando e que minha colega de quarto tivesse desaparecido, levando todos os meus segredos assassinos com ela.

Eu verificava o cofre embaixo da minha cama algumas vezes por dia, passava os dedos sobre os anéis, relógios e broches de fraternidade. Em momentos de pânico repentino, eu os contava. A contagem final chegou a dezessete. Dezessete mortes. Algumas noites eu trancava a porta do quarto, rastejava para debaixo da cama e adormecia no chão. Acordava com o sol batendo nas pernas, sentia o peso do metal e do colchão sobre mim e entrava em pânico antes de lembrar onde estava.

Quando pegava meu celular, via manchete após manchete. Navegando pelas redes sociais, encontrei um vídeo de um aluno incendiando sua mesa durante uma prova final, um professor levando um tapa na bunda e depois dando um soco na aluna. A merda tinha voado no ventilador e viralizado.

Não era apenas Emily. As pessoas estavam deixando o campus diariamente. As aulas foram canceladas. No início foram apenas as aulas de humanidades, as matérias ridículas tipo filosofia e comunicação, mas depois os professores de engenharia e química começaram a se afastar, e percebi que era sério. As meninas foram indo embora aos poucos, voltando para cantos estranhos da Califórnia, mais perto do centro do país. Todas diziam que nunca haviam gostado de Los Angeles. Muito trânsito e pouca água.

Voltei a ter pesadelos. Weston passando por mim na rua, cruzando comigo sem me ver na esquina da San Vicente Boulevard.

Ele não me reconhecia, seus olhos mal me registravam, olhando de relance para outra loira que caminhava em outra direção. Então o sonho desmoronava, se reformulava, e eu via Emily no TMZ, contando toda a história para as aves de rapina do noticiário, homens e mulheres cobertos de escamas, prontos para se alimentar dos detalhes horríveis.

Acho que eu sabia o tempo todo. As palavras dela ecoavam na minha mente.

Emily seria um risco para os próximos anos. Aquela pontada de alívio que ela sentira com a morte de Malcolm: e se fosse seguida de culpa? A necessidade repentina de esvaziar a verdade como uma boa purgação? Ninguém acreditaria nela, exceto se tivesse uma prova concreta, se tivesse encontrado uma maneira de entrar no cofre, se tivesse tirado uma foto com o celular antes de sair. O que eu tinha feito? Por que eu havia deixado Emily ir embora tão facilmente?

†

Saí no dia seguinte para ir atrás dela. Levei duas facas, fita adesiva industrial, tudo em uma malinha de ginástica. Consegui o endereço da avó dela no diretório Pan-Helênico e fiquei surpresa quando coloquei o endereço no meu celular e vi uma linha fina que se estendia por dezesseis quilômetros ao sul de Westwood. Fazia semanas que eu não saía do raio de oito quilômetros do campus.

Tive que fazer a conexão da 405 para a 105, observar as placas de saída ficarem distantes e desconhecidas enquanto eu dirigia minha Mercedes mais para o sul e para o leste. Uma pilha de fumaça preta de um incêndio a distância se formava à frente, cada vez mais perto.

Quando saí da estrada, já havia chegado à Centésima Avenida. Passei com o carro por baixo de um cruzamento de rampas em espiral e conectores, com pilares de concreto esfarelados sustentando tudo. Estacionei a várias quadras de distância e logo me senti vulnerável, deslocada, andando pela calçada. A passarela desapareceu quando virei na rua dela. Aquela não era a L.A. que eu conhecia, a cidade em que me sentia confortável. Eu estava sendo observada. Havia tantas pessoas a pé, nas faixas de pedestres, nas calçadas, em frente a duas lojas de bebidas espremidas uma ao lado da outra.

Eu me lembrei de quando Pam visitou a casa da irmandade, uma única vez, pouco mais de um ano antes. Ela era só sorrisos e elogios para as meninas quando lhe mostrei o andar de cima. Disse a Emily que ela tinha uma pele linda e que a blusinha barata da Forever 21 era ótima, depois lançou um olhar para mim.

Eu não era como Pam, em muitos aspectos. Quase gostava de Emily, apesar de nossas diferenças, apesar de nossos eventuais desentendimentos. Mas eu precisava matá-la. Não havia outro jeito.

Encontrei o número em um bloco de casas desbotadas no meio-fio, o pequeno terreno de concreto cercado por um quadrado de gramado. A varanda da frente dava para a rodovia, mesmo assim havia um conjunto de cadeiras, uma mesa de apoio e vasos de plantas.

Procurei por uma campainha e me contentei com algumas batidas na chapa de metal da porta de tela. Uma mulher emergiu do brilho verde-azulado de uma sala iluminada pela TV. Ela abriu bem a porta, olhou para mim, mas ficou em silêncio.

Eu tinha um discurso preparado, mas fiquei sem palavras.

— Estou procurando a Emily.

Ela mudou a perna de apoio devagar.

— A avó dela morava aqui — expliquei.

— Ela morreu.

— Sim, mas você sabe onde eu posso encontrar a neta dela? Emily.

— Ela não está aqui. — Seu rosto já estava virado para o lado oposto da tela. Eu me afastei antes que a mulher respondesse, dessa vez em voz alta: — Eu já te disse que ela não está aqui!

Fui embora, já me arrependendo da longa viagem de volta ao meu carro. Eu não faria uma viagem tão longa em direção ao sul outra vez, e não tinha mais pistas do paradeiro de Emily. Então era isso que significava não ter mais nada a perder. Todas essas noites eu pensei que estivesse vagando livremente. Emily era invisível; ela poderia estar em qualquer lugar. Não havia deixado pegadas nem rastros.

Poderia se esconder em qualquer espaço livre da cidade, em cada canto apodrecido.

†

Saí para correr na tarde seguinte para desestressar, mas estava cada vez mais difícil encontrar uma rota adequada. Os bairros do Westside estavam fechados. Guardas armados patrulhavam as ruas, e placas tinham sido afixadas nas calçadas, alertando contra intrusos, mesmo aqueles que só estavam de passagem, mesmo corredores com minha aparência e vestimenta. Bel Air e Beverly Glen não queriam saber, não era para ninguém que não morasse lá passar por ali. Recorri a dar voltas ao redor do campus deserto.

E então, um dia, vi algo que me fez parar, forçou meus dedos a procurarem meus AirPods e pausarem minha *playlist*. Uma sólida corrente humana, com pelo menos trezentas pessoas, que contornava todo o perímetro do campus, todas com o rosto coberto, com fita adesiva na boca, usando moletons pretos. Senti um peso no centro do estômago. Eu me afastei lentamente da multidão e fui para casa.

— O que está rolando? — perguntei a Mandy quando voltei para casa.

— Os manifestantes têm muito tempo agora que as aulas pararam. E as pessoas estão se juntando, de todos os lugares, de todo o país. Não dá pra ter dois tiroteios seguidos e não esperar nada.

— É contra isso que eles estão protestando? Os tiroteios?

— Vai saber. Não consigo me manter informada. Só sei que não tem mais Sexta do Sushi. Estão servindo porcarias calóricas tipo Del Taco no refeitório, já que muitos funcionários foram embora. Não posso viver assim por muito mais tempo.

†

Dois dias depois, houve um terceiro tiroteio a menos de dois quilômetros do campus, com dez mortos. Então a faculdade fechou permanentemente; portões que nem sabíamos que existiam foram trancados. Como num passe de mágica, fileiras inteiras de vagas de estacionamento na rua se abriram repentinamente ao longo das bordas do campus.

Como era justo algum idiota poder sair por aí e igualar quase um ano do meu trabalho árduo em apenas dez minutos? Era a diferença entre um Pollock e um Seurat. Respingos sujos versus visão artística refinada.

Visitei o galpão pela última vez para pegar todo o meu equipamento. Os novos proprietários já haviam assumido o lugar. Além disso, havia vagado muito espaço na irmandade para guardar meus pesos.

Apenas cinco garotas permaneciam em nossa irmandade, e apenas porque o Coachella ainda estava programado para o fim de semana seguinte. Era a única coisa que mantinha as últimas integrantes da irmandade em Los Angeles. Mandy e Amy estavam entre elas.

— Depois do primeiro fim de semana, estou fora — explicou Amy. — É a primeira vez que não vou aos dois finais de semana, mas as circunstâncias estão calamitosas. Estou de saco cheio do sul da Califórnia. Eles não colocaram essa merda no folheto do campus.

— E você, Tiff? — perguntou Mandy. — Vai embora depois do festival?

Para onde eu deveria ir? Eu não tinha um terreno no meio do país para fazer as malas e me mandar. Só tinha aquilo ali.

Os dias estavam ficando mais longos e, quando terminavam, o pôr do sol era brilhante. O sol se punha em uma explosão vermelho-sangue toda noite. Eu fritava bacon toda manhã e picanha toda noite, estocava carne crua na geladeira, que, fora isso, ficava vazia e não me dava ao trabalho de vestir todas as minhas roupas na maioria dos dias. Se era o fim do mundo, que fosse. Eu saudaria o apocalipse usando lingerie de renda.

E, mesmo assim, Weston não respondia minhas mensagens.

À noite eu saía, mas não ia muito longe. Apenas observava, ficava do lado de fora das casas cujas calçadas não tinham sido bloqueadas ou equipadas com guardas. A avenida das fraternidades tinha mais resistência do que a das irmandades, alguns heróis corajosos determinados a resistir aos protestos, tumultos e incêndios que eu já podia ver mais ao sul.

Eu observava na escuridão por trás das janelas iluminadas, via os rapazes se divertindo, pedindo comida, se vestindo. Não estava esperando que eles ficassem nus, isso era muito fácil. Se eu realmente quisesse sexo, podia entrar e conseguir em um segundo. Não, eu estava procurando por aqueles momentos sinceros, quando eles punham o dedo no nariz, as pequenas peculiaridades de seus hábitos alimentares, a maneira como tiravam o coentro de um taco. Quando ficavam com aquele olhar distante e perdido vendo pornografia logo antes de se entregarem e, depois, o momento em que ficavam sozinhos com a meleca nas mãos e a cueca nos tornozelos, quando não tinham ninguém por perto em quem gozar. E, sim, às vezes eu os matava, às vezes não conseguia resistir. Mas, na maioria das vezes, observava.

As coisas estavam mudando. Pensei na casa Pike, todos os membros guardando armas de fogo onde costumavam guardar seus potes de maconha. Uma faca não seria mais suficiente, não naquela cidade. Vi a erupção de chamas do cano de uma arma e soube que tinha de fazer uma breve visita a Orange County.

Era hora de voltar para casa.

28

Arrumei meu carro, verificando se o porta-malas estava abastecido com um pé de cabra limpo para o caso de eu encontrar alguém de quem gostasse no caminho de volta. Soube que tinha cruzado a linha de Los Angeles para Orange County quando o tráfego e a fumaça se dissiparam e a rodovia se expandiu em dez pistas como mágica. Os loops de montanhas-russas distantes se erguiam acima das palmeiras quando entrei em Anaheim. Saí meia hora depois na Pacific Coast Highway, voando direto para o oceano.

Então segui pelas estradas sinuosas de Monarch Estates, subi a praia ladeada por penhascos e o sal marinho texturizou meu cabelo, dando um pouco de volume. Ficava a apenas noventa minutos de carro de L.A., mas as regras eram diferentes aqui. Não haveria manifestantes, nem cartazes, nem reuniões aleatórias, nem incêndios distantes, apenas mansões empilhadas, vistas luxuosas e portões fechados impermeáveis a estranhos. Orange County mantinha seus segredos sujos dentro de casa.

Encostei no portão no topo da colina e meio que reconheci o guarda.

Mostrei a ele um pouco de perna. Estava calor de novo, finalmente era primavera, e eu estava usando um vestido de seda justo, cortado três quartos acima da coxa.

— Bem-vinda de volta, querida — disse ele. — Quanto tempo vai ficar?

— É uma visita rápida. Tenho que voltar para Los Angeles.

— Tome cuidado lá em cima — falou ele, e olhou para o monitor do computador. — Você não está listada como moradora. Vou ter que te dar um passe de visitante.

Nenhum dos carros de Pam estava na frente da casa. Parecia não haver ninguém, apenas a típica meia dúzia de jardineiros trabalhando na propriedade. Ignorei o rosto surpreso e sem palavras deles. Percebi que alguns se lembravam de mim, o suficiente para saber que minha aparição não seria bem recebida por Pam. Mas ela não lhes pagava o suficiente para me desafiarem.

Dei a volta pelo portão da piscina, passando por um senhor de idade que carregava uma mangueira de água gigante. Entrei na casa pelas portas francesas laterais. O andar de baixo estava vazio, não havia nem faxineiras limpando as superfícies. Eu estava com sorte.

Subi a escada até os quartos e pus um par de luvas. A porta de Celeste estava fechada, a única do corredor, e eu ouvia música pop sintética do lado de dentro. Ela não era um problema real. Fui para o quarto principal e fechei a porta atrás de mim.

Eu tinha um objetivo específico, pequeno, mas importante. Se eu tivesse sorte, Todd e Pam talvez nem percebessem que tinha sumido. Comecei verificando a mesa de cabeceira, não a gaveta óbvia, mas a escondida embaixo. Ainda estava lá. Tirei a .22 e verifiquei a câmara. Carregada, nenhuma surpresa. Pam havia começado a guardá-la ali depois da noite em que meu pai conseguiu jogá-la escada abaixo. Mas eu sabia que a arma que eu realmente queria estava no cofre.

Era a mesma monstruosidade da minha juventude, uma laje de concreto de cento e trinta quilos pré-ajustada para três números. E eu ainda me lembrava deles. Meu pai havia me dado a senha bem no final, depois de o câncer o consumir e ele mal conseguir ficar de pé. Naquela época, o cofre ficava em seu escritório, antes de o cômodo ser esvaziado e substituído por um aparelho de Pilates. Os advogados que me pediram para abri-lo nunca me perguntaram por que eu tinha a combinação, por que a filha dele, e não a esposa, sabia os números secretos.

Oito-doze-vinte e um. O cofre se abriu. Procurei em meio a extratos bancários e moedas estrangeiras até encontrar. Peguei o Magnum .357 de cano longo, que sempre havia sido minha arma favorita.

Verifiquei o cano e estava carregado. Seis balas teriam que ser suficientes por enquanto. Puxei o martelo para trás e tive a velha sensação: poder e sexo, tudo junto.

A porta de Celeste estava aberta quando saí do quarto. Avistei-a deitada no sofá em uma das salas do andar de baixo, tirando uma série de selfies. Fui rápida o suficiente para me certificar de que a arma estava escondida na minha bolsa. Mas não conseguiria escapar da atenção dela.

— O que você está fazendo aqui? — perguntou ela, mas eu sabia que não estava realmente preocupada, pois mantinha o celular em uma das mãos, observando seu reflexo, franzindo os lábios.

— Bela maneira de cumprimentar sua irmã — falei. — Por que está em casa? Não deveria estar na faculdade agora?

— Estou tendo aulas de moda na FIDM. A mãe quer me colocar em Princeton no ano que vem.

— Ela vai ter que desembolsar uma boa grana pra isso acontecer.

— Diz isso na cara dela. — Celeste olhou para trás.

Pam apareceu da cozinha, com o rosto mais firme e a testa mais brilhante. O *mega hair* platinado se estendia até a bunda. Isso só a fazia parecer mais velha.

— O que você está fazendo aqui? — questionou ela, com as chaves na mão.

— Não posso passar aqui uma tarde e dar um oi?

— Você sabe que precisa ligar se quiser vir.

— Esta casa também é minha. Agora vai me expulsar da minha própria casa?

— Eu sempre te convidei pra voltar.

— Mentirosa.

— Por que você está sendo assim? Depois de tudo o que eu fiz por você?

— Você não fez nada por mim — eu disse.

— Você enlouqueceu? Eu te dei tudo, Tiffany! Qualquer coisa que você quisesse, eu fazia questão de te dar. Roupas, férias, carros.

Era tão fácil irritar Pam. Eu ainda conseguia fazer isso em menos de dez segundos.

— Isso tudo eram coisas que *você* queria — falei.

— Você está tendo uma ótima educação por minha causa. Um pouco de gratidão seria bom.

— Eu poderia ter entrado na faculdade sozinha — retruquei.

Pam se aproximou mais, com a mão agarrando as chaves, uma arma inútil.

— Então por que não entrou, Tiffany? Como vai o ano letivo? Você ainda está reprovando em todas as matérias?

— Eu não me importo.

— Você se importa com alguma coisa?

— Não como você.

— Bom, desculpe. Eu só queria que você tivesse mais do que eu tive.

Celeste passou por nós e subiu a escada, sentindo o cheiro do sangue que estava chegando. Pensei em bater a cabeça de Celeste contra a parede; com um movimento rápido e fácil, eu poderia nocauteá-la. Ou, puxando o gatilho da arma na bolsa, eu poderia arrancar a cabeça dela.

Voltei minha atenção para Pam. Eu ainda não havia terminado.

— Você se importava tanto em ter a vida perfeita que se permitiu apanhar por causa disso. E quer ficar aqui me dando conselhos?

— É muito mais fácil cair nisso do que você pensa — disse Pam. — Tomara que você não descubra um dia — completou, mas a maneira como disse isso, a ênfase farpada em cada sílaba, soou como uma ameaça.

Ela olhou para mim e, por um momento, senti um lampejo de pavor. Peguei meu colar. Estava apertado no meu pescoço.

— Por que você me odeia tanto? — disse Pam.

Seus olhos se arregalaram. Eu não sabia se ela conseguiria fazer uma lágrima sair, de tão esticadas que estavam suas pálpebras. Ela estava de volta ao seu antigo refrão, voltando a ser a vítima. Durante todos os anos em que tentara atuar, esse tinha sido o único papel que ela aprendera a interpretar.

Relaxei.

— Eu passo aqui de novo depois que terminar o ano letivo, Pam, e a gente pode voltar a esta conversa. Diz para o Todd que eu mandei um alô.

†

Mas não fui embora imediatamente. Voltei pelas portas francesas para o quintal.

Eu conseguia sentir o cheiro de fumaça. Alguém havia usado a lareira no dia anterior. Me aproximei da piscina. Estava coberta com uma lona azul grossa. Me lembrou o cobertor do legista na cena de um crime.

A arma ainda estava no cofre. Agora era minha. Não havia desaparecido, como alguns dos outros itens que descobri por ocasião da morte do meu pai. O dinheiro eu já esperava que desaparecesse. Pam e seus advogados pegaram até o último centavo. Mas tinha outra coisa, algo que, quando encontrei pela primeira vez, foi um quebra-cabeça intrigante.

Achei na semana anterior à morte do meu pai. Era um bauzinho de joias compacto, e eu soube no instante da descoberta, sem que ele jamais dissesse, que meu pai o havia deixado para mim. Os itens eram lindos, clássicos e discretos. Nada parecido com as joias extravagantes de Pam. O colar com a pérola em formato de gota se destacou de imediato, tanto por sua forma lisa quanto pelo fato de ainda ter sangue incrustado nele. Peguei o colar antes que Pam pudesse saber de onde ele tinha vindo. Limpei-o e o usei naquela noite. Fingi que ele tinha me dado. De certa forma, deu. Quando meu pai morreu, os advogados assumiram o controle, e eu nunca mais vi o baú. Talvez estivesse em Century City, com Slade em seu escritório.

Na época, achei que a caixa revelava os casos ilícitos do meu pai. Eu não conseguia — ou talvez não quisesse — juntar as peças. Só me dei conta quando comecei a encher meu próprio cofre aos poucos, até ter meu próprio baú secreto.

Tirei as sandálias e me sentei de pernas cruzadas na borda da piscina. Percebi um movimento vindo da casa e vi Celeste se afastando da janela do quarto no andar de cima, pega no pulo. Pam estava na janela panorâmica da cozinha, sem se preocupar em esconder sua vigilância. Voltei para a piscina.

Eu havia enfrentado Pam pela última vez naquele mesmo lugar, algumas semanas após a morte do meu pai, depois que Todd se mudara como um chacal que sentiu o cheiro de dinheiro fresco prestes a queimar.

Eu tinha dezessete anos e estava espumando de fúria. Era a primeira vez que eu sentia algo tão profundo e implacável que nem compras nem sexo aliviavam.

Eu tinha voltado para casa meio bêbada de um luau, atravessando a neblina que cobria a PCH, e encontrei a casa deserta e escura. Tinha merda de cachorro fresca na entrada, mas Tiki e Sargento Fagulha não estavam à vista.

Eu tinha subido a escada até o quarto vazio do meu pai, caçando algo que não conseguia nomear. O espaço exalava o cheiro de decomposição azeda, embora uma equipe de limpeza tivesse passado por lá logo após a morte dele. Uma onda de pânico surgiu por um momento quando visualizei o corpo do meu pai apodrecendo em algum lugar sob as tábuas do assoalho.

Então farejei. Eram os cachorros. Eles tinham feito xixi em todos os cantos.

Lembro que nem pensei, agi tão rápido que, mesmo depois de tanto tempo, não me lembro dos detalhes. Não me lembro em que parte da casa eu os havia encontrado. Não me lembro dos cachorros me mordendo. Mas me lembro deles latindo, os dois, aquele grito estridente e horrível, e me lembro da forma como seus corpos ficaram suspensos no ar por um momento quando os joguei por cima da cerca de segurança na piscina.

Eu nem tinha ficado olhando. Deve ter se passado umas duas horas até que os gritos começaram, e eu soube que Pam e Todd tinham voltado para casa.

Encontrei Pam jogada na beira da piscina, soluçando sobre os corpos murchos. Todd estava encharcado, em pé, incerto, atrás dela.

— Por quê? — gritou ela várias vezes. — Por quê?

Todd tinha observado horrorizado, pingando água, finalmente percebendo no que havia se metido quando se juntara à família, o preço que teria que pagar.

Olhei para a piscina agora, coberta, outro segredo esquecido e enterrado.

Por que eu os matei? A resposta era simples. Porque eu podia.

29

No caminho de volta para Los Angeles, tomei uma taça de vinho em um *rooftop* em Laguna. Mantive a arma na bolsa pela emoção do risco, como enfrentar uma multidão de homens sentada de minissaia e sem calcinha. Eu poderia ficar: me hospedar no Montage por uma semana. Dentro de suas suítes, eu nem precisaria de uma arma. Poderia superar qualquer tipo de violência que estivesse dominando a cidade. Mas a verdade era que eu queria ver tudo pegar fogo e explodir.

Eu não combinava com o resto dos clientes. Não pertencia mais àquele lugar, sentada em frente a mulheres com decotes profundos que contrabalançavam o impulso dos seios inchados e duros. Eu não usava maquiagem, embora minha pele estivesse ótima. Fazia muito tempo que tinha abandonado os cílios postiços e as unhas de acrílico por causa do risco que representavam se fossem deixados para trás em uma matança. Procurei entre os homens de várias mesas, todos velhos demais, e pensei em quantos deles eu poderia derrubar se quisesse.

Senti saudade de Weston.

Dirigindo para o norte, decidi parar na casa dele. Não estava suportando o silêncio. Não liguei nem mandei mensagem avisando. Não queria dar a chance de ele dizer não. Não podia mais ficar sozinha, passar outra noite só com minhas lembranças. Deixei a 405 duas saídas antes e estacionei o carro em frente à casa dele quando vi as luzes acesas. Tirei a arma da bolsa e a segurei, sentindo o peso dela restaurar minha confiança. Eu a queria comigo, tocando minha carne, mas pensei melhor e coloquei no porta-luvas.

Weston atendeu apenas alguns segundos depois que bati na porta. Ele se virou e a deixou aberta, sem dizer nada, e eu o segui até a sala de estar.

— Tudo bem eu ter vindo aqui? — perguntei.

— Acho que sim.

— Desculpa. Eu só queria te pedir desculpas.

Eu esperava que ele reconhecesse que eu não era o tipo de pessoa que pedia desculpas, que isso ia contra todas as fibras da minha constituição genética.

— Por que você não responde às minhas mensagens? — perguntei. — Você não quer me ver?

— Não quero ficar sozinho — respondeu Weston.

Ele estava bêbado, desequilibrado, com os olhos injetados de sangue. Eram apenas oito da noite.

— Eu também não. Foi por isso que eu vim aqui. Então você me perdoa?

— Sim. Só para de ser tão louca. Para de brincar comigo.

Ele abriu os braços, e eu me encostei em seu peito. Sua camisa tinha cheiro de usada e não lavada, mas Weston nunca cheirava mal.

Deixei que ele me levasse para o quarto.

Então o inacreditável aconteceu. Ele estava bêbado, mas conseguiu ficar duro. Colocou a mão entre minhas pernas e as abriu como se eu estivesse desabrochando. O gosto de sua língua era forte, quase pungente, mas logo seus lábios saíram dos meus e desceram pelo meu corpo, se acomodando entre minhas coxas.

Eu queria dizer que estar com ele quando ele estava aqui comigo, não flutuando, mas quando estava aterrado e duro, era melhor do que qualquer morte, mesmo quando o sangue ainda estava quente e com aquele tom vermelho delicioso. Eu o algemaria à cama se fosse necessário, só para mantê-lo assim comigo. Mas não podia falar nada disso, então simplesmente coloquei seu dedo na minha boca e gemi.

†

Depois disso, quando estava nua e relaxada, eu quis dizer a Weston algo que fosse verdade, mesmo que fosse apenas parte da verdade, apenas uma pequena peça do quebra-cabeça.

— A Emily foi embora — comecei.

— Pra onde?

— Não faço ideia. Tentei encontrar ela, mas não consegui.

Parei e esperei, escolhendo minhas palavras seguintes. De repente ele ficou alerta, interessado.

— Ela foi drogada. Faz duas semanas. Teve outras coisas. Acho que ela queria fugir.

— Eu gostava dela. Não desse jeito — acrescentou ele, rapidamente, mas eu entendi. — Ele deu um gole da bebida. — Deve ser uma coisa doida ser mulher.

Ele falou em termos tão gerais, mas era verdade. Peguei sua mão livre.

— Sinto muito pelo que aconteceu com a Emily — disse Weston. — Espero que ela esteja bem, onde quer que esteja.

Ficamos em silêncio, e eu estava quase dormindo quando Weston continuou:

— Eu me pergunto o que o Dean estaria fazendo agora, onde ele estaria se ainda estivesse aqui.

E lá estava ele, o fantasma sempre presente no quarto.

Não respondi. Em vez disso, abracei Weston com mais força. Quanto mais eu apertava, mais sozinha me sentia.

†

Acordei sozinha no meio da cama de Weston. Minha cabeça latejava, embora eu só tivesse tomado uma taça de vinho ontem. O vento agitava as janelas, e me lembrei de ter ouvido um aviso de que o vento Santa Ana estava chegando. Vesti a lingerie e procurei o resto das minhas roupas.

Weston havia desaparecido, deixando um bilhete de quatro palavras. *Trabalho. Falamos em breve.* E, assim, toda a promessa da noite passada evaporou.

Saí de casa e senti o ar seco fazer cócegas no meu rosto. Pensei em fazer compras na Rodeo Drive, mas as lojas estavam todas fechadas. Havia cada vez menos lugares para ir. Contornei com meu carro as folhas de palmeira que cobriam as ruas como pequenos corpos. O Santa Ana significava fogo. Estava começando.

30

A energia elétrica foi cortada dois dias após o início da ventania. As folhas das palmeiras caíam precariamente sobre os fios dos cabos. A tarde se estendia e o barulho do ar-condicionado desligando devagar parecia normal no início. Só percebi que a eletricidade havia acabado quando a noite chegou. Eu não tinha velas, apenas uma lanterna no carro e meu celular, com vinte por cento de bateria. Havia esquecido como a escuridão podia ser completa quando um bairro inteiro estava sem luz, como quarteirões inteiros podiam mergulhar no escuro por causa de um curto-circuito.

Peguei a lanterna, segurei-a entre os dentes e subi no telhado para ver até onde ia a falta de energia. A Califórnia estava saindo do inverno em um surto de calor e pavor. Vi o fogo, o contorno tênue ao longe, a pelo menos oito quilômetros. De alguma forma, eu sabia que estava vindo na minha direção.

Acordei mais tarde e pensei que a energia tivesse voltado, pois meu quarto estava inundado de luz. Mas era o brilho do meio da tarde. Eu havia dormido por não sei quanto tempo. A bateria do celular acabara durante a noite e eu não conseguia encontrar um único relógio em toda a casa da irmandade.

Eu me lembrei vagamente de gritos entremeados nos meus sonhos, os gritos de jovens, e me perguntei se de fato tinha ouvido aqueles sons na noite anterior, se algo daquilo era real. Naquele momento, estava tudo em silêncio, as ruas quase vazias.

Tive um dia lento. Era assim que as gerações anteriores se sentiam? Sem redes sociais, sem mensagens, ligações, atualizações; era como se o dia inteiro se passasse em segredo, assim como minhas noites tinham sido quando saía para matar.

Bebi uma cerveja no telhado. Contei os focos de incêndio: eram quatro, mas estavam começando a se misturar em um só, cada vez mais perto. A distância, parecia não haver nenhuma tentativa de consertar a falta de energia, nenhuma equipe de trabalho, mas eu não estava preocupada. Olhei para o norte, para Malibu, onde o céu estava limpo. Será que eles sabiam o que estava por vir?

O bairro mais próximo estava vazio, mas as ruas que se afunilavam em direção à 405 estavam cheias de carros. Para ter certeza, foquei um deles, um Lamborghini vermelho, e esperei para ver quando chegaria ao semáforo mais próximo. No final do dia, ainda estava parado.

Fui para dentro de casa quando o sol se moveu para o oeste. Tomei uma ducha fria e decidi me vestir para a noite. Escolhi uma saia longa e esvoaçante da Anthropologie e uma regata que havia encontrado no quarto vazio de Mandy. Arrumei o cabelo e passei um perfume da Gucci. O sol tinha começado a descer, tingindo meu quarto de rosa. Eu estava sentindo aquela atração magnética em direção ao meu cofre quando ouvi a porta da frente bater. Uma das garotas estava de volta.

Fui para o corredor do andar de cima.

— Oi? — chamei.

Ele estava na base da escada, uma visão bem-vinda.

— Weston. O que você está fazendo aqui?

Ele deu uma risada curta e confusa.

— Vim te resgatar, acho. Pensei que com certeza você teria ido para Orange County. Mas não consegui falar com você, então passei por aqui a caminho do aeroporto. Você está bem?

Ele se juntou a mim no andar de cima, pulando de dois em dois degraus. Estava de jeans e camiseta. Era dia de semana? Eu não conseguia mais lembrar. Havia algo diferente em Weston que eu não conseguia identificar.

— Eu não vou embora — falei.

— Qualquer pessoa no seu juízo perfeito já teria ido. Só fiquei esse tempo todo porque estava fechando a casa com tábuas. Eu devia ter ido embora ontem com todo mundo.

— Está tão ruim assim?

— Você não viu os noticiários? Eles anunciaram evacuações na maior parte da cidade. Os ventos estão aumentando e os incendiários estão adorando. Levei mais de uma hora só pra chegar aqui vindo de Mar Vista.

— Bom, se eu fosse embora, teria que fazer umas malas. Talvez contratar uma empresa de mudanças.

— Tiffany, você não vai poder contratar ninguém pra transportar suas coisas. Acho que você não está entendendo a situação.

— Bem, eu precisaria de pelo menos algumas horas pra fazer as malas direito.

O cofre pesava sobre mim, me impedindo de me afastar muito da casa.

— Eu posso te ajudar a colocar tudo no seu carro.

— Meu carro?

Ele me deu um olhar estranho. De repente lembrei que ele havia mencionado o aeroporto.

— Pra onde você está indo?

— Pra Nova York.

— Você se assusta tão fácil assim? Vai se sentir muito bobo quando tudo se acalmar. Espera uns dias.

— Não vai rolar.

Pensei em Nova York na primavera, na Park Avenue e na Barney's. Nas flores ao longo do High Line em plena floração, tons sépia de luz.

— Assim, até acho que posso ir pra Nova York. Talvez não seja uma ideia tão ruim, na real. Só por uma semana ou algo do tipo. Quanto tempo você estava planejando ficar lá?

Ele se sentou na minha cama e fez sinal para que eu me juntasse a ele.

— Senta — disse ele, e um buraco se abriu no meu estômago.

Eu me juntei a ele e senti seu hálito. Weston estava completamente sóbrio, completamente alerta pela primeira vez em muito tempo.

— Tiffany, eu não vou voltar.

— Você vai ficar em Nova York? Não vai voltar pra Los Angeles?
— Isso.
— Então você está terminando comigo?
— A decisão não tem nada a ver com você. Vou voltar pra casa. L.A. já deu o que tinha que dar. Não é você, este lugar não está dando certo.

Não é você. As palavras soaram, abriram um buraco no meu estômago, e eu me preocupei com a possibilidade de cair e vomitar. Percebi que ainda não havia comido nada hoje.

— E o seu trabalho? Sua casa?

Ele fez uma pausa, com a cabeça baixa.

— Eu dei meu aviso prévio no trabalho há um mês. A casa, bom, talvez eu não tenha uma casa até o fim do dia. — Ele deu uma risada fraca. — Se ainda estiver de pé, vou colocar à venda.

Weston foi interrompido pelo som de um helicóptero fazendo um círculo baixo sobre a casa. Ficamos esperando que ele passasse. Cerrei o punho no edredom, com lágrimas nos olhos.

Pensei em Weston se afastando, em sua lenta deserção. Todo o esforço que eu havia feito para cooperar com ele, para tentar fazer as coisas darem certo, e ele estava sentado em cima de uma bomba no último mês, provavelmente esperando que eu desistisse dele e levasse a culpa pela ruína do nosso relacionamento. Pensei em todas as noites que passamos juntos quando ele já sabia que estava tudo acabado.

— Então você sabia disso o tempo todo? — perguntei.
— Eu não queria te magoar. Mas você deve ter sentido também.
— Então agora é culpa minha não ter percebido os seus sinais não verbais? Os seus sinais passivo-agressivos? Você está me largando desse jeito e tem a coragem de esperar que eu não me magoe?

Eu me levantei de repente. A química do meu corpo estava mudando. Afastei as lágrimas e me permiti receber uma onda mais familiar de raiva e orgulho. Eu não precisava dele. Ele não ia ficar lá sentado naquela cama, tentando me acalmar como se eu fosse uma criança, quando ele era o ridículo que se deixara abater pela morte de Dean, que estava indo embora da cidade por causa de alguns incêndios e tiroteios. Fui na jugular, o nervo mais profundo que consegui atingir.

— Era eu que devia estar terminando com você. Você não vale nada! Está tomando mais remédios do que uma dona de casa de reality show. Não consegue nem ficar duro. Por que não podia ter acrescentado Viagra à pilha de comprimidos no seu armário?

— Já chega.

— Eu ainda não terminei. Longe disso. Você é a porra de um bebê. Você acha que eu não conseguia te ouvir no meio da noite? Chorando que nem criança? Você nem é homem.

— Entendo que você está com raiva, mas não vou entrar nessa briga.

Ele queria estar acima de tudo, mas notei que sua mão estava ligeiramente trêmula. Senti a raiva se espalhando nele. Eu o estava afetando, entrando sob os músculos — quase havia rompido a pele. Cheguei mais perto.

— Ah, agora você é superior? Mas não era quando se ajoelhou e implorou pra eu não te deixar naquela noite no aeroporto. Você precisou de mim quando chorou chamando o nome do Dean a noite toda, quando disse "Eu te amo" pra ele enquanto dormia que nem uma porra de um...

Weston se levantou e me empurrou com força contra a cama.

— Você acha que me apoiou? — retrucou ele. — Você não me consolou. Só se preocupa com você mesma: sua unha, seu cabelo, seu corpo. Quer falar em inutilidade? Você já trabalhou em alguma coisa na vida? Já se importou com alguma coisa além de você mesma? Você é a pessoa mais superficial que eu já conheci!

— Você não tem ideia de quem eu sou nem do que eu posso fazer — falei. — E se eu te dissesse que consigo derrubar um homem de noventa quilos, que sou capaz de esculpir o estômago de um homem como uma cirurgiã? Que eu saio andando pelas ruas toda noite? Que, depois que a gente transa, coisa que é bem rara, e você está dormindo, bem seguro na sua cama, meu trabalho só está começando? — Eu me aproximei do rosto dele. — Você não tem a menor ideia do que eu posso fazer. Quer que eu mostre?

Weston me empurrou para longe e eu soltei a respiração, meus segredos finalmente revelados. Foi uma onda, uma sensação de alívio como se eu estivesse me esvaziando depois de uma refeição pesada. Não consegui controlar e não me arrependeria. Esperei pela reação de Weston. Procurei em seu rosto, mas ele estava calmo. Eu me afastei quando percebi lentamente o que havia feito.

Havia uma parte de mim esperando, torcendo para que saber a verdade sobre mim mudasse tudo, para que talvez, depois que Weston me conhecesse, que soubesse quem eu era, ele ficasse, retirasse tudo o que tinha acabado de dizer. Ele poderia ter um novo respeito por tudo o que eu fazia em segredo e que eu não podia revelar a ninguém. Talvez fosse um segredo que pudéssemos compartilhar, agora que ele sabia quem eu era de verdade.

Mas o rosto de Weston estava impassível. De repente, ele deu uma risada curta.

— Você é uma namorada de merda. Um ser humano de merda. E tem um senso de humor muito doentio. Tenha uma boa vida, Tiffany.

Ele se levantou e foi embora.

Soltei um grito animalesco. Era o fim. Eu havia revelado tudo, e ele ia sair por cima. Precisei de todo o meu autocontrole para me lembrar de que eu tinha sorte por ele não ter acreditado em mim, por não saber realmente quem eu era, afinal de contas.

Ainda assim, era humilhante ele me menosprezar tanto. Fui até a janela do quarto e olhei para fora, não querendo que ele visse nenhuma lágrima ao olhar para trás, se é que ele se virou.

Esperei ouvir seus passos na escada, seu Porsche ligado. Eu o observaria sair e seria a última vez que veria Weston. Já sabia que ele nunca atenderia a nenhuma das minhas ligações, se é que eu conseguiria fazer meu telefone carregar. Vi uma imagem minha catalogada na mente, como a Loira Número Sei Lá Qual, aquela maluca de Los Angeles, outra foto de rosto em um mar de fotos de ex-namoradas. Eu seria largada com todas as outras, como Dean havia prometido.

Esperei pelo que eu sabia que estava por vir, com tanta certeza que devia ter se passado uns três minutos, talvez mais, até que senti a presença de Weston ainda no meu quarto. Ele fez menção de ir embora, abriu a porta, mas não saiu do quarto. Estava de costas para mim. Eu não conseguia ver seu rosto, mas sentia seus músculos se contraindo, sua mão ainda congelada no ar perto da maçaneta. Reconheci o pensamento calculado e encorpado que ele empregava nas poucas vezes que estava trabalhando e não bebia. Nas vezes que teve de juntar dados brutos e números, encaixando-os em uma solução viável.

Eu o encarei lentamente, incapaz de falar. Pelo menos mais um minuto se passou. Quando Weston se virou e eu pude enfim ler seu rosto, soube que ele tinha entendido tudo.

Ele deu um passo à frente e eu recuei um, calculando quanto tempo levaria para alcançar a faca na gaveta da minha mesa. De repente, percebi minha desvantagem, descalça e com uma saia longa e que grudava no corpo. Ele estava vestindo roupas folgadas e confortáveis, e eu estaria restrita. Se eu tivesse sido mais atenta, teria tirado a saia enquanto ele estava calculando, removido os limites extras, para que tivesse espaço para me esquivar e dançar. Mas era tarde demais.

Weston deu outro passo à frente, ainda em silêncio, e começamos um círculo lento ao redor do quarto.

Tentei pensar em algo que pudesse acalmar ou pelo menos desacelerar as rápidas conexões sinápticas que eu sabia que estavam disparando à velocidade da luz em sua cabeça. Não me ocorreu nada.

Eu matava homens e gostava disso. O que mais havia a dizer?

Eu tinha outra faca na cômoda, mas a gaveta era pesada e a arma estava aninhada sob uma pilha grossa de suéteres. Não havia como alcançá-la antes que ele estivesse em cima de mim.

Weston estava se aproximando. Ele pegou minha mão. Confiei no instinto e deixei que meu corpo assumisse o controle, todos aqueles meses em que eu afiara meus reflexos. Dei um soco com o dorso do punho fechado, me arrependendo instantaneamente do movimento. Weston pareceu atordoado no início, com uma gota de sangue escapando de seu lábio.

Então ele se lançou e eu me esquivei de leve para longe dele. Esperei que ele se aproximasse uma segunda vez e me esquivei de novo. Ele se desequilibrou e eu o empurrei com tanta força que Weston se esparramou pelo chão. Fui até a cômoda, abrindo-a e procurando entre as roupas. Encontrei a faca depois que ele já estava de pé, e ele fechou a gaveta no momento em que a peguei.

Eu não planejava esfaqueá-lo, só queria atrasá-lo, fazê-lo desligar o instinto predatório por um segundo, para que eu pudesse encontrar a mentira certa para alimentá-lo, para recuperar tudo o que eu havia acabado de deixar escapar. Agarrei a faca com força, cortando o ar pesado à minha frente. Eu só queria subjugá-lo e desacelerar o ímpeto que eu sentia que estava crescendo a favor dele.

— Para trás... — comecei, mas não terminei.

Ele ignorou minha advertência e bateu de frente na minha barriga, arrancando a faca da minha mão e me fazendo cair no piso de madeira. Eu me esforcei para encontrar a faca, alcançando-a no momento em que ele se levantou. Weston pisou com força na minha mão e eu ouvi um estalo. Ele pegou a faca enquanto eu tentava me levantar. Meu calcanhar ficou preso no tecido e eu rasguei o lado esquerdo da saia.

Um segundo instinto tomou conta de mim — fuga —, e me virei para sair correndo do quarto. Tinha que chegar à escada e cair por ela, se fosse preciso, para poder escapar da raiva crescente de Weston. Atravessei correndo a soleira do quarto quando senti meu peso se deslocar sob mim. Weston havia me feito tropeçar pela segunda vez, me fazendo cair sobre os cotovelos. Ele me puxou de volta pela perna.

Dei um chute forte no rosto dele e me levantei, incrédula com o rumo que aquilo estava tomando. Sim, eu havia atacado, mas ele não parecia se importar com o quanto estava me machucando.

Ele me ergueu e me jogou contra o armário espelhado, e o quarto explodiu em vidro. Eu me ajoelhei e me afastei dele, sentindo pedaços se enterrarem na minha pele.

Ele me virou de costas e, em seguida, ficou em cima de mim, me puxando para mais perto até que minha saia ficasse embolada na altura da barriga e a parte de trás das minhas pernas estivesse em carne viva.

Comecei a sentir um formigamento entre as pernas ao vê-lo se soltar assim, com seu poder nascente e músculos despertos. Tudo parecia estar levando a um clímax gigante e apaixonado. Talvez pudéssemos transar em cima de todo o vidro quebrado. A batida na minha cabeça, de quando ele me derrubou no chão, combinava com o ritmo da minha pulsação. Eu sabia que ele também devia ter sentido aquela energia que vinha do gosto acobreado do sangue, da dor de dois corpos se chocando. Ainda não havíamos feito nada um ao outro que não pudesse ser curado.

Weston me agarrou pelo pescoço e puxou minha cabeça para perto da dele. Ele finalmente falou, mas não consegui entender as palavras. Eu me perguntava se ele queria saber como eu tinha feito aquilo. Eu contaria com prazer.

Weston repetiu a pergunta, e dessa vez eu a ouvi.

— Foi você?

Não entendi o que ele quis dizer.

— Você matou ele? — Suas mãos apertaram meu pescoço.

— Quem?

Eu me engasguei. Tudo o que importava para mim naquele momento éramos nós dois, a violência que agora compartilhávamos.

Ele me deu um tapa.

— Você matou o Dean?

Isso estava indo na direção errada. Eu queria que tivesse a ver com nós dois, ele e eu. Eu me contorci. Não conseguiria lutar com ele direito. Não tinha a mesma sede de sangue e já estava machucada.

Weston me puxou para mais perto e depois bateu minha cabeça contra o chão, com tanta força que vi estrelas. Ele me soltou e me viu cambalear. Estava brincando comigo. Eu sabia, porque eu mesma já havia feito isso tantas vezes, com tantos homens.

— Você matou o Dean? — Suas palavras foram calmas e moderadas dessa vez. O calor dentro de mim esfriou rapidamente. — Matou, não matou? Sua putinha linda — disse ele, acariciando meu cabelo, e percebi que havia subestimado Weston o tempo todo, o que ele era capaz de fazer.

Eu havia confundido luto com fraqueza.

Ele apontou a faca para minha garganta.

— Foi você?

Meu braço direito estava livre, e eu envolvi os dedos em um caco de vidro de tamanho considerável que estava no chão, sentindo-o cortar minha mão. Eu sabia que nunca funcionaria. Weston já tinha vencido.

— Você matou ele? — perguntou Weston de novo.

Sorri, sentindo o sangue borbulhar entre meus dentes da frente.

Pigarreei. Queria que ele ouvisse e entendesse.

— *Matei.*

Weston pegou a faca, virou-a com o cabo para baixo e a conectou com meu rosto. De novo. E mais uma vez. Senti o vidro escorregar da minha mão.

Um segundo depois, eu não estava segurando nada, minhas mãos estavam dormentes e eu estava do outro lado do quarto, perto da cômoda de Emily. Estava escuro e percebi que estava nevando. Tentei me concentrar para dar sentido à cena sangrenta ao redor.

A neve eram os pedaços do meu cabelo, tufos loiros esvoaçando pelo quarto. Aos poucos, comecei a reconhecer os itens como meus, partes de mim se soltando: meu cabelo, um pedaço de saia no canto, meu sangue em um rastro irregular pela sala.

Então fui puxada pela nuca. Ouvi gritos, sirenes, vi um clarão vermelho e azul do lado de fora da minha janela. A cidade estava convergindo para nós dois, e percebi que era essa a sensação de finalmente ser pega, de não ter para onde ir e nenhum lugar onde se esconder. O rosto de Emily apareceu diante de mim.

Weston me colocou de joelhos e agarrou meu cabelo com o punho, arrancando todos os fios que ainda não estavam flutuando pela sala.

Ele trouxe minha cabeça para trás, de modo que olhei diretamente dentro de seus olhos. Parecia que ele estava prestes a me beijar. Então bateu minha cabeça na cômoda com tanta força que a parte frontal do meu rosto se esmagou diretamente na madeira, atravessando a cômoda, ao que parecia. Achei que minha boca tivesse serrado todo o móvel quando percebi que os pedaços de madeira que achei que enchiam minha boca eram meus dentes. Eu não conseguia mais enxergar. Estava de costas novamente e me esforcei para não me engasgar com todo o sangue e os fragmentos estranhos que escorriam pela minha garganta. Minha mente tentava entender a situação, mas meu corpo estava desistindo.

Weston estava com minha faca. Eu não conseguia ver, mas podia sentir a borda lisa e fria contra a parte interna da minha coxa. Eu reconheceria a sensação dela em qualquer lugar. Se eu fosse uma vítima, era ali que a morte finalmente chegaria, quando a brincadeira se tornasse cansativa e fosse hora de mudar para uma nova diversão, o derramamento de sangue a sério, a espera pelo batimento cardíaco.

Senti a ponta da faca pressionar a parte externa da minha coxa. Weston estava procurando o melhor ponto, um quadrado macio de carne onde ele pudesse ter certeza de que a faca deslizaria por completo. Não demorava muito para um ferimento na coxa sangrar até a pessoa morrer. Eu me lembrei da rapidez com que o sangue havia saído de Tristan naquela primeira vez, naquele primeiro assassinato. Fechei os olhos e imaginei que estava lá atrás, no início do ano letivo, com aquele vestido preto e branco. Eu poderia ter acabado com tudo e nada disso teria acontecido.

A faca parou de procurar, e eu soube que Weston tinha se decidido por um ponto.

— Não faz isso — falei, mas não tinha certeza de que as palavras haviam saído.

A dor explodiu em mim, e minha perna ficou em chamas. Eu sabia, à maneira distante de um sonho ruim, que a faca tinha entrado na minha coxa até o cabo.

Então ficou completamente escuro, e Weston desapareceu. Eu entendia o que tinha de fazer, qual era minha única opção se não quisesse sangrar até a morte.

Abaixei a mão e senti o cabo da faca na minha coxa, coberto de sangue, que já havia começado a coagular. Deixei lá. Rolei para o lado, com a dor começando a diminuir. Senti Weston por perto. Ele estava vasculhando o quarto, eu o ouvia procurando alguma coisa.

Me arrastei para a cama, a apenas alguns metros de distância, mas sabia que estava fazendo barulho, grunhindo. Tive de me arrastar de barriga para baixo, a faca se cravou ainda mais em mim, como uma vara elétrica que substituía minha perna direita. Mordi o lábio para não gritar e senti um dente inferior se soltar da gengiva. Engoli-o e continuei engatinhando, me puxando para baixo da segurança da cama. Os fios mais longos do meu cabelo ficaram presos nas molas, mas continuei avançando.

Tive que reposicionar a perna para passar com a faca e dei meu primeiro grito. Senti passos, a madeira do piso vibrando contra minha bochecha.

— Sai — disse Weston.

Eu teria que ser rápida. Senti-o puxar meu tornozelo e me arrastei para o centro da cama. Tentei girar a maçaneta do meu cofre, mas não tinha como ver as pequenas marcas que separavam cada número. Fechei os olhos e confiei no instinto, na memória muscular. Eu já havia aberto o cofre tantas vezes no escuro.

Minhas mãos estavam ensanguentadas e rígidas, e eu mal conseguia colocar o polegar e o indicador em volta da maçaneta. Eles escorregavam pelas pequenas marcas.

Eu ainda estava lutando quando Weston tentou me atacar novamente, agarrando meus pés.

— Você acha que vai pra algum lugar?

Eu sabia que ele não cabia embaixo da cama, mas não tinha muito tempo até que ele descobrisse uma maneira de me puxar para fora.

Eu estava na terceira tentativa de acertar a senha da fechadura quando ouvi um barulho de madeira e metal. Em um primeiro momento pensei que algo houvesse atingido a casa, mas percebi que era Weston tentando mover a cama, sem saber que ela estava presa à parede. O gemido do metal ficou mais alto, mais áspero, e pude ver pedaços de gesso chovendo no chão ao lado enquanto ele arrancava a cama das dobradiças.

Meu personal, Sergio, sempre me dizia que o corpo era capaz de coisas milagrosas em momentos de pânico. Só precisava de um choque no sistema. Não sei se cheguei a acreditar nisso, pois já tinha visto corpos pesados demais desistirem na minha frente para acreditar nesse tipo de magia corporal. Mas dei um jeito de abrir o cofre bem quando Weston arrancou a cama da parede. Em seguida, posicionei a arma na mão direita. Eu não tinha visão para mirar, mas puxei a trava de segurança e coloquei um dedo no gatilho.

Weston me segurou pelos dois tornozelos e me puxou para fora. Me concentrei apenas em manter a arma firme e minha mira estável.

Weston me puxou e eu usei o impulso para me jogar em cima dele. Percebi uma das minhas facas na sua mão, apontada para minha garganta, mas, mesmo com todo o sangue, vi que a mão de Weston estava muito mais longe do que a minha. Minha mão direita conseguiu alcançar a cabeça dele. Senti o cano da arma bater na sua têmpora antes de apertar o gatilho, e a cabeça de Weston explodiu em um jato de fogo.

A sala ficou vermelha. Sangue, fogo, sirenes e, em seguida, um silêncio ensurdecedor.

Deixei a arma cair, o tiro ainda reverberando no meu crânio, a sala se fechando. O ruído branco rugia no meu ouvido, mas pensei ter ouvido um homem sussurrar:

— Acabou.

Era meu pai ou Weston? Minha visão voltou e eu percebi que o quarto estava escuro. A única luz não vinha das luzes da rua, mas das ambulâncias, das viaturas. Eu não conseguia ouvir as sirenes, mas via as faixas vermelhas e azuis nas paredes.

Era isso. Eles estavam vindo atrás de mim, finalmente, depois de tanto tempo. Consegui me sentar e levei a arma à boca, sentindo o calor do cano contra minha bochecha. Eu estava respirando com dificuldade, mas não estava com medo. Esperaria até que a polícia e os bombeiros chegassem ao quarto e estouraria meus miolos na frente deles.

Já tinha acabado. Eu não estava mais com medo. Romeu e Julieta. Foi assim que tudo terminou para eles, certo? Eu nunca lera o livro, mas já tinha visto o filme várias vezes. A mulher era sempre a última a morrer em uma tragédia. Ela tinha que perder tudo, ver tudo queimar diante de si até que pudesse terminar a história.

Esperei, observando as luzes circularem pelo meu teto, sem saber o momento exato em que os policiais entrariam, já que não conseguia mais ouvir. Estava tudo bem. Eu tinha a noite toda.

31

Acordei no chão do meu quarto, com a arma pendurada na boca. Minha mandíbula estava dolorida e minha pele, em carne viva. Em pânico, joguei a arma longe. Já estava quase claro lá fora. Ninguém havia chegado: as luzes e as sirenes estavam atrás de outra pessoa.

Comecei a sentir o cheiro assim que o sol nasceu e o quarto começou a esquentar. Eu estava ardendo em febre. Estava molhada de suor, sangue, a maior parte meu, mas notei que uma poça vinda da cabeça de Weston havia se espalhado pelas minhas pernas. Eu precisava de água, mas não conseguia me mexer.

Fechei os olhos e tentei ignorar o mau cheiro.

Quando acordei novamente, estava um calor escaldante. Eu estava tremendo, incapaz de sentir minhas pernas, incapaz de parar o tremor. Então eu a vi. Emily estava se esticando sobre minha mesa, usando meu vestido Dior preto e branco. Olhei mais de perto e vi manchas de sangue, listras escuras cor de cobre no tecido da barriga, descendo pelo abdome.

— Esse vestido é meu — tentei sussurrar, mas meus lábios estavam rachados, cobertos de sangue e cuspe.

Ela estava no meu cofre, mexendo nas minhas lembranças.

— Isso é meu — sussurrei.

— Você perdeu tudo, Tiffany. Que importância tem?

Ela parou por um segundo, virou-se para mim e sorriu. Na mão, segurava meu colar com o pingente de pérola. Eu achava que o estava usando, não? Eu estava fraca demais para alcançar meu pescoço, para confirmar se tudo aquilo era um sonho.

Os olhos de Emily se fixaram no corpo de Weston.

— Deixa ele em paz. — Eu não sabia se as palavras tinham saído da minha boca.

— Fica tranquila. Acho que você já fez o suficiente.

— Não vai embora — implorei. — Me ajuda.

Ela estava na porta.

— Tarde demais.

†

Quando acordei novamente, me perguntei de forma distante se havia sonhado com Emily, se meu cofre estava vazio. Não importava mais. Eu ainda estava com febre, ainda estava queimando, e tinha começado a sentir dor.

Me sentei e olhei para minha perna. A faca ainda estava na coxa. Respirei fundo e cerrei os dentes. Em um único movimento, eu a arranquei. Demorou alguns segundos para que o sangue começasse a jorrar, mas depois ele fluiu em uma enxurrada constante, um fluxo pesado sobre minhas pernas. Enrolei um cobertor em volta da coxa como um torniquete. Eu precisaria ir a um chuveiro para lavar todos os pedaços de vidro que ainda estavam nas minhas pernas. Não conseguia ficar de pé e estava tremendo ainda mais.

Fui me arrastando pelo quarto até o lado de Emily e procurei na cômoda de baixo. Encontrei uma garrafa de Popov, cheia até a metade, e me encharquei nela, tirando os pedaços maiores de vidro e derramando vodca sobre os pequenos cortes.

Tentei ir além da febre e identificar os pontos exatos de dor no meu corpo. Senti o ardor do vidro, mas o ferimento da faca era o mais grave, um latejar agudo e persistente, que ia das pernas até a ponta dos dedos e chegava até a mandíbula. Apalpei meu rosto e depois minha testa, passando pela linha do cabelo. A princípio não encontrei nenhum fio, apenas lascas ásperas como lixas de unha. Puxei algo que parecia ser caspa e percebi que era um pedaço do meu couro cabeludo ensanguentado. Tentei não hiperventilar. Derramei vodca na minha cabeça, gritando o tempo todo.

Vasculhei todos os espaços baixos do quarto do lado de Emily, procurando por comprimidos, mas não encontrei nada. Tomei mais alguns goles de vodca e me arrastei pelo corredor até o quarto de Ashley. Fui direto para o estoque dela, encontrando um frasco de pílulas sem rótulo atrás da TV, que engoli com mais vodca. Me arrastei até a cômoda e cheirei os frascos de remédios controlados até reconhecer o cheiro de mofo dos antibióticos. Tomei três.

Não consegui voltar para o quarto e caí no chão do corredor. Estava exausta e com sede. Eu podia morrer ali, percebi. Morrer lentamente, sozinha e sem testemunhas, era muito mais patético do que acabar em uma explosão de glória na frente da polícia.

Fechei os olhos e imaginei que estava pegando fogo, explodindo em chamas antes de me transformar em cinzas secas e flutuar em pedacinhos.

†

Nos meus sonhos, eu estava inteira novamente. Estava voando sobre os penhascos de Monarch Beach em direção à casa. Então meus pés pousaram na grama e eu consegui andar. Eu estava bem, estava forte, com a arma ainda no bolso de trás. Fiquei na frente da casa e pude ver Todd, Pam e Celeste pela janela da sala de jantar. Passei com velocidade e determinação pelo portão lateral e contornei a piscina.

Vi todos eles compartilhando uma refeição em família, congelados de terror sobre a mesa do café da manhã, Pam com um *smoothie*, Todd com panquecas, Celeste com o celular na mão tirando uma foto de seu farelo de aveia. Pam deixou cair seu *smoothie*, que se espatifou, deixando um verde-brilhante no azulejo liso.

Atirei primeiro em Todd, atingindo-o em cheio no peito. Celeste foi a próxima. Eu a acertei no ombro, e ela voou da cadeira. Errei Pam na primeira tentativa e atirei em uma janela. Apontei novamente e a peguei no estômago, bem na barriga. Voltei para Todd e atirei em sua cabeça. Eu estava de pé em cima de Pam, observando-a olhar para o buraco aberto em sua barriga, quando meu celular tocou. Tirei o telefone do bolso da frente.

Dizia "Desconhecido", mas eu sabia exatamente quem estava me ligando. Levei o celular ao ouvido e sussurrei:

— Pai?

Acordei no corredor, confusa e com dor. Eu não estava mais ardendo em febre, mas a dor ainda explodia em ondas estrondosas. Sentia as raízes de um molar do fundo penetrando no meu cérebro. Olhei para baixo. Minha perna havia parado de sangrar, mas eu a via inchando contra as bandagens.

Coloquei mais vodca em tudo. Era a única solução que eu tinha. Fui me arrastando de volta para o meu quarto e notei as manchas de sangue no piso de madeira, um pedaço do crânio de Weston. Eu tinha acabado de tocar o fragmento ósseo quando ouvi um som, uma batida, vindo do meu quarto, do chão, do próprio Weston. *Seu coração batendo*, pensei brevemente com horror, até que vi um brilho fluorescente perto de seu bolso e percebi que era o zumbido de seu iPhone.

Cheguei mais perto e puxei o celular, tentando tocar o mínimo possível nele.

Dei uma breve olhada em quem estava ligando — *Mãe* —, então as vibrações pararam e a tela ficou preta.

— Por que você tinha que estragar tudo? — gritei para Weston, finalmente me forçando a olhar para ele.

Ele era um cadáver vestindo calça jeans justa e camiseta de algodão, nada mais. Sua cabeça havia desaparecido, apenas sangue, polpa e pedaços de cabelo escuro. Afastei as moscas que se aglomeravam em pequenas nuvens ao redor.

Pensei na mãe de Weston em algum lugar no centro de Manhattan, tomando uma taça de *sauvignon blanc* com vista para os arranha-céus, se perguntando por que ele ainda não tinha pegado a limusine para ir encontrá-la. Ela também não tinha um rosto; Weston nunca havia me mostrado fotos.

Olhei para ele novamente. Todo mundo dizia que o primeiro amor era foda, mas era brutal. Pelo menos eu tinha um desfecho —

olhando para os pedaços que restaram dele, não havia como negar que nunca teria dado certo entre nós dois, que não havíamos sido feitos um para o outro. Estava fadado ao fracasso desde o início.

32

No dia seguinte, tive que enfrentar algumas verdades difíceis: meu molar não estava melhorando e minha perna precisava ser limpa. Eu ainda não conseguia ficar de pé. Me arrastei escada acima e escada abaixo em uma dolorosa caça ao tesouro em busca de materiais: mais álcool, gaze, novos antibióticos, pinças. E alicates.

No entanto, algo mais sombrio me incomodava. Eu ainda não tinha me visto em um espelho. O armário de vidro do meu quarto havia se quebrado, e para alcançar o restante dos espelhos era preciso ficar de pé.

Fui me arrastando até o banheiro e tateei a bancada atrás de um espelho de mão. Alcancei uma alça de metal e trouxe o espelho para o meu colo. Respirei fundo e o virei.

Eu já devia esperar, mas ainda assim foi um choque ver o que Weston havia feito com meu rosto, como ele estava torto, como meu olho esquerdo não combinava com o direito. O esquerdo estava quase fechado de tão inchado; não era de admirar que eu tivesse tanta dificuldade para enxergar. Meu lábio inferior estava com um corte que se estendia por todo o meu queixo. Tudo estava enegrecido ou vermelho vivo. Meu nariz estava claramente quebrado. E meus dentes — eu já sabia que estavam faltando três, mas os que ainda restavam estavam irregulares e mutilados. Verifiquei meu couro cabeludo e vi que muito do que eu achava ser sangue era pus.

Fiquei olhando, memorizando as novas linhas, curvas, hematomas, cortes, gravando meu novo rosto na memória. Coloquei o espelho no chão e depois olhei novamente, várias vezes. Fiquei olhando até começar a me reconhecer.

Ainda era eu. Meu novo rosto começou a me parecer familiar, como se aquelas feições mutiladas sempre tivessem estado ali, escondidas sob a superfície.

†

Toda vez que eu arrancava alguma coisa — meu molar posterior solto, um torrão de sangue congelado do tamanho de uma bola de tênis na minha perna, a bolha de pus que havia estourado na minha cabeça —, toda vez que um novo pedaço apodrecia e caía de mim, eu me preparava para o pior, para o fato de que talvez não conseguisse sobreviver, de que havia perdido partes vitais demais para continuar vivendo.

Mas, mesmo enquanto tudo caía, eu sabia que estava ficando mais forte a cada dia. Logo consegui andar, com a ajuda de móveis, colocando um pouco de peso na perna esfaqueada. Minhas gengivas começaram a cicatrizar sobre as crateras onde meus dentes estavam, crateras que pararam de ter gosto de ferro toda vez que eu passava a língua sobre elas. Parei de acordar surpresa por não conseguir deslizar a língua sobre uma fileira de dentes, não sentir uma cabeça cheia de cabelos acomodada no travesseiro. Os hematomas se transformaram de preto em um arco-íris de cores, chegando a um amarelo opaco. Quando o couro cabeludo parou de supurar, peguei um barbeador elétrico no banheiro e raspei o cabelo que ainda restava na cabeça. Comecei a me assemelhar a um ser humano novamente; é verdade que eu parecia uma Barbie mutilada e estragada depois de uma garota a cortar inteira com tesoura. Mas eu era humana. E estava viva.

Eu conseguia beber água; aliás, não me cansava de beber. Estava sempre com sede. Voltei a comer, apenas alimentos macios: principalmente atum direto da lata.

Eu sabia que sobreviveria, não pela cura do meu corpo, não pelo efeito lento dos antibióticos, não quando o corte na perna finalmente começou a se fechar, mas pela fome que voltava lentamente, a voz familiar que me dizia para ficar mais forte, voltar para a cidade e encontrar outro. Matar de novo.

    Eu sobreviveria. Não havia dúvidas disso.

33

Era outra tarde quente. A energia ainda não havia voltado. Já haviam se passado duas semanas desde que eu matara Weston? Um mês? Aos poucos, eu estava captando os sons do mundo exterior. Ouvi carros, mais sirenes, conforme a área era repovoada, as pessoas voltando lenta e timidamente.

Ainda assim, fiquei surpresa quando ouvi a porta da frente da casa se abrir e bater. Pensei imediatamente em Emily. Mas era Mandy, em um vestidinho de verão com uma mala e uma faca de açougueiro. Espiei pelo corrimão do andar de cima.

— Tem alguém aqui? — chamou ela.

Qualquer um poderia arrancar a faca da mão dela. Ela estava segurando de um jeito todo errado.

Fiquei escondida, sem saber qual era a motivação dela. Então Mandy me viu perto da escada.

— Tiffany? É você?

— Olá — falei, sem saber o que fazer.

— Tiffany! Arruma suas coisas! Temos que ir embora! Eu vim de Palisades. A PCH está bloqueada, a 405 não existe mais. Temos que ir para o leste. É a única saída! Dan está esperando na Rover. Não acredito que deixei que ele me convencesse a ficar por aqui.

Mandy continuou, sem se dar ao trabalho de olhar para mim, mexendo nos armários da cozinha no andar de baixo. Fiquei de pé.

— Ele disse que a fraternidade estaria segura. E ela pegou fogo! Nós escapamos por pouco. Tem tanques na Hilgard; tanques! É como se estivéssemos vivendo em um país estrangeiro ou sei lá o quê. Temos que ir embora. Que cheiro é esse?

Eu a escutei finalmente chegar ao pé da escada.

— Tiffany, você me ouviu?

Eu me levantei e caminhei até a beira da escada. Ouvi um som sufocado quando dobrei a esquina e a encarei.

— Tiffany, o que aconteceu com todo o seu cabelo?

Senti a pele cheia de bolhas do meu couro cabeludo raspado. Sorri.

A mão de Mandy voou para a boca e ela derrubou a faca.

— Cadê os seus dentes? O que fizeram com você?

Ela parou de subir a escada. Sua voz falhava.

— Que cheiro é este?

E então ela estava dando um passo para trás, para longe de mim.

— Por que está com este cheiro aqui? — disse ela, com terror insaciável na voz. Deixei que ele crescesse.

— As coisas não deram certo com o Weston — respondi.

— Tenho que ir — falou Mandy, invertendo o caminho da escada.

Ela errou um degrau e torceu o tornozelo, agarrou o corrimão com um braço e estendeu o outro para mim, como se quisesse se proteger de mim, do que eu havia me tornado.

— Você não queria subir e pegar algumas das suas coisas? — perguntei.

Mandy não respondeu. Ela observou meu novo visual uma última vez, virou-se e saiu correndo aos gritos.

Ela deixou a porta da frente aberta, e eu vi uma Range Rover dar ré e sair da entrada de carros.

Desci a escada e olhei para fora. O sol estava forte. Era um dia lindo, apesar da névoa dos incêndios, das cinzas que cobriam tudo, caindo como neve em Los Angeles. O verão estava se aproximando. Em L.A., era a estação mais perigosa, a mais imprevisível. A cidade havia se esvaziado e se purgado, e somente os fortes, os verdadeiros fãs que amavam a cidade e todo o seu fogo e a sua destruição, permaneceriam. O caos não duraria muito. As coisas se acalmariam, a ordem seria restaurada, mas até lá...

Abri a boca e deixei que alguns pedaços de cinza caíssem na minha língua. Senti o gosto de terra queimada e violência. Era delicioso.

Pensei nos meus sonhos de fogo, em como tudo havia se tornado realidade. Eu estava pronta para deixar Weston e a irmandade para trás, para ver o que havia acontecido com a cidade.

Será que minha Mercedes ainda estava lá? Não importava. Peguei a faca que Mandy havia deixado cair e saí para uma brilhante tarde de primavera.

Fontes SECTRA, RICKS
Papel PÓLEN NATURAL 80 g/m²
Impressão IMPRENSA DA FÉ